SAS

SAS BROIE DU NOIR

DU MÊME AUTEUR

Nº 116. S.A.S. LA TRAQUE CARLOS
Nº 117. S.A.S. TUERIE A MARRAKECH
Nº 118. S.A.S. L'OTAGE DU TRIANGLE D'OR
Nº 119. S.A.S. LE CARTEL DE SEBASTOPOL
Nº 120. S.A.S. RAMENEZ-MOI LA TÊTE D'EL COYOTE
Nº 121. S.A.S. LA RÉSOLUTION 687
Nº 122. S.A.S. OPÉRATION LUCIFER
Nº 123. S.A.S. VENGEANCE TCHÉTCHÈNE
Nº 124. S.A.S. TU TUERAS TON PROCHAIN
Nº 125. S.A.S. VENGEZ LE VOL 800
Nº 126. S.A.S. UNE LETTRE POUR LA MAISON BLANCHE
Nº 127. S.A.S. HONG KONG EXPRESS
Nº 128. S.A.S. ZAIRE ADIEU

AUX EDITIONS GERARD DE VILLIERS

Nº 129. S.A.S. LA MANIPULATION YGGDRASIL
Nº 130. S.A.S. MORTELLE JAMAIQUE
Nº 131. S.A.S. LA PESTE NOIRE DE BAGDAD
Nº 132. S.A.S. L'ESPION DU VATICAN
Nº 133. S.A.S. ALBANIE MISSION IMPOSSIBLE
Nº 134. S.A.S. LA SOURCE YAHALOM
Nº 135. S.A.S. CONTRE P.K.K.
Nº 136. S.A.S. BOMBES SUR BELGRADE
Nº 137. S.A.S. LA PISTE DU KREMLIN
Nº 138. S.A.S. L'AMOUR FOU DU COLONEL CHANG
Nº 139. S.A.S. DJIHAD
Nº 140. S.A.S. ENQUÊTES SUR UN GÉNOCIDE
Nº 141. S.A.S. L'OTAGE DE JOLO
Nº 142. S.A.S. TUEZ LE PAPE
Nº 143. S.A.S. ARMAGEDDON
Nº 144. S.A.S. LI SHA-TIN DOIT MOURIR
Nº 145. S.A.S. LE ROI FOU DU NEPAL
Nº 146. S.A.S. LE SABRE DE BIN LADEN
Nº 147. S.A.S. LA MANIP DU « KARIN A »
Nº 148. S.A.S. BIN LADEN : LA TRAQUE
Nº 149. S.A.S. LE PARRAIN DU « 17-NOVEMBRE »
Nº 150. S.A.S. BAGDAD EXPRESS
Nº 151. S.A.S. L'OR D'AL-QAÏDA
Nº 152. S.A.S. PACTE AVEC LE DIABLE
Nº 153. S.A.S. RAMENEZ-LES VIVANTS
Nº 154. S.A.S. LE RESEAU ISTANBUL
Nº 155. S.A.S. LE JOUR DE LA TCHEKA
Nº 156. S.A.S. LA CONNEXION SAOUDIENNE
Nº 157. S.A.S. OTAGE EN IRAK
Nº 158. S.A.S. TUEZ IOUCHTCHENKO
Nº 159. S.A.S. MISSION : CUBA
Nº 160. S.A.S. AURORE NOIRE
Nº 161. S.A.S. LE PROGRAMME 111
Nº 162. S.A.S. QUE LA BÊTE MEURE
Nº 163. S.A.S. LE TRÉSOR DE SADDAM Tome I
Nº 164. S.A.S. LE TRÉSOR DE SADDAM Tome II
Nº 165. S.A.S. LE DOSSIER K.
Nº 166. S.A.S. ROUGE LIBAN
Nº 167. S.A.S. POLONIUM 210
Nº 168. S.A.S. LE DÉFECTEUR DE PYONGYANG Tome I
Nº 169. S.A.S. LE DÉFECTEUR DE PYONGYANG Tome II
Nº 170. S.A.S. OTAGE DES TALIBAN
Nº 171. S.A.S. L'AGENDA KOSOVO
Nº 172. S.A.S. RETOUR A SHANGRI-LA
Nº 173. S.A.S. AL-QAÏDA ATTAQUE Tome I
Nº 174. S.A.S. AL-QAÏDA ATTAQUE Tome II
Nº 175. S.A.S. TUEZ LE DALAI-LAMA
Nº 176. S.A.S. LE PRINTEMPS DE TBILISSI
Nº 177. S.A.S. PIRATES
Nº 178. S.A.S. LA BATAILLE DES S 300 Tome I
Nº 179. S.A.S. LA BATAILLE DES S 300 Tome II
Nº 180. S.A.S. LE PIÈGE DE BANGKOK
Nº 181. S.A.S. LA LISTE HARIRI
Nº 182. S.A.S. LA FILIÈRE SUISSE
Nº 183. S.A.S. RENEGADE Tome I
Nº 184. S.A.S. RENEGADE Tome II
Nº 185. S.A.S. FÉROCE GUINEE
Nº 186. S.A.S. LE MAÎTRE DES HIRONDELLES
Nº 187. BIENVENUE A NOUAKCHOTT
Nº 188. DRAGON ROUGE Tome I
Nº 189. DRAGON ROUGE Tome II
Nº 190. CIUDAD JUAREZ
Nº 191. LES FOUS DE BENGHAZI
Nº 192. IGLAS
Nº 193. LE CHEMIN DE DAMAS vol. I
Nº 194. LE CHEMIN DE DAMAS vol. II
Nº 195. PANIQUE À BAMAKO
Nº 196. LE BEAU DANUBE ROUGE
Nº 197. LES FANTÔMES DE LOCKERBIE
Nº 198. SAUVE QUI PEUT À KABOUL Tome I
Nº 199. SAUVE QUI PEUT À KABOUL Tome II
Nº 200. LA VENGEANCE DU KREMLIN

GÉRARD DE VILLIERS

SAS

SAS BROIE DU NOIR

Éditions Gérard de Villiers

Retrouvez les Éditions Gérard de Villiers sur :

www.editionssas.com

ISBN 978-2-360-5345-00

« UWAKIZ UBUSORE
ABA AGIZE IMANA »

Remerciez Dieu si vous vivez assez longtemps pour vivre vieux.

(Proverbe Tutsi)

CHAPITRE PREMIER

L'homme qui se faisait appeler Julius Nieder arma doucement son pistolet, sous la protection de sa veste de shantung roulée en boule à côté de lui.

C'était un Smith & Wesson calibre 38, à barillet, un modèle très courant prolongé par un silencieux bricolé dans un garage de Stanleyville. À la guerre comme à la guerre.

Le léger cliquetis du chien ramené en arrière fut absorbé par le grondement des quatre moteurs du DC 6 d'Air Congo qui grimpait pour échapper à une tornade précoce, en ce début d'hiver tropical.

Julius Nieder était très détendu bien qu'il se préparât à une tâche assez délicate : un meurtre dans un avion avec une cinquantaine de passagers autour de lui, pas le moindrement du monde complices. Pourtant, Julius, qui n'avait rien d'un kamikaze, était bien décidé à descendre sain et sauf à Bujumbura, capitale du Burundi et prochaine escale, sa mission accomplie. Pour cela, il fallait beaucoup d'astuce et un peu de chance.

L'homme qu'il devait tuer se trouvait sur la même rangée de fauteuils que lui, de l'autre côté du couloir central, appuyé au hublot opposé. Seul un autre passager les séparait.

Il était 6 h 30 et la nuit venait de tomber. La plupart des passagers somnolaient, avachis sur leurs sièges, en attendant le dîner et l'arrivée à Bujumbura, prévue pour 10 heures.

C'était pour la plupart de vieux coloniaux qui marchaient au cognac et au whisky depuis quelques décennies et le steward noir n'arrêtait pas de faire la navette jusqu'au bar pour les ravitailler.

Seul, Julius Nieder ne buvait pas. Jamais pendant les heures de travail. D'assez forte corpulence, le visage bronzé, le cheveu rare, il inspirait confiance. C'était pourtant un des aventuriers les plus dangereux sécrétés par le Congo en folie et un des plus capables dans l'art de tuer.

Il avait étalé des magazines et une mallette sur le siège vacant à côté de lui pour que personne ne soit tenté de s'asseoir. Les yeux mi-clos, la tête confortablement appuyée à un oreiller, il surveillait sa future victime.

Le DC 6 volait calmement maintenant à 6 000 mètres au-dessus de la forêt tropicale, masse verte et indistincte.

Grand, blond, et très élégant dans un complet de lin gris, l'homme qui devait mourir laissait errer le regard de ses yeux dorés à travers le hublot. Il jouait machinalement avec sa chevalière pour tromper son ennui et sa mauvaise humeur. C'était la première fois depuis bien longtemps qu'il remettait les pieds en Afrique, continent pour lequel il éprouvait peu d'inclination.

À plus forte raison quand on y retourne dans d'étranges conditions, avec de bonnes probabilités d'effectuer un voyage sans retour.

Lorsqu'on est prince, qu'on a droit au titre d'Altesse Sérénissime, et à quelques autres, qu'on descend d'une des plus vieilles familles d'Autriche-Hongrie, on a toujours un peu de mal à réaliser qu'on travaille pour un service de Renseignements. Même si c'est la toute-puissante et richissime Central Intelligence Agency, fleuron de l'espionnage U.S.

Aussi le prince Malko Linge, S.A.S. pour ses amis et ennemis du Renseignement, broyait du noir. Certes, il travaillait pour la bonne cause : tous ses émoluments pourtant assez somptueux s'engloutissaient dans la réfection de son château en Autriche, où il espérait bien se retirer un jour. Mais ce voyage ne lui disait rien qui vaille.

Personne n'avait encore essayé d'attenter à ses jours, pourtant cela ne pouvait tarder.

Il voyageait sous son vrai nom, avec un passeport autrichien, sa nationalité d'origine. Et un beau visa tout neuf d'entrée au Burundi. Ce qui n'avait pas été tellement facile à obtenir : le Burundi était en pleine révolution et n'accueillait pas les étrangers à bras ouverts. Surtout ceux qui, comme Malko, auraient eu un mal fou à expliquer ce qu'ils venaient y faire.

Heureusement que l'ami Allan Pap avait une relation au consulat. Tout avait été réglé en trois jours. Malheureusement cela avait fâcheusement attiré l'attention sur Malko. Car cette filière ultrarapide était réservée à une catégorie de gens qui n'appréciaient pas tellement son arrivée. C'est pour cela que Malko s'attendait à de sérieux ennuis. Mais il avait été enchanté de quitter l'atmosphère lourde d'Elisabethville.

Dans deux heures la bagarre commencerait. Jusque-là, il avait bien le droit de s'accorder un peu de détente.

À côté de lui, un gros Grec huileux et noiraud marmonnait depuis le départ une prière incompréhensible. Visiblement, il n'aimait pas l'avion qui, à son gré, le rapprochait un peu trop de son Sauveur.

Le steward passa dans le couloir central, annonçant : « Les cigarettes sont en vente à l'arrière. »

Le Grec se leva pour laisser passer son voisin et ne se rassit pas. Il se sentait plus tranquille en faisant les cent pas.

D'autres passagers se levèrent également et partirent vers l'arrière. Agréable occasion de se dégourdir les jambes.

L'hôtesse passa, déposant un menu devant chaque passager : toasts au caviar, escalope de veau, salade, fromage et pâtisserie. Air Congo faisait des frais.

Julius Nieder, après avoir gardé les yeux fermés pendant un moment, les rouvrit et se crispa imperceptiblement. L'homme blond était revenu à sa place. Il avait placé un petit oreiller derrière sa tête et, confortablement calé contre le hublot, le dos presque tourné, il dormait.

Le Grec allait et venait toujours dans le couloir, et rien ne séparait le tueur de sa future victime.

Julius Nieder, qui avait choisi cette identité comme il aurait acheté une cravate, attendait depuis longtemps une pareille occasion.

Sa main glissa doucement vers la veste posée à côté de lui et disparut dessous. Cela faisait une bosse, mais il aurait fallu avoir bien mauvais esprit pour imaginer le pistolet et le silencieux.

Julius Nieder leva le bras une fraction de seconde. Sa main et l'arme étaient dissimulées dans la manche de sa veste.

Il était trop occupé pour se retourner. S'il l'avait fait, il aurait aperçu l'homme qu'il voulait tuer se tenant debout, dans le couloir, juste derrière lui.

Malko comprit en un éclair. Le passager qui occupait la même place que lui, mais dans la rangée suivante, s'était trompé et avait pris la sienne : c'est lui que le tueur visait.

Il était trop tard pour faire quoi que ce soit. Malko recula imperceptiblement, un goût de cendre dans la bouche : à cause de lui un inconnu allait mourir pour rien. Ses yeux dorés se plissèrent de rage impuissante. En même temps, il venait de comprendre le mécanisme du meurtre.

Diabolique.

Au moment où l'autre pressait la détente, Malko ouvrit la bouche toute grande.

Le faible bruit de la détonation se confondait avec celui d'une explosion sèche qui couvrit le grondement des quatre moteurs. Le DC 6 fut brusquement secoué comme s'il venait de rencontrer un trou d'air.

À l'arrière, le steward lâcha la cartouche de Winston qu'il tendait à un passager, et jura : un rideau de brouillard et un froid glacial venaient d'envahir la cabine.

L'étrange brouillard se répandit dans toute la cabine. Debout dans le couloir, Malko faillit perdre l'équilibre. L'avion piquait. En même temps, S.A.S. ressentit une violente douleur dans les oreilles, comme si on lui enfonçait des aiguilles dans les tympans.

Le haut-parleur nasilla :

— Il s'agit d'un incident sans gravité, vous êtes priés de regagner vos places immédiatement et de ne pas fumer.

À tâtons, Malko s'assit sur un siège libre à côté de lui et frissonna. À la place où il se trouvait quelques minutes plus tôt, il n'y avait plus de hublot. Au milieu de l'encadrement, on apercevait un trou noir par où s'engouffrait le vent glacé à – 25°. La température avait baissé de 50° en quelques secondes, l'air pressurisé de la cabine s'échappant à 400 mètres/seconde par l'ouverture.

Deux passagers du premier rang perdirent connaissance. Le DC 6 plongeait toujours dans un grondement aigu de moteurs.

Dans le cockpit, le commandant De Kroner serrait les dents. En vingt ans de vol, c'était la première fois qu'il faisait piquer un DC 6 chargé de passagers. Il fallait d'urgence revenir à une altitude où la pression atmosphérique soit supportable. Machinalement, les trois membres de l'équipage avaient mis leur inhalateur. Mais s'il leur permettait de respirer, il ne les protégerait pas du froid intense.

Coty, le radio, envoyait fiévreusement un message en phonie à Bujumbura.

« Ici C.JGOY. Suite rupture accidentelle hublot descendons 7 500 pieds, verticale de Kimbasha. 20 h 23. »

Heureusement, ce sont des choses qui n'arrivent pas tous les jours.

Un calme terrifié régnait dans la cabine. Lentement le gros appareil se redressa. Tous les passagers avaient des palpitations, mais le brouillard bleuâtre se dissipait. Le steward et les hôtesses passèrent dans les travées pour rassurer tout le monde : le danger était écarté.

À part Malko personne ne s'était encore aperçu du meurtre.

Le gros Grec décida de regagner sa place, mais il s'immobilisa soudain en face du hublot béant et poussa un cri, puis fit un lent signe de croix :

« Quelqu'un était assis ici », murmura-t-il.

Des passagers se levèrent et vinrent voir. Malko, lui aussi, regardait. Un peu pâle, il se tourna vers le steward et demanda :

— Vous avez du champagne ?

— Certainement, monsieur. Je vous en apporte tout de suite.

Le Grec poussa un second cri :

— Il a perdu une chaussure !

C'était vrai. L'homme, aspiré par la décompression fabuleuse à 400 mètres/secondes, avait heurté le bord du hublot et on de ses mocassins était resté à l'intérieur, seul vestige de sa présence.

Malko frissonna en pensant à la chute à 250 kilomètres à l'heure dans le noir. Si le passager n'avait pas été assommé sur le coup, ce qu'il savait être ses dernières secondes avait dû lui paraître long !

Et s'il ne s'était pas trompé de place – il devait être à moitié endormi, sans doute ! – c'est lui, Malko, qui serait mort, très probablement. Le destin a de ces hasards.

On lui apportait son Moët et Chandon. Il le but lentement, sans quitter des yeux l'homme qui avait tiré. Déjà le visage était gravé dans sa mémoire infaillible.

Dans le cockpit, le radio envoya un second message :

« Un passager, M. Nash, je répète Nash, a été aspiré dehors suite rupture hublot issue de secours tribord. Stop. Continuons sur Bujumbura. »

Julius Nieder ne faisait plus semblant de dormir. Silencieusement, il jurait. Il ne lui avait pas fallu longtemps pour reconnaître Malko parmi les survivants. Avoir raté une occasion pareille ! C'eût été le meurtre parfait. L'explosion du hublot et le coup de feu s'étaient confondus. Personne ne retrouverait jamais les débris des deux épaisseurs de verre spécial, pas plus que la balle qui avait brisé le hublot. Quant au corps, il ne porterait aucune trace suspecte.

L'arme étant à barillet, il n'y avait même pas de douille à récupérer.

Tout ce mal pour rien, pour tuer un pauvre crétin qui n'avait pas eu de chance. Il faudrait recommencer.

Cette méditation morose fut troublée par le steward qui demandait poliment à tous les passagers de se regrouper à l'avant dans la cabine des premières, pour fuir le froid. Julius Nieder se leva et passa sa veste. Le pistolet avait regagné la mallette.

Tassés les uns contre les autres, les passagers bavardaient maintenant avec animation, très excités par l'incident. Eux étaient vivants, le Grec récitait son chapelet. L'hôtesse passa, les bras chargés de couvertures et emmitoufla tout le monde. Dire que 2 500 mètres plus bas on crevait de chaleur…

Malko, tout en buvant son champagne, réfléchissait. Il se doutait bien qu'il n'allait pas être le bienvenu, mais il ne s'attendait tout de même pas à une réaction aussi immédiate. Il est vrai que les intérêts en jeu étaient colossaux.

À moins qu'Allan Pap ne se soit complètement trompé et que leurs adversaires soient bien les gens du K.G.B. Pourtant, les renseignements de Washington étaient « en béton ». Il n'y avait pas de Russes sur le coup.

Pour en avoir le cœur net, il examina de nouveau l'inconnu qui avait voulu le tuer. Il était trop bronzé pour ne pas être en Afrique depuis longtemps.

Leurs regards se croisèrent. L'autre avait des yeux gris, intelligents, et impénétrables.

Alors que tous les passagers parlaient avec animation avec leurs voisins, ayant besoin de chaleur humaine après leurs émotions, l'inconnu restait dans son coin, sans rien dire. Malko examina le profil énergique, la main tenant tranquillement une cigarette à bout filtre, les cheveux coupés court, la carrure massive… cela sentait à une lieue le militaire.

Malko ne se trompait pas tellement. Julius, avant de s'appeler Julius, avait été un des plus beaux fleurons du 60e commando de mercenaires katangais, plus connu sous le nom de Groupe Cobra.

Durant leurs beaux jours, les Cobras s'étaient loués à l'ancien roi du Burundi pour liquider une petite insurrection de gauche. Hélas, dans leur enthousiasme révolutionnaire, ils avaient pris d'assaut quelques ambassades et quelque peu malmené des diplomates. Désavoués publiquement, ils erraient depuis dans la zone équatoriale, à la recherche de basses besognes pour subsister.

Ce qui rendait l'échec de Julius tragique c'est qu'il n'avait plus que 1 000 francs belges pour finir le mois. Et, pas de cadavre, pas de prime.

Malko ignorait évidemment les tristes pensées de son assassin. Mais il revoyait Allan Pap lui dire tranquillement : « Je vous donne une bonne couverture. Mais faites attention qu'elle ne se transforme pas en linceul. Ils feront tout pour vous empêcher de vous installer là-bas. »

Apparemment, ils avaient commencé.

CHAPITRE II

Décidément, les Chinois n'ont pas inventé que la poudre, pensait avec amertume et avec colère le lieutenant général Fay, de l'U.S. Air Force.

Lapalissade peut-être, mais peu réjouissante.

Précédée d'une Ford noire de la Military Police avec quatre hommes à bord, sa Lincoln Continental dévalait à 90 milles la route 101, direction San Francisco. Les conducteurs des véhicules tenus au sempiternel 65 milles, doublés par les deux voitures, regardaient avec envie disparaître leurs feux rouges.

Le feu tournant sur le toit de la Ford était allumé. De temps en temps, le conducteur, un gros sergent rougeaud, donnait un discret coup de sirène pour écarter un gêneur roulant sur la file de gauche. À côté de lui, un autre sergent, trapu et noir, restait en communication radio permanente avec la base de Vandenberg. À l'arrière, le major général Fay écoutait les mêmes nouvelles, grâce à un petit haut-parleur dissimulé dans l'accoudoir de cuir.

Nerveusement, il mordillait son cigare, sans prendre garde à la cendre qui tombait sur son uniforme impeccable. Depuis qu'on était venu le chercher au dîner du

Gouverneur, il n'avait pu se débarrasser de l'angoisse qui l'étouffait. C'était une sale histoire et cela allait encore retomber sur lui. La D.I.A. [1] était à couteaux tirés avec les Services de Renseignements de l'Armée de l'Air.

Il y eut un léger roulis : la Lincoln quittait la route 101. Fay aperçut un panneau vert « Los Alamos ». Ils n'étaient plus qu'à 8 milles de l'entrée de la base.

La Lincoln accéléra encore. Cette route n'était fréquentée que par des véhicules militaires. Devant, la Ford avait branché sa sirène en permanence. Déjà, les lourdes portes électriques de l'entrée B glissaient lentement sur leurs rails d'acier. Comme la consigne le recommandait, les deux sentinelles armèrent la mitrailleuse de 30 qui tenait l'entrée en batterie. Lieutenant Général ou pas, ils obéissaient.

Les deux voitures passèrent en trombe. Aussitôt, le dispatching central fit refermer les portes. Le général Fay remuait nerveusement sur son siège. Il y avait encore 5 milles à franchir, à travers l'immense base.

Ils les parcoururent dans des allées brillamment éclairées et désertes pour aboutir à un bâtiment blanc de trois étages, à l'écart du polygone de lancement des satellites et de la base de la Marine. Lorsque la Lincoln freina, le général Fay sortit de son portefeuille un badge vert qu'il accrocha à son revers. Même lui n'aurait pu descendre de voiture s'il ne l'avait pas arboré. Vandenberg, ce n'était pas cap Kennedy. Presque tous les lancements de satellites ou de fusées étaient « classifiés » c'est-à-dire

1. Défense Intelligence Agency. Organisme concurrent de la C.I.A. spécialiste des fusées, satellites et missiles.

secrets. L'Intelligence de l'Air Force y faisait régner une discipline de fer.

Fay jaillit de la Lincoln avant que le sergent lui ait ouvert la portière.

Deux hommes l'attendaient. Crânes rasés, lunettes, visages sans expression. L'un portait l'uniforme de lieutenant général comme lui. Il s'appelait Chips et dirigeait la Division « Évaluation des menaces ».

Il tendit une main sèche à Fay :

— Alors ?

L'autre – un colonel – secoua la tête en l'entraînant par le bras :

— Une chance sur mille. Nous, nous l'avons perdu depuis dix minutes. Seul, Prétoria les suit encore. Mais leur émetteur est trop faible pour eux. Par contre, ils les entendent.

Fay serra les mâchoires. Ainsi, il n'y avait plus d'espoir. Depuis que la base existait, c'était le premier gros pépin. Ça devait arriver.

Ils entrèrent dans le bâtiment blanc gardé par un M.P. qui examina leur badge, et allèrent droit à une grande salle du rez-de-chaussée. Le panneau du fond était une immense projection du globe terrestre, strié de lignes multicolores vivantes qui apparaissaient et disparaissaient sans cesse : les trajectoires de tous les satellites secrets lancés les uns de Vandenberg, et les autres par les Russes, visualisés sur un écran radar.

— Où en sommes-nous ? demanda le général Chips à un capitaine assis en face du tableau devant une batterie de téléphones et d'oscillateurs cathodiques.

Le capitaine était très pâle mais il répondit d'une voix calme.

— Prétoria l'a encore sur ses écrans. Grâce au laser, nous savons où il se trouve à quelques centimètres près. Mais dans une minute, nous n'aurons plus d'écho, il sera trop bas.

— Où est-il, aboya Fay.

Respectueusement, le capitaine se tourna vers lui.

— Il va tomber dans le lac Tanganyika, sir, tout près du bord.

— Quel pays ?

— Le Roy… Pardon, sir, la république du Burundi.

Fay regarda la carte. Il pensait au petit satellite brillant recouvert de ses 350 facettes pour mieux capter la lumière du soleil qui allait s'engloutir dans les eaux sombres du grand lac d'Afrique.

— Êtes-vous absolument certain de la position ? demanda-t-il.

— Oui, sir, et, de toute façon, nos ordinateurs sont en train de la vérifier. L'erreur ne peut pas dépasser quelques centaines de mètres.

Ça leur faisait une belle jambe de savoir où il était tombé ! En ce moment, une petite armada de la 7e flotte croisait en plein océan Indien, attendant le satellite S 66 de la série Discoverer. Il n'y avait guère qu'une erreur de 12 000 kilomètres.

Si c'était une erreur. Pour cela, il fallait supposer que tous les ordinateurs I.B.M. qui calculaient la trajectoire du satellite et télécommandaient les rétrofusées étaient devenus fous.

Fay tourna les talons. Ici, il n'y avait plus rien à faire. Suivi de Chips et du colonel, il monta dans son bureau, au premier, ouvrit une armoire métallique et en tira un classeur qu'il déplia sur une table. Les deux techniciens s'étaient assis en face de lui.

Pensivement, Fay parcourut des yeux la première page du dossier : rien qu'il ne sache déjà. Le satellite était un N.D.S. : Nuclear Detection Satellite. Il avait été lancé deux jours plus tôt de Vandenberg par une fusée Titan 3 C, qui l'avait délicatement posé à 200 kilomètres de la terre sur une orbite polaire, ce qui lui permettait de survoler plusieurs fois par jour les pays civilisés. « Si on peut appeler la Chine un pays civilisé », pensa in petto le général.

Il décrocha son téléphone et ordonna :

— Demandez-moi Washington immédiatement. La C.I.A., Division Renseignements, Office des Évaluations nationales. Je veux tout savoir sur la situation politique du Burundi. Rappelez-moi dès que possible.

En attendant, il se plongea dans la contemplation morose de deux photos accrochées à son dossier : le capitaine Keeney Nasser et le major Frederic Ayer. En ce moment, ils devaient être en train de flotter sur les eaux du lac Tanganyika. Les capsules spatiales pouvaient flotter plusieurs heures, sauf avaries. Et il y avait à bord un dinghy de secours.

— Il vaudrait peut-être mieux qu'ils soient morts, dit pensivement le général.

Les deux autres acquiescèrent, silencieusement. Sur les trois hommes planait le spectre de Gary Power, le pilote de l'U 2 capturé par les Russes.

Quand une opération est ratée, il vaut mieux qu'elle le soit complètement. Les veuves seraient largement dédommagées ; quant aux deux cosmonautes, ils savaient les risques qu'ils couraient.

— Le dispositif de sécurité a dû être déclenché par Prétoria, avança Chips.

Le dispositif de sécurité, comme disait pudiquement le général, c'était une charge de T.N.T. volatilisant le satellite espion en cas de coup dur. Bien entendu, les pilotes n'étaient pas au courant de ce gadget utile mais néfaste pour le moral.

Le téléphone sonna. Washington. L'office des Évaluations nationales était une machine merveilleusement au point. Il pouvait fournir presque instantanément des renseignements sur la situation politique de n'importe quel pays du monde avec l'exposé de ce qui allait se produire dans n'importe quel secteur dans le proche avenir. Fay brancha le téléphone sur un haut-parleur pour que ses collaborateurs puissent entendre le rapport.

« Voici ce que nous possédons de plus récent sur le Burundi, annonça une voix indifférente. Dès demain vous aurez un rapport plus complet.

» La République du Burundi a rompu les relations diplomatiques avec les U.S.A. il y a onze mois, après avoir jeté l'ambassadeur en prison.

» Le président de la République actuel, Simon Bukoko, a vingt-cinq ans. Il cumule aussi les charges de Premier ministre, ministre de la Justice et de la Fonction publique. Farouchement xénophobe.

» Il a renversé le *mwami* (roi) il y a huit mois. À également rompu toutes relations avec la Russie après avoir renvoyé une importante mission agricole.

» L'homme fort du pays est le ministre de l'Intérieur, Victor Kigeri, pro-chinois, qui entretient des rapports étroits avec la Tanzanie voisine, également pro-chinoise.

On dit qu'il projetterait une Fédération. Peu de rapports avec les pays voisins, Congo et Ruanda.

» Le Burundi a voté pour l'admission de la Chine à l'ONU. Récemment, plusieurs dizaines de syndicalistes noirs ont été sommairement exécutés à Bujumbura, la capitale du pays, ce qui a entraîné une protestation solennelle de l'I.L.A.[1].

» Sur le plan économique... »

Le lieutenant général Fay coupa le haut-parleur avec agacement et raccrocha son téléphone sur un mot d'excuse. Il se moquait éperdument de la situation économique du Burundi.

— Je ne vois pas ce qu'on pourrait apprendre de plus mauvais demain, fit-il sombrement. Où est la base la plus proche de l'Air Force ?

— Monrovia. 3 500 milles, fit Chips. Ou Téhéran, idem.

— En tout cas, remarqua Fay, nos amis Russes, cette fois, vont être aussi embêtés que nous. Et ce n'est pas ce qui arrange nos affaires. Demandez au Stratégic Air Command ou à Monrovia d'envoyer immédiatement une reconnaissance aérienne sur place, pour tâcher de savoir quelque chose. Si on était absolument sûr qu'ils sont au fond du lac...

— Et s'ils ont atteint le sol ? demanda le capitaine.

Fay haussa les épaules.

— Vous le saurez demain, en lisant les journaux.

— Pas sûr. Cette région est absolument déserte. Nous avons une chance de les récupérer.

— Avec une colonne blindée peut-être, ou des hélicoptères. Vous vous croyez au Viet-nam ? Et vous

1. International Labour Association.

connaissez des hélicoptères qui ont 7 000 miles de rayon d'action ?

— S'il y a une chance sur mille pour qu'ils soient vivants, dit Chips, nous devons les sauver. Ce sont nos hommes. Et, de plus, la découverte de leur mission causerait un scandale énorme.

— Je sais, je sais, coupa Fay. Je m'en charge. Allez vous coucher. Conférence demain matin à 9 heures.

Le ton était sans réplique. Chips et le colonel se levèrent et saluèrent. Resté seul, Fay se prit la tête dans les mains.

Devant le général Chips et le colonel, il n'avait pas voulu montrer son désarroi. Mais la situation était très grave. Du moment que le satellite-espion ne s'était pas désintégré en rentrant dans l'atmosphère, il y avait trois possibilités : il avait atterri sur la terre ferme et il était urgent de le détruire, ou il avait sombré en touchant le lac Tanganyika ; ou encore, son équipage l'avait volontairement coulé après l'amerrissage.

Il fallait de toute façon savoir à quoi s'en tenir. Sinon, cela risquait de déclencher un scandale international auprès duquel celui de l'U 2 espionnant la Russie ferait figure d'aimable plaisanterie…

C'était presque une chance dans leur malheur que le satellite ait échoué dans une région très peu peuplée, où les risques d'être repéré par les autorités locales étaient très faibles. Mais, plus le temps passerait, plus ces risques augmenteraient. D'autant plus que les cosmonautes tenteraient de regagner la civilisation.

Sur une ligne directe, Fay appela le Centre de Contrôle des satellites et eut une longue conversation technique.

Lorsqu'il raccrocha, le pressentiment qu'il avait eu dans la voiture s'était vérifié.

Les Chinois étaient une fois de plus beaucoup plus en avance que prévu. Ils avaient trouvé le moyen de télécommander les rétrofusées du satellite, de façon à fausser sa trajectoire de rentrée dans l'atmosphère. Un peu plus, il serait retombé en Chine…

Nerveusement, le lieutenant général se mit à faire les cent pas dans son bureau. C'est lui qui avait pris la décision de mettre deux hommes dans le satellite, les résultats des satellites-espions automatiques étant trop décevants. Alors que là, les rapports auraient été fabuleux. Les deux cosmonautes étaient parvenus à descendre jusqu'à 100 kilomètres du Sikiang, berceau de l'industrie nucléaire chinoise.

Mais il fallait récupérer les films des caméras. Impossible de les transmettre par télévision. Or, ceux-ci gisaient au fond du lac Tanganyika ; ou dans un coin de brousse africaine, si les cosmonautes avaient eu beaucoup de chance.

Il valait mieux les retrouver avant que cela ne s'ébruite.

Fay frappa du poing sur son bureau. Puis décrocha son téléphone. Il aurait donné cher pour laver son linge sale en famille. Mais, à la D.I.A., ils n'étaient absolument pas équipés pour ce genre d'opération. En dehors des espions électroniques, ils ne disposaient que d'un réseau d'attachés militaires et civils, bien incapables de mener une opération « noire ». Et de plus, uniquement dans les pays où ils avaient une représentation diplomatique. Ce qui n'était pas le cas du Burundi.

Il n'existait qu'une agence fédérale capable de lui venir en aide : la C.I.A. Division des Plans. Eux disposaient des éléments nécessaires à l'organisation d'une expédition.

En dépit de ses soucis, le général ne put retenir un mince sourire. Il n'aurait pas voulu être dans la peau des agents obligés d'aller récupérer au milieu de l'Afrique un satellite et deux bonshommes. Le tout discrètement, bien entendu.

Un vrai safari-suicide ! Palomarès, à côté, n'était qu'une aimable fumisterie.

Le DC 8 des Scandinavian Airlines toucha doucement de ses huit roues le ciment de la piste de Nairobi. Pour la plupart des passagers, c'était le premier contact avec l'Afrique et ils collaient curieusement leurs visages aux hublots dans l'espoir de découvrir une vision bien pittoresque. Mais il n'y avait que beaucoup d'arbres. Depuis longtemps les Mau-Mau faisaient partie du folklore.

— Il est 9 h 30, heure locale, et nous venons d'atterrir à Nairobi, annonça l'hôtesse. Les passagers pour Johannesburg sont priés de descendre les derniers.

Son Altesse Sérénissime le prince Malko s'étira dans son fauteuil de première. On y était presque aussi confortablement installé que dans un lit.

Devant sa fatigue manifeste, les deux hôtesses s'étaient relayées pour le chouchouter. Il avait même eu droit à sa vodka russe favorite. C'était plutôt inattendu, au cœur de l'Afrique.

Il faut dire que vingt-quatre heures plus tôt il était encore à New York. Avec un problème : arriver le plus vite possible à Nairobi.

Un premier vol de la Scandinavian l'avait amené à Copenhague directement. Il s'était reposé quelques heures dans les cabines de relaxation mises à la disposition des passagers de la Compagnie scandinave avant de reprendre le vol 961 à destination de Nairobi. Mais ils avaient dû s'arrêter à Hambourg, Zurich, Athènes, Khartoum et Kampala. À cette dernière escale, il avait flanché : endormi au fond de son fauteuil, rien n'avait pu le faire bouger.

Pourtant, cette fois, il fallait y aller. Comme un automate, il se leva et s'engagea sur la passerelle. Heureusement, à cause de l'heure matinale, il ne faisait pas encore trop chaud.

Un Noir en uniforme des Scandinavian Airlines demandait à la cantonade :

— Le prince Malko, s'il vous plaît ?

Malko s'approcha et se fit connaître. L'employé lui tendit un message plié.

À l'intérieur, il n'y avait qu'une phrase : « Rendez-vous au Koriko à midi. » Même pas de signature.

Malko regarda avec regret le gros Jet. Il aurait bien continué jusqu'en Afrique du Sud pour se faire choyer. Il aimait prendre l'avion et particulièrement la Scandinavian, où il retrouvait une politesse et un accueil qu'on ne trouvait plus aux U.S.A.

Mais hélas, son voyage se terminait là. Du moins pour l'instant. Car, la dernière étape, même la S.A.S. n'y allait pas. Encore endormi, il se dirigea vers la douane.

Quand Allan Pap entra dans le bar du Koriko, les trois putains noires assises à la table près de l'entrée se retournèrent d'un seul geste et jacassèrent avec animation.

L'une d'entre elles enleva une des pointes Bic plantées dans ses cheveux et se gratta la poitrine, égrillarde. Pap était le type d'homme qui plaisait aux Noires : 1,90 m, le crâne rasé, des épaules de débardeur et des yeux bleus faussement naïfs. Pas un pouce de graisse, mais 110 kilos.

Il posa sur l'assistance un regard calme et se dirigea vers le fond de la salle. Les maquereaux noirs en costume bois de rose s'aplatirent sur leurs tabourets.

Deux Européens étaient attablés devant des bières. Pap s'assit et leur serra la main. Il commanda un Coca-cola à la serveuse en boubou, la poitrine comme deux obus. Elle n'avait pas plus de quatorze ans.

Il régnait un vacarme infernal au Koriko, à cause du juke-box qui marchait sans arrêt, cerné d'un groupe de jeunes Noirs en transes.

Pour s'entendre il fallait hurler, bouche contre oreille. Cela avait l'avantage d'éviter les indiscrétions.

— Vous avez entendu parler de notre ami Malko ? dit l'un des Blancs. « S.A.S. » si vous préférez.

— Oui, fit Pap laconiquement.

Il saisit la main de Malko et la broya. Les yeux dorés et les yeux bleus s'apprécièrent une seconde. Malko était vanné. À New York il faisait frisquet, et ici il y avait 35° à l'ombre…

— Qu'est-ce qui se passe ? demanda Pap. Je n'aime pas beaucoup me montrer avec vous…

Le troisième homme l'apaisa d'un geste. Il s'appelait Paul Walton et dirigeait à la C.I.A. la Division « Afrique noire » du Département des Plans. Mais il se montrait très peu en Afrique. Il s'était dérangé en personne pour présenter Malko à Pap.

Allan Pap était un de ses meilleurs hommes.

Il était resté en prison deux ans en Indonésie, sans ouvrir la bouche ; condamné à mort, après avoir un peu bombardé le centre de Djakarta pour aider un putch anticommuniste, bien entendu sur les instructions formelles de la C.I.A. Les Indonésiens avaient eu beau lui faire déchiqueter les mollets par des chiens pendant trois mois, il s'était entêté dans son rôle de soldat perdu, enrôlé par les rebelles pour une poignée de dollars.

Longtemps après, le gouvernement américain avait fait discrètement intervenir son ambassadeur. Pap avait été échangé contre on cargo d'engrais, immédiatement revendu au marché noir. On l'avait envoyé quelques mois au vert puis affecté à un nouveau théâtre d'opérations, l'Afrique. Depuis le Congo, ça grouillait de barbouzes de tous les pays, les Français se spécialisant dans la mise au pouvoir de sous-officiers fidèles au drapeau tricolore, les Chinois dans l'éducation marxiste et les Russes dans l'agitation économique. Sans compter les différents États noirs qui se haïssaient cordialement.

Les meilleures alliées de la C.I.A. contre la pénétration communiste étaient la paresse et l'incroyable concussion des Noirs, rebelles à toute forme de collectivisme. La pensée la plus profonde de Mao Tsétoung n'arrivait pas à faire remuer le petit doigt à un fonctionnaire conscient de la chaleur et de son importance.

Allan Pap rendait de grands services. Officiellement, il dirigeait une petite compagnie de transport à la demande, dont la flotte basée à Nairobi se composait d'un vieux DC 4, de deux DC 3 et d'un aérocommander. Ce qui permettait à la rigueur de transporter quelques caisses de mitrailleuses pour un ami. Et de rendre beaucoup de services à des gens utiles, sinon recommandables.

— Allan, dit Walton, notre ami a besoin d'aller au Burundi.

— Ah !

— D'urgence.

Le géant passa le bout de ses énormes doigts sur sa joue râpeuse et laissa errer son regard sur la salle où se mélangeaient les boubous et les robes collantes. Toutes les filles portaient d'incroyables coiffures, les cheveux graissés et dressés sur la tête.

— Vous me prenez pour Dieu le Père, grogna-t-il.

— Il le faut, insista Walton. Sinon, je ne me serais pas dérangé.

— Impossible, trancha Allan.

— Pourquoi ?

Le géant le regarda avec commisération :

— On voit bien que vous ne savez pas ce que c'est qu'une révolution africaine. Depuis que Simon Bukoko a pris le pouvoir en virant le roi, c'est un bordel inimaginable. Ils arrêtent tout le monde, il y a le couvre-feu et tout et tout… Pratiquement le pays est bouclé, parce qu'ils ne tiennent pas à ce que les étrangers voient ce qui se passe. C'est classique. Ils accordent des visas au compte-gouttes, uniquement à ceux qui ont pu montrer patte blanche. (Il se tourna vers Malko :) Tout ce que je peux faire, c'est vous donner un parachute et vous emmener au-dessus de ce charmant pays.

Malko commençait à trouver saumâtre ce voyage en Afrique :

— Il y a de magnifiques plages en Afrique du Sud, suggéra-t-il. Je pourrais peut-être essayer par-là…

Paul Walton le foudroya du regard. Décidément, ces agents « noirs » de la C.I.A. étaient impossibles.

— Il n'y a pas un prétexte ? demanda-t-il. Je ne sais pas, moi, un safari ?

Allan Pap réussit à rire :

— Il n'y a que des vaches au Burundi. Trois par habitant. Vous avez à peu près autant de chances d'y tuer un lion qu'au Kansas.

L'homme de la C.I.A. ne renonçait pas :

— Il n'y a pas moyen de s'arranger avec les autorités locales ? Avec un peu d'argent bien utilisé…

— Vous êtes têtu, fit Allan. Alors, apprenez que le type qui tient la police, Basum Nicoro, est une des plus belles ordures que je connaisse. Il hait tout ce qui est occidental. Son rêve, c'est justement de mettre en cabane quelques espions belges ou américains. Vous tombez bien.

— J'ai un passeport autrichien, dit Malko dignement.

— Et alors ? Il y a un mois, ils ont arrêté, dans l'aéroport, toute une délégation diplomatique de la Guinée, parce qu'un des diplomates avait fait une réflexion sur la saleté des W.-C.

« Je vous dis que c'est un monde de dingues. N'importe quoi peut arriver. Les types qui ont pris le pouvoir sont à moitié analphabètes, grisés de leur puissance et totalement incapables. Comme, en plus, le pays est divisé en deux tribus : les Tutsi et les Hutus qui se haïssent, la pagaille est à son comble. Si tout se passe bien, ils seront retournés au Moyen Âge d'ici une dizaine d'années.

« De plus en plus intéressant, pensa Malko. Décidément, il n'avait pas demandé assez cher. »

Allan Pap vida son verre de coca et fit mine de se lever.

— Je vous ai dit tout ce que je savais. Désolé de ne pas pouvoir vous aider.

Paul Walton serra les lèvres et retint Pap. Heureusement, il y avait une pause dans le vacarme et il put parler normalement.

— Allan, dit-il en martelant les mots. IL FAUT QUE S.A.S. AILLE AU BURUNDI. Et pas dans quinze jours. Vous êtes le seul à pouvoir l'y aider. Et vous allez le faire. C'est un ordre.

Il y eut un silence gênant. Puis Allan Pap posa ses deux énormes mains à plat sur la table et dit lentement :

— O.K. Moi, j'obéis aux ordres. Vous voulez qu'il aille au Burundi, il va y aller. Mais vous ne viendrez pas vous plaindre après que je vous aie fait perdre un agent…

— Pardon, dit Malko, puis-je me mêler à votre conversation ?

— Plus tard, coupa Walton. Je vous écoute, Allan.

Le géant sourit ironiquement à Malko.

— J'ai une couverture pour vous, annonça-t-il. Mais cela serait plutôt un linceul. Je peux vous faire entrer dans ce fichu pays. Mais vous n'en sortirez pas vivant. Ou, du moins, vous avez une chance sur cent. Si cela vous suffit…

— Pour l'instant, remarqua Walton, il ne s'agit pas de sortir, mais d'entrer.

— Merci, fit Malko. Si vous voulez parler de moi au passé, cela ne me dérange pas.

Allan n'apprécia pas. Il interrogea Paul Walton :

— Est-ce que je peux lui parler de mes activités ?

— Bien sûr.

Autour d'eux, le vacarme avait repris, grâce à une nouvelle rafale de disques. Il y avait très peu de Blancs dans le bar. Sans cesse, des Noires entraient et sortaient, toujours moulées dans d'étonnants boubous aux couleurs éclatantes, dévisageant les Blancs effrontément. La puissance sexuelle des indigènes avait beau être un sujet inépuisable d'histoires salées, elles rêvaient toutes d'un amant blanc, pour avoir de la conversation à leur retour au village. L'une d'elles frôla Malko. Il sentit sa cuisse dure comme du teck, dont elle avait la couleur. Pour 10 shillings elle était prête à se laisser culbuter dans le building en construction du coin de Broadstreet.

Malko remua sur sa chaise gluante de sueur. Sale truc que cette Afrique. Et ces gens qui parlaient de lui quasiment au passé !

— Depuis quelques mois, expliqua Pap, je me suis introduit dans une bande importante de trafiquants de diamants. Souvent je les aide à transporter leur camelote, à l'aide de petits terrains disséminés dans la brousse. Ces types opèrent d'Afrique du Sud au Liban, avec un réseau de complicités parfait. Et l'un des centres de transit des pierres est le Burundi, à cause de sa proximité avec le Kasaï.

— Qu'est-ce que vous faites avec les diamants ? demanda Malko.

Pap sourit en coin.

— Ces diamants servent à acheter des armes. Et ces armes servent à pas mal de rebelles. En Angola.

— Ah !

Pour lui, les diamants évoquaient plutôt une soirée à l'opéra de Vienne avec de jolies femmes.

Un ange aux ailes très sales passa. Un jour il y aurait une épidémie de mort violente chez les trafiquants de diamants et Pap se retrouverait en Terre de Feu, plongé dans une autre tâche innocente.

— Je vais donc me faire passer pour un trafiquant de diamants si je comprends bien ?

Le géant rit de bon cœur.

— Ce n'est pas si simple que ça. D'abord, il vous faut un visa. Vous allez rendre visite à un type que je connais à Élisabethville. Vous aurez votre visa en quarante-huit heures contre 100 dollars. Bien entendu, le gars vous dénoncera, mais c'est prévu. Et ensuite Bujumbura, la capitale du Burundi. Vous irez trouver un gars que je connais et qui fait à peu près n'importe quoi pour du pognon. Il sert souvent de guide aux acheteurs de pierres dans la jungle.

— Tout cela me paraît parfait, dit Malko, soulagé. Vous êtes une vraie fée.

— ... Carabosse. Parce qu'à partir du moment où je vous mets dans ce circuit, vous êtes pratiquement mort... Suivez-moi bien : personne ne vous soupçonnera d'être un agent de la C.I.A. Mais au Burundi, tout le trafic de diamants est entre les mains d'un Grec, Aristote, dit Ari-le-Tueur. Ses bénéfices sont énormes. N'oubliez pas que pour ouvrir un comptoir officiel d'achat de pierres, il faut déjà payer 50 000 dollars par an. Comme vous ferez figure de franc-tireur, Ari n'aura qu'une idée : vous liquider. Surtout pour ne pas donner le mauvais exemple. Sinon il ferait faillite.

— Mais comment le saura-t-il ? demanda Malko.

— Par le type qui vous remettra votre visa. Mais sans lui, pas question d'entrer. Moi, je m'arrangerai toujours. Je lui dirai, que vous m'avez rendu un service dans le temps. D'ailleurs, je crois que, finalement, je lui ferai savoir que vous arrivez. Pour moi, c'est plus sûr et cela ne change pas grand-chose pour vous...

L'ange qui repassait par là eut un hoquet de dégoût et repartit à tire d'aile.

— Est-ce que c'est vraisemblable, cette histoire de franc-tireur ? demanda Paul Walton, intéressé.

— Bien sûr. Il y a des tas de petits malins qui ont entendu parler du trafic de diamants. Si on réussit, ça vaut la peine.

— Ils y arrivent ? fit Malko.

— Jusqu'ici, aucun n'est revenu me le dire.

De mieux en mieux.

— En tout cas, précisa Allan, il faut que votre couverture soit parfaite. Je ne peux pas perdre le bénéfice de deux ans de travail. Que vous vous fassiez buter par Ari, ça va. Mais si on vous identifie, je n'ai plus qu'à déménager, si j'ai le temps. Donc, avant tout, il faut que vous partiez avec une grosse somme d'argent. Et pour qu'on n'ait aucun doute, faites-la virer de banque à banque. Comme ça, personne n'ira penser à la C.I.A.

— Vous avez entendu parler de Charybde et Scylla ? interrogea Malko.

— Pourquoi ?

— Pour rien.

Résigné, il finit sa bière. Une fois de plus, il plongeait dans une histoire délirante.

— Tout le trafic se passe dans le Sud, ajouta Pap. Vous prendrez comme guide le gars à qui je vous envoie et ce sera à vous de jouer…

— Et si je me retrouve en prison au Burundi ?

L'Américain haussa les épaules.

— J'y suis resté deux ans en. Indonésie. On s'y fait.

— Mais vous ne connaissez personne de *sûr*, dans cet endroit idyllique ?

Pap secoua la tête.

— Non. J'étais bien avec le vieux roi, celui qu'ils ont vidé. Il m'avait invité plusieurs, fois. Je me suis toujours dégonflé. Avec ces gars-là, on ne sait jamais où se termine l'amitié et où commence l'appétit.

— Oh ! fit Walton, choqué. Vous ne voulez pas dire…

— Si.

L'ange repassa, de plus en plus dégoûté.

— D'ailleurs, dans un sens, vous avez du pot. Depuis trois mois, on m'a dit de plusieurs côtés qu'il y a un gros lot de diams à piquer dans la brousse. Il suffit que vous en ayez entendu parler… Mais, faites attention. En plus des francs-tireurs, ces types ont une frousse noire des flics sud-africains qui essaient de s'infiltrer dans leurs bandes. Avec votre type physique… Enfin, dès que vous êtes prêt, filez à E'ville prendre votre visa. Et bonne chance quand même.

Paul Wallon se gratta la gorge :

— Tout semble parfait, mais il y a an point où vous pourrez encore nous venir en aide, Allan. Il se peut que Malko ait à sortir du pays en fraude, et peut-être avec deux autres personnes.

— Facile, fit Pap. Je vais vous donner les coordonnées d'un de mes terrains au Congo, mais pas loin de la frontière burundienne. J'y passerai tous les huit jours, pendant un mois, disons. O.K. ?

— O.K., fit Malko, pas très enthousiaste.

Allan Pap griffonnait sur un carnet. Il tendit une feuille à Malko.

— Voilà vos adresses.

— Eh bien ! Je crois que tout est réglé, fit Walton avec entrain.

— Sauf le détail de mes obsèques, répliqua Malko, pince sans rire. Je désire être cuit en sauce.

— Allons, allons, tous ces gens sont à l'ONU…

Walton laissa un billet d'une livre pour la serveuse. Les trois hommes se frayèrent un chemin vers la porte. Dehors, l'air était gluant et chaud. Pap les quitta tout de suite, après avoir broyé les phalanges de Malko.

Celui-ci resta seul avec Paul Walton. Cette conversation et cette façon de disposer de lui l'avaient prodigieusement agacé.

— Je me demande si je ne vais pas reprendre le DC 8 de la Scandinavian qui repasse demain pour l'Europe, dit-il.

Paul Walton sursauta.

— Vous plaisantez !

— Non. C'est vous qui avez fait de l'humour noir à mes dépens.

Paul Walton le prit par le bras.

Mon cher S.A.S., ne soyez pas si susceptible. J'ai absolument besoin de vous. Je sais que c'est une mission dangereuse et délicate, mais vous êtes le seul à pouvoir l'accomplir. C'est moi qui ai décidé d'envoyer un homme seul au Burundi. Pensez à ces deux hommes seuls depuis trois jours maintenant. Il faut aller à leur secours.

— Comment se fait-il qu'on ne les ait pas retrouvés ? Cela semble incroyable.

— Non. Le Burundi est en pleine décomposition administrative. La région où est tombé le satellite est totalement coupée de la capitale. Au Congo, certains Blancs ont erré des semaines dans la jungle avant d'être secourus. Nos deux hommes gisent peut-être, blessés, au fond d'une case…

Malko le regarda en coin.

— Mon cher, si vous continuez, je vais me mettre à sangloter convulsivement. Votre soudaine crise de conscience ne serait-elle pas liée au fait qu'il y a un vote sur l'admission de la Chine à l'ONU dans trois mois ? Ce serait un beau tollé dans le tiers monde si on découvrait un satellite et deux espions échoués dans un pays neutre…

Walton ne répondit pas. Ils étaient arrivés devant l'hôtel Bristol.

— Je vais aller au Burundi, fit Malko. Mais c'est uniquement parce que je veux terminer l'aile ouest de mon château avant l'hiver. Mais si je n'en reviens pas, j'espère que cela vous empêchera de dormir au moins pendant une semaine…

Sur ces paroles vengeresses, il partit se coucher. Littéralement, il ne tenait plus debout.

CHAPITRE III

Le consulat du Burundi à Élisabethville était un petit bâtiment sans prétention caché au fond d'une allée de bougainvillées, dans le quartier des ambassades. Jadis, cela avait été un endroit paradisiaque. Depuis ce qu'on appelait pudiquement « les événements », la plupart des luxueuses villas étaient désertes, pillées et fermées. Les diplomates brillants avaient été remplacés par des individus difficilement définissables, de nationalité mouvante et aux intérêts mystérieux : tout ce que les cinq continents comptaient de barbouzes était brillamment représenté.

Malko ignorait tout cela. Il n'avait qu'une idée : quitter E'ville le plus tôt possible. Cette ville était sinistre.

Il poussa la porte du consulat et se trouva dans une salle sombre, sans air conditionné. Au plafond auréolé de mouches de toutes les couleurs, un grand ventilateur brassait inutilement un air chaud et nauséabond.

Trois familles noires étaient plongées dans une interminable palabre avec l'unique employé du guichet, qui ne jeta même pas un coup d'œil à Malko.

Au bout d'un quart d'heure, celui-ci, n'en pouvant plus de chaleur, s'approcha du comptoir.

— Vous vous appelez Inga ?

Le Noir leva une tête endormie et dit en français d'une voix chantante :

— C'est mon nom en effet.

— Je suis un ami d'Allan, annonça Malko. Je voudrais vous parler. Tranquillement.

L'autre cilla à peine.

— J'ai beaucoup de travail. Demain, peut-être. Ou après-demain.

— Tout à l'heure. Je vous attends au bar de l'hôtel Colonial, fit Malko d'un ton sec. Je n'ai pas beaucoup de temps.

Sans attendre la réponse, il écarta quelques boubous et sortit. La cupidité d'Inga ferait le reste.

L'hôtel Colonial était à 300 mètres de là. Il pouvait y venir à pied.

Effectivement, vingt minutes plus tard, Inga apparaissait devant le Colonial. Malko avait pris une table un peu en retrait, sous un ventilateur.

Le Noir s'assit tranquillement. Il avait purement et simplement fermé le consulat, jetant sans ménagement à la rue les malheureux qui attendaient depuis le matin. En Afrique, le fonctionnaire est roi.

— Hein, hein, fit-il d'un ton traînant, vous êtes un ami de m'sieur Allan ?

— Oui. Il m'a dit que vous pourriez me rendre un service.

Le visage de bois, Inga écoutait. Par moments, les Noirs sont capables d'une ruse infinie.

— J'ai besoin d'un visa pour le Burundi, annonça Malko.

— Hein, c'est très long, fit Inga. Peut-être deux mois… Il faut écrire à Bujumbura.

Malko laissa errer son regard très loin.

— Il me le faut d'ici trois jours. C'est facile, c'est vous qui établissez les visas. Les papiers partent après à Bujumbura. Il suffit de coller un tampon sur mon passeport : Un tampon de 10 000 francs…

— Hein, hein, c'est dangereux.

— Moi, je suis encore plus dangereux, dit Malko froidement. Et il faut que je parte vite.

L'autre le regarda en dessous. Il n'aimait pas les yeux dorés et froids.

— Jc nc sais pas si je pourrai. Maintenant, il faut que je retourne. Le chef, il va venir.

Le chef était en train de faire un sixième enfant à sa concubine, mais il fallait sauver la face, ne pas prolonger la discussion. Malko n'insista pas.

Il tira son passeport et le tendit sous la table à Inga, avec un billet de 5000 francs belges plié à la première page.

— Je viendrai le chercher demain matin.

Inga empocha le passeport et avala une large gorgée de sa bière Polar.

— Pourquoi vous êtes si pressé, monsieur ?

Malko, parfaitement dans la peau de son rôle, répondit :

— J'ai une affaire à Bujumbura. Je ne veux pas qu'elle me passe sous le nez.

Inga hocha la tête, finit sa bière et se leva, le passeport de Malko dans sa poche.

De sa démarche dansante il traversa la rue brûlante et disparut. Dès qu'il fut à l'abri des regards, il prit le billet de 5000 francs et le glissa, plié en quatre, dans sa chaussure.

En arrivant au consulat, il s'enferma dans son bureau et se mit au travail.

D'abord, il recopia soigneusement le passeport de Malko et mit le texte dans une enveloppe, avec un petit mot destiné au commissaire Nicoro, chef de la Sûreté de Bujumbura. Inga, ancien instituteur, devait en premier lieu son importance au fait que personne n'était absolument sûr que le consul nommé par la révolution sache écrire et, ensuite, à sa constance comme indicateur de police.

Mais heureusement, il ne dédaignait pas d'autres petits à-côtés.

Quand il eut cacheté son enveloppe, il décrocha le téléphone. Pendant près d'un quart d'heure, il parla en swahéli [1]. Le nom de Malko revint plusieurs fois dans la conversation. Son correspondant le félicita chaleureusement. Il recevrait une prime honorable. C'est grâce à des gens comme lui que l'organisation fonctionnait impeccablement à la satisfaction générale.

Inga raccrocha, chercha un instant dans sa mémoire s'il avait fait tout son devoir, puis, l'âme en paix, décida de se reposer.

Il partit à pied vers le quartier noir. Quand il se retrouva dans sa case en terre battue, sa première pensée fut de cacher l'argent. Il essaierait de ne pas donner la part revenant au Parti, mais ce serait difficile. Personne ne voudrait croire qu'il n'avait rien réclamé pour un visa.

1. Dialecte parlé au Congo et au Burundi. Avec le Kirundi, plus spécialement utilisé au Burundi, ce sont les deux idiomes les plus courants dans cette partie de l'Afrique.

Finalement, il glissa les billets sous son matelas et s'endormit la conscience tranquille.

Malko se leva de bonne heure le lendemain. Il est vrai que l'hôtel Memling n'incitait pas tellement au repos. Il y avait à peine moins de bruit que sur la place du marché. Les boys passaient leur temps à s'invectiver en swahili dans les couloirs, et les clients discutaient à haute voix jusqu'à 3 heures du matin. Comme toutes les cloisons étaient en contre-plaqué à peine amélioré...

La banque de l'Afrique de l'Est se trouvait presque en face de l'hôtel. C'est là que Malko se rendit en premier lieu. Un employé noir le renseigna immédiatement sur ce qui l'intéressait : le virement de 40 000 dollars en sa faveur était bien arrivé. Juste la veille.

Paul Walton était un garçon sérieux.

— Faites-moi virer cette somme à votre agence de Bujumbura, demanda Malko.

Il signa quelques papiers et sortit sous les regards respectueux des employés.

Malko cligna des yeux en sortant de la banque. Le soleil commençait à taper impitoyablement. Il arrêta un taxi 2 CV qui passait et se fit conduire au consulat du Burundi. Pourvu qu'Inga ne se soit pas dégonflé ! Depuis l'entrevue de Nairobi, il n'avait revu ni Paul Walton, ni Allan Pap. Il avait maintenant l'entière responsabilité de sa mission. Et Walton lui avait bien dit que c'était une question de jours ! Si les cosmonautes étaient encore vivants, et la capsule sur la terre ferme, quelqu'un finirait bien par les découvrir...

Il aurait bien aimé avoir une aide dans cette mission, mais Walton était formel. C'était un *one-manshow*.

Finalement la « couverture » donnée par Pap avait un double but. D'abord lui permettre d'accomplir sa mission, mais aussi, en cas de coup dur, Malko serait tellement dans la peau de son personnage de trafiquant de diamants que personne ne le lierait jamais à la C.I.A. Même si lui-même avouait. L'argent qu'on lui avait viré venait de Beyrouth. Personne ne pourrait jamais en établir la provenance exacte. Là aussi, la C.I.A. avait des gens bien placés, sinon honorablement connus.

Cela allait se gâter en arrivant à Bujumbura. Allan Pap l'avait bien prévenu : l'organisation d'Ari-le-Tueur était puissante et possédait des ramifications et des complicités dans toute cette partie de l'Afrique.

Enfin…

Maintenant, il comptait les missions qui le séparaient de sa retraite. Encore cinq ou six et son château serait restauré. Il en faudrait encore quelques-unes pour compléter ses réserves et il dirait adieu à l'espionnage, à moins que, d'ici là, la chance ne tourne.

Le consulat était désert, à l'exception d'Inga, paisible derrière un monceau de papiers. Lorsqu'il vit Malko, le Noir sortit son passeport d'un tiroir et le lui tendit :

— Tout est en règle. Vous pouvez séjourner trois mois au Burundi.

Malko examina le visa, rehaussé du Tambour sacré et du Palmier, emblèmes du Burundi.

Discrètement, un second billet de 5 000 francs belges changea de main.

— Je vous souhaite bon voyage, dit poliment Inga.

Il avait vraiment, fait tout ce qu'il fallait pour ça.

Le dos collé au siège de sa voiture par la transpiration, Julius Nieder crevait de chaleur. Il saisit la bouteille de J an B posée sur le plancher, entre ses jambes, et en but une large rasade.

La vieille Moskowich, empruntée à un chauffeur de taxi noir à qui il avait rendu des services dans le temps, puait comme il n'était pas possible. Mais c'était indispensable pour une filature discrète.

Au fond de sa poche, Julius tâta son dernier billet de 1000 francs. Il fallait qu'il réussisse ce contrat. Autrement c'était la débine. Et il était un peu trop connu à E'ville pour s'amuser à des bagatelles comme des hold-up ou un petit crime crapuleux. Bien que son passeport au nom de Julius Nieder lui donnât une certaine tranquillité il ne fallait pas pousser les risques trop loin. La découverte de sa véritable identité le mènerait à de sérieux ennuis.

Un taxi stoppa devant le consulat burundien. L'homme blond qui en descendit répondait parfaitement au signalement que lui avaient donné ses employeurs. Précipitamment, il boucha la bouteille de whisky, et mit en marche le moteur.

La 2 CV taxi était restée devant le consulat. Cinq minutes plus tard, l'homme blond ressortait et remontait dedans. Julius laissa passer 200 mètres et démarra à son tour.

Malko attendait un taxi sur le pas de l'hôtel. Son avion pour Bujumbura partait de N'jili, l'aéroport d'E'ville, dans deux heures. Il avait envoyé un câble à Pap. C'était son dernier contact avec la C.I.A.,il n'aurait plus d'agent résident pour l'accueillir, ni de lieu d'accueil. L'énorme puissance de la C.I.A. n'était plus rien à Bujumbura.

Une jeune Noire, très belle avec son boubou décoré de roues de bicyclette, et un mouchoir bleu sur la tête, passa devant lui et lui lança une œillade. Presque appétissante.

Le taxi, une vieille 403 à la peinture incrustée de latérite était là. Il monta dedans, sans remarquer une autre voiture qui démarra derrière lui, avec deux hommes à bord. L'homme à côté du conducteur était Julius Nieder. Lui aussi prenait l'avion de Bujumbura.

CHAPITRE IV

— Votre valise n'a pas été ouverte !

— Je viens de passer la douane…

— Il faut l'ouvrir.

L'énorme Noir casqué braqua sur Malko sa mitraillette tchécoslovaque à laquelle il avait fixé une baïonnette effilée comme un rasoir, et roula des yeux menaçants.

Résigné, Malko posa sa valise par terre et l'ouvrit, juste au-dessous de la banderole annonçant : *Bienvenue dans la République du Burundi*, Le mot « République » avait été peint grossièrement sur le mot « royaume ».

Sous le regard important du grand Noir, un autre soldat ouvrit la grosse *Samsonite*. En plus du costume d'alpaga anthracite qu'il avait sur le dos, Malko, toujours coquet, avait emporté trois complets ultra légers, un bleu, un gris, et un beige. Même au cœur de l'Afrique, il tenait à rester élégant.

Le soldat souleva avec respect les chemises de voile, ornées d'un discret monogramme et d'une couronne, caressa la trousse de toilette en cuir jaune et son regard s'arrêta devant une grande photo représentant le château de Malko à Liezen. C'était une mascotte dont il ne se séparait jamais, mais ici, au Burundi, cela semblait plutôt déplacé. Le Noir retourna la photo dans tous les sens sans oser poser de questions, et la remit en place.

Patient, Malko attendait. Inutile de se faire remarquer par un esclandre.

L'homme qui avait voulu le tuer passa près de lui, un petit sac de voyage à la main, sans un regard. Malko suivit des yeux pensivement sa silhouette massive. Il avait au moins un « ami » dans ce fichu pays.

Il allait refermer sa valise quand le soldat qui l'avait interpellé poussa un aboiement de joie. Posant sa mitraillette, il plongea la main dans la valise et ramena une paire de chaussettes de soie noire.

— C'est un devoir plein de plaisir d'aider la révolution, fit-il dans son français exotique, en enfonçant les chaussettes dans une des poches de son battle-dress.

On ne discute pas une telle évidence. Malko referma sa valise. Derrière lui un de ses compagnons de voyage, rougeaud et suant, murmura : « Les nègres ont trois passions : les mouchoirs, les chaussettes et l'Indépendance. »

De quoi le faire fusiller si l'autre l'avait entendu. C'était un des rares passagers, avec Malko, dont la destination était Bujumbura. Presque tous les autres continuaient sur Nairobi, ou plutôt, auraient continué, sans l'incident du hublot. Parce que le DC 6 était cloué au sol jusqu'à ce qu'on le remplace. Au mieux, cela se ferait le lendemain dans la journée.

Or, les Burundiens refusaient absolument de laisser aller coucher en ville les passagers en transit involontaire, non munis de visa. Les malheureux étaient en train de se tasser dans la salle d'attente et au bar, le tout non climatisé.

L'équipage belge écumait de rage, en vain.

D'ailleurs, l'accueil était plutôt réfrigérant. Une pancarte annonçait que le couvre-feu était en vigueur de minuit à 6 heures du matin et que toute personne surprise dehors risquait de se faire abattre sans sommation.

De même qu'il était interdit de tenir des propos séditieux à l'encontre du nouveau gouvernement.

Sous peine de prison immédiate.

L'État libre et souverain du Burundi ne plaisantait pas avec l'honneur. Bien que la plus grande partie de ses citoyens vivent nus dans une jungle inextricable, et que personne ne sache vraiment qui gouvernait le pays, la voix du Burundi à l'ONU était religieusement collationnée à chaque vote.

Malko avait déjà la main sur la porte menant au hall de l'aérogare quand un nouveau hurlement du soldat le pétrifia sur place.

— Vous n'avez pas été fouillé !

Patient, il se retourna, parvenant même à sourire.

— Mais si, cela vient d'être fait.

— Déposez votre valise et déshabillez-vous.

Il ignorait que ses cheveux blonds l'identifiaient aux yeux des Noirs à un Flamand, l'espèce de Blancs qu'ils haïssaient le plus.

Maintenant, il y avait trois soldats autour de lui, et un sergent. Malko se souvint de ce que lui avait dit Allan Pup à Nairobi, en parlant de Burundi

« C'est un monde de dingues, là-bas. Si vous voulez rester vivant, chaque fois qu'un soldat avec un fusil demande quelque chose, faites-le. N'importe quoi. »

Malko enlevait déjà sa veste quand le Blanc qui lui avait murmuré son opinion sur les Noirs s'approcha avec un lieutenant indigène. On lui expliqua l'incident. Celui-ci se tourna vers Malko et, le saluant poliment :

— C'est un plaisir d'accueillir un étranger, dit-il.

D'une phrase brève en Kirundi, il congédia les soldats. Maintenant les quatre riaient à pleines dents. Malko remercia, fit une croix sur ses chaussettes et sortit.

Une odeur tenace régnait dans le hall de « l'aérogare », une longue construction en bois et en plaques de tôle. Un seul guichet pour représenter les compagnies étrangères, fermé d'ailleurs. Il y avait belle lurette que les DC 6 d'Air Congo étaient seuls a se poser sur le petit terrain conquis par la forêt. La tour de contrôle ressemblait à un château d'eau et n'avait pas beaucoup plus d'efficacité. Depuis la révolution, c'étaient les militaires qui en avaient la charge.

Malko resta une seconde immobile. Partout des Noirs dormaient à même le sol. Il y avait même dans un coin un homme avec des pansements remplis de sang, portant un enfant accroché au ventre, comme une monstrueuse sangsue.

Récemment les bagarres entre Hutus et Tutsis avaient fait des dizaines de blessés.

Au bar minuscule, une beauté locale dévisagea les cheveux blonds de Malko avec concupiscence. Son boubou bleu à volant, décoré de machines à coudre, moulait des fesses tellement callipyges qu'elles n'en paraissaient pas réelles. Comme signe de richesse extérieure, elle avait planté dans ses cheveux raides plusieurs pointes Bic.

La Vénus callipyge lui fit un grand sourire. Il n'eut pas le temps de répondre à cette marque d'intérêt : les deux haut-parleurs du hall crachotèrent. Il y eut des bruits confus puis une voix d'homme annonça :

« Le président Simon Bukoko va parler. »

Une voix furieuse le coupa, visiblement celle du Président qui attaqua dans un français chantant, langue officielle du Burundi :

« Je suis très, très fâché. Ma colère est superlative. J'interdis précisivement que les fonctionnaires culbutent des jeunes filles dans les locaux de l'Administration publique. C'est possible que je pourrais faire fusiller de pareilles gens. »

Passant brusquement à un dialecte inconnu de Malko – de l'*urundi* – il continua à vociférer. Au bord du fou rire, Malko regarda autour de lui : les Noirs écoutaient, figés dans un garde-à-vous craintif, sérieux comme des papes. Il en profita pour s'esquiver vers la sortie, enjambant deux lézards qui bloquaient la porte.

L'air moite lui tomba sur les épaules. En dépit de l'heure tardive, il faisait encore près de 30°. C'était le début de la saison des pluies et de brusques averses, généralement vers 6 heures du soir, détrempaient la forêt.

Pendant qu'il cherchait des yeux un taxi, une meute de négrillons à moitié nus se battait autour de la poignée de sa valise. De guerre lasse, il l'abandonna au plus fort. Un grand Noir vêtu d'un casque de pompier américain et d'un slip passa, traînant un extincteur à roulettes.

— *Bwana*, taxi ?

Celui-ci était un Noir vêtu à l'européenne, avec un pantalon de toile grise, une veste rouge et une chemise brodée d'hibiscus. Ne portant pas de gilet, il avait attaché l'une des extrémités de son énorme chaîne de montre nickelée à un des boutons de sa braguette, ce qui nuisait beaucoup à la dignité de l'ensemble.

— Quel est le meilleur hôtel de Bujumbura ? demanda Malko.

Le Noir secoua la tête :

— *Bwana*, il y a seulement le Pagidas très bien.

— Bon, va pour le Pagidas.

Un groupe de paras noirs regardaient Malko avec curiosité. Ils s'ennuyaient. Ce n'était pas la peine de les laisser se distraire à ses dépens. Il s'enfourna dans une Chrysler Impériale de 1948 et, pour se débarrasser des gosses, leur jeta une poignée de piécettes congolaises. Le tueur de l'avion avait disparu. La Chrysler, avec un hoquet, démarra. Un autre Noir monta à côté du chauffeur, habitude africaine, et la voiture s'engagea sur une imposante autoroute, sortant de l'aéroport. Malko soupira, balloté sur le siège défoncé de la Chrysler.

Jamais il ne s'était trouvé lancé dans une mission aussi loufoque. À croire que la C.I.A. avait décidé de se débarrasser de lui. Ici, au Burundi, c'était un autre univers, irrationnel et imprévisible.

L'étincelante autoroute bordée de bougainvillées se mua en piste de latérite rouge après 500 mètres. De chaque côté, la forêt. Les phares éclairaient une terre sèche, des arbres et des buissons épineux. Selon la carte, Bujumbura était à 25 kilomètres. Des pistes plus petites s'enfonçaient entre les arbres, vers d'invisibles villages. Comme toujours sous les tropiques, bien que la nuit fût tombée, la température n'avait pas varié d'un degré.

Soudain, Malko fut projeté au plafond : la Chrysler venait d'entrer et de sortir d'un énorme trou. Le chauffeur se retourna, hilare.

— *Bwana*, la route, elle est pas bonne.

Pas besoin de le dire. Le Noir avait beau faire des slaloms à donner le mal de mer, il ne roulait pas 500 mètres sans qu'un cahot projetât Malko à l'autre bout de la banquette. Et c'était une des routes principales du Burundi…

Il leur fallut une heure pour couvrir 25 kilomètres, jusqu'à Bujumbura. Ce furent d'abord des rangées de cahutes en torchis ou en brique éclairées de lampes à acétylène, grouillant de Noirs criards et agités. Par-ci, par-là, il y avait des « magazini » sortes de bazars misérables débitant des clous, du savon, des binettes, du pétrole, des nœuds papillons et des bijoux de pacotille. Ils avisèrent aussi des enseignes au néon aux noms poétiques : *Au clair de la tune, Le Café du Crépuscule*. Dans la plupart de ces boys-dancings, les hommes dansaient entre eux. Non par pédérastie, mais parce que leurs épouses étaient trop prises par leurs travaux ménagers pour venir s'y amuser…

Des élégantes en boubou hélèrent le taxi. Par la vitre baissée le chauffeur fit un geste obscène et éclata de rire.

Dans le centre de Bujumbura la circulation devint plus dense ; la Chrysler tourna autour d'une grande place et stoppa devant l'hôtel Pagidas. Un seul côté de l'avenue de l'Uprona était éclairé. Malko demanda pourquoi. Le chauffeur expliqua qu'il s'agissait d'une mesure d'économie.

C'était une bâtisse moderne de six étages, avec un grand hall encombré de plantes vertes. Dès qu'il sortit du taxi, Malko fut pris à la gorge par l'odeur de la ville. Toute l'Afrique sent, mais là, il y avait quelque chose de plus. Depuis la révolution, on n'enlevait plus les ordures. Un taxi avec quatre morts était resté trois jours au milieu de l'avenue de l'Uprona, sans que personne ne s'en fût préoccupé.

Une jeep, pare-brise baissé et pleine de soldats, l'air farouche, passa lentement devant l'hôtel. Ils jouaient à la guerre. Certains, en dépit du casque, s'étaient peint sur le visage les marques de guerre tribales. Étrange.

Malko frissonna dans l'air glacé du hall. Le climatiseur marchait à fond. Tous les employés étaient noirs. Sans mot dire, on lui tendit une fiche à remplir. Quand il vit le prix, il crut à une erreur : 60 dollars.

— C'est 6 dollars ? demanda-t-il.

Le Noir secoua la tête.

— Non, patron, 60. C'est le président Bukoko qui a fixé les prix.

C'est ce qu'on appelle de la démocratie directe.

Malko sourit en pensant à la tête des comptables de la C.I.A. quand ils verraient la note de frais. Pour ce prix-là, à New York, on avait un appartement au Waldorf avec une douzaine de femmes de chambre.

Un Noir en boubou prit sa valise, le visage indifférent, et le précéda dans l'ascenseur. Sa chambre était au troisième. Le Pagidas, vu de près, était un composé d'H.L.M., de prison et de hangar. Le Noir déposa la valise sur le lit et disparut. Le seul éclairage consistait en une sorte de Scialytique de table d'opération braqué sur le lit. Quant au climatiseur, il faisait un peu moins de bruit qu'un Boeing au décollage et soufflait un air tiède et nauséabond.

Découragé, Malko s'assit sur le lit. Il mourait d'envie de reprendre le premier avion. Pour n'importe où. Dans leurs bureaux climatisés de Washington, ses patrons n'avaient certainement aucune idée précise sur ce qu'était le Burundi. Ou plutôt, ils devaient en avoir une, puisqu'ils l'avaient expédié pour cette mission de dingue. Il revoyait David Wise dans son fauteuil tournant en train d'expliquer la situation sur une carte d'Afrique :

— Pour nous, le Burundi n'existe pas. Pas de relations diplomatiques, aucune liaison économique, ils ont juste une délégation aux Nations unies.

» Les Russes ne sont pas mieux lotis que nous d'ailleurs. Après différentes avanies, leur ambassadeur a été expulsé après avoir attendu deux jours sans manger dans l'aérogare. Seuls les Chinois sont bien vus, du moins de certains membres du gouvernement.

» Et encore ! avant la révolution, le roi s'était aperçu que quarante Chinois de la mission diplomatique étaient entrés dans le pays avec dix passeports seulement. Il les a fait jeter en prison. Ils y sont peut-être encore.

— Charmant pays, avait remarqué Malko. Vous ne croyez pas que ce serait plus simple d'envoyer un bataillon de marines faire un safari là-bas ?

Sur la carte d'Afrique, le Burundi n'était qu'une mince tache verte, entre le lac Tanganyika et le Congo. David Wise avait mis le doigt sur un point au sud du pays, presque à la frontière de la Tanzanie.

— C'est dans cette zone qu'a atterri notre satellite, d'après les calculs des ordinateurs. À 150 kilomètres de Bujumbura, mais la plupart des ponts sont hors d'usage. Et depuis l'Indépendance, on ne les répare pas. Vous aurez à faire des détours. Peut-être deux ou trois fois le parcours initial…

» Je sais que ce n'est pas une mission facile. Depuis son Indépendance, le Burundi retourne tout doucement au Moyen Âge dans un bain de sang. Ils en sont à leur quatrième révolution. À part Bujumbura, il n'y a que des villages perdus dans la jungle. Une fois sorti de la capitale, avec une voiture et un guide, ce sera relativement facile. Vous parlez le français couramment… »

Oui, mais il fallait en sortir, de Bujumbura. Et pas les pieds devant.

Malko para au plus pressé. Il pendit ses costumes pour qu'ils ne ressemblent pas à des chiffons et sortit sa trousse de toilette.

D'abord le tube de dentifrice. Avec des ciseaux, il coupa l'extrémité pour en extraire le mince canon d'un pistolet automatique, qu'il nettoya dans le lavabo.

Ensuite, il déboîta le fond d'une flasque d'alcool et en sortit la crosse. Avec quelques petites pièces récupérées dans sa valise, il remonta en deux minutes son pistolet extra plat fabriqué spécialement dans le laboratoire technique de la C.I.A. Il était si plat qu'on pouvait le porter facilement sous un smoking. Et il tirait aussi bien des cartouches normales que des balles anesthésiantes.

Malko l'essaya et garnit le chargeur. Puis il le remit dans sa petite *Samsonite* à double fond et la ferma à clef, en espérant ne pas avoir à s'en servir.

L'homme qui avait voulu le tuer dans l'avion se trouvait en ville. Rien ne prouvait qu'il ait renoncé à son projet.

Malko n'avait pas l'intention de faire de vieux os dans la capitale du Burundi. Mentalement, il avait noté le nom et l'adresse de l'homme qui pouvait l'aider, sur la recommandation d'Allan Pap. Mort de fatigue, il s'endormit immédiatement. Ce n'était pas le moment d'aller se balader en pleine nuit dans Bujumbura.

À l'autre bout de la ville, juste à la limite du quartier indien, vers le lac, Julius Nieder passait un moment très désagréable. Blême et honteux, il se faisait agonir d'injures par un personnage énorme, vêtu d'un costume bois de rose, qui tournait autour de lui en hurlant : les colères d'Ari-le-Tueur étaient célèbres jusqu'en Afrique du Sud.

— Imbécile ! hurlait-il. J'avais ordonné que ce type ne mette pas les pieds au Burundi. Je sais pourquoi il vient. Il y a des gars dans le Sud qui essaient de fourguer un lot de pierres sans passer par nous. Ce type l'a su, je ne sais pas comment, et il vient les rafler.

Julius se défendit :

— Je n'ai pas dit mon dernier mot. Ici, ce doit être facile.

Ari se planta en face de lui.

— Non. Je n'aime pas les ratages. Vous seriez encore capable de faire une connerie. Demain matin, il y a un avion pour Kamasha. Prenez-le et ne foutez plus jamais les pieds ici.

Il fouilla dans sa poche et lui tendit un billet.

C'était un billet de 5000 francs belges. Julius l'empocha humblement. Il ne perdait pas tout.

Fou de rage, Ari-le-Tueur hurla :

— Je vais m'en occuper moi-même de ce type. Au moins, ce sera bien fait.

Quand Malko quitta l'hôtel Pagidas, le lendemain matin, deux Noirs se battaient furieusement devant la porte, sous le regard d'une douzaine de gamins qui sautaient de joie à chaque coup assené. L'un des combattants avait ôté sa chemise et sautillait, dans la position des boxeurs professionnels.

En voyant Malko, le portier du Pagidas se précipita sur les combattants la matraque haute, et repoussa le groupe au coin de la rue.

— Où est la rue du Kiwu ? demanda Malko au portier.

— Par-là. Pas loin, patron.

L'imprécision africaine. Ça pouvait être à 100 mètres ou à 10 kilomètres. Comme il n'y avait aucun taxi en vue, il partit à pied. Très vite, le macadam fit place à la terre battue.

Plusieurs fois, Malko se renseigna. Au bout de 2 kilomètres, fourbu et trempé de sueur, il vit enfin un poteau avec une pancarte à 60 centimètres du sol « rue du Kiwu ». Dans cette ville on aurait dit que les plaques des rues avaient été faites pour des nains.

La rue du Kiwu était bordée d'un ensemble hétéroclite de buildings modernes et de cabanes en bois. Sur la plupart des maisons, il n'y avait pas de numéro. Les Noirs dévisageaient Malko avec curiosité. Les Blancs ne devaient pas être nombreux dans ce quartier.

Soudain, il tomba sur un poste de police entouré de barbelés, et occupé par des soldats au béret vert.

Las d'errer, Malko passa devant la sentinelle soupçonneuse et entra. Un sergent était assis derrière un bureau crasseux et deux Noirs – des suspects probablement – étaient accroupis contre un mur, le visage tuméfié et sans expression.

— Savez-vous où se trouve le numéro 64 ? demanda Malko.

Le sergent prit l'air totalement abruti et secoua la tête. Puis il bredouilla :

— Non, patron.

Pour l'encourager, Malko demanda :

— Ici, c'est quel numéro ?

L'autre plissa désespérément le front. Mais cela dépassait ses attributions.

— Je ne sais pas, patron.

Il se replongea dans son registre. Autour de Malko, les soldats attendaient silencieusement. Découragé, il ressortit.

En désespoir de cause, il héla un gamin et tendit un billet de 5 francs.

— Tu connais la maison de M. Couderc ?

C'était la bonne méthode. Le gosse prit Malko par la main et trois minutes plus tard, ils s'arrêtaient devant une maison d'un étage en pisé. Écrit à la craie, on distinguait vaguement le numéro 64.

Le gosse s'enfuit en courant. Malko poussa la porte donnant sur une petite cour et resta en arrêt.

Au milieu de la cour, un groupe de Noirs riaient aux éclats, en cercle autour de quelque chose qu'il ne voyait pas. La plupart portaient l'uniforme blanc, rouge et vert de la J.N.K., l'association des jeunes du Parti.

Malko s'avança. Un des Noirs se retourna et fit quelque chose aux autres. Aussitôt le cercle se défit. Trois ou quatre Noirs passèrent près du Blanc, les yeux baissés, le visage fermé. D'autres disparurent vers le fond de la cour, et sautèrent une petite clôture.

Il n'en resta qu'un, de dos. Il urinait, tenant son sexe délicatement, entre deux doigts. Malko arriva à sa hauteur et le Noir l'aperçut. Un mélange de peur, de haine et de quelque chose qui ressemblait à de la honte apparut sur son visage. Rapidement, il fit disparaître son sexe dans son boubou et partit en courant, découvrant l'objet sur lequel il urinait.

C'était une tête d'homme.

Interdit, écœuré, Malko vit la tête bouger et une voix dit doucement :

— Si vous pouviez creuser un peu autour de moi, ensuite, c'est facile de me tirer.

La voix était humble et calme. Malko s'agenouilla, et, surmontant son dégoût, écarta la terre meuble imprégnée d'urine. L'homme qui était enterré vivant jusqu'au cou était presque chauve, avec un visage rond et des yeux papillotants de myope. Quand il sourit, Malko aperçut ses dents gâtées.

Vert de rage, il creusait comme un castor. S'arc-boutant, il tira l'homme par les épaules. Il n'y avait plus un seul Noir en vue.

Couvert de terre, le malheureux émergea de son trou. Il passa une main sale sur son visage, titubant un peu. Sa chemise et son pantalon de toile étaient dans un état pitoyable.

— Vous êtes Michel Couderc ? demanda Malko.

— Oui.

À petits pas, il se dirigea vers la porte de la maison et entra, invitant Malko à le suivre. La pièce était pauvrement meublée, avec, sur la table, un petit ventilateur portatif.

Couderc prit une paire de lunettes qu'il chaussa immédiatement, expliquant avec un pauvre sourire :

— Ils n'ont pas été trop méchants, ils m'ont laissé enlever mes lunettes avant... Excusez-moi, asseyez-vous, je vais prendre une douche...

Vu l'odeur qu'il exhalait, ce n'était pas un luxe.

Pendant qu'il disparaissait au fond de la pièce, Malko leva les yeux au ciel, découragé. Il était réussi l'ami de Pap ! Si c'est tout ce qu'il avait comme guide...

Michel Couderc revint avec un pantalon et une chemise propres, mais son teint était toujours aussi jaune, comme imprégné d'urine.

— Mais enfin, qu'est-ce qui se passe? interrogea Malko.

L'autre soupira.

— Si vous saviez! Cela, ce n'est rien. Ils ne me voulaient pas de mal. Mais vous savez, les Africains...

Il prononçait le mot avec une sorte de crainte.

— Pourquoi vous traitent-ils ainsi?

— C'est une longue histoire, murmura Couderc. Il y a quinze ans que je suis dans ce pays. J'avais une petite revue et je vivais bien. Il y a eu la première révolution et tout s'est bien passé. Ils n'avaient rien contre les Blancs. Au contraire on m'a demandé de rester et de collaborer avec le nouveau gouvernement. Et puis, dans un numéro de ma revue, j'ai publié une enquête sur le nombre exagéré de fonctionnaires, en conseillant au roi de les envoyer aux champs. Le lendemain, j'ai été jeté en prison. J'y suis resté jusqu'au mois dernier. Quand l'ambassadeur a intercédé pour moi, le roi a menacé de rompre les relations diplomatiques. Comme je n'étais pas assez important, on m'a laissé croupir en prison. Il y a deux mois, on m'a annoncé que j'allais être fusillé pour activité antinationale, à cause de mon article. Ils étaient sérieux. Pour eux, c'était la seule façon de se débarrasser de moi sans perdre la face. Quand le roi a été renversé, on m'a sorti de ma prison. Le président m'a convoqué, m'a dit que son prédécesseur était une grande canaille et qu'il me prenait comme sous-ministre de l'Information. Ma revue allait reparaître. Simplement, je lui soumettrai tous les articles avant la parution. Je lui ai dit que je préférais quitter le pays. Il est entré dans une colère terrible, m'a traité de mauvais citoyen et m'a dit qu'il me ferait changer d'avis. Que le Burundi avait besoin de moi. Depuis, tous les jours, les jeunes du Parti viennent me houspiller. On m'a pris mon passeport, tous mes biens ont été confisqués, je n'ai pas d'argent. Je donnerais n'importe quoi pour partir. Aujourd'hui, ils sont venus en me disant qu'ils allaient faire fondre les mauvaises idées dans ma tête. Ils ne voulaient pas vraiment me faire de mal…

Qu'est-ce qu'il lui fallait ! Sa résignation fit bouillir le sang de Malko.

Michel Couderc cligna des yeux en le regardant, et dit :

— Pourquoi êtes-vous venu me voir ?

— Je suis un ami d'Allan Pap, dit Malko prudemment.

— Ah !

Couderc s'assit sur un tabouret :

— Comment va-t-il ? Ici, à Bujumbura, on perd tout le monde de vue.

— Il va bien. Il m'a dit que vous pourriez me rendre service.

— Service !

Un rire aigrelet sortit d'entre les dents gâtées.

— Mais je ne suis plus rien, je n'existe plus. Même les nègres me pissent dessus et je ne peux rien dire... Alors...

— J'ai besoin de vous. Et cela peut vous rapporter beaucoup.

Michel Couderc se leva et posa sa petite main potelée aux ongles sales sur le revers immaculé du costume d'alpaga. L'haleine fétide fit reculer Malko.

— Je ne veux qu'une chose, souffla Couderc. Partir, foutre le camp de ce putain de pays et ne plus jamais voir un nègre de ma vie, vous m'entendez ? Si j'avais du pognon, j'irais à l'ONU et je leur dirais, moi, ce que c'est que les nègres.

— Avec de l'argent, vous pourrez partir, dit Malko. Je vous promets de vous faire franchir la frontière.

— Comment ?

— Je ne peux pas vous le dire maintenant. Est-ce que vous acceptez de m'aider ?

— En quoi ?

— Vous parlez kirundi, swahéli et vous connaissez bien le pays, n'est-ce pas ?

— Oui.

— J'ai besoin d'un guide pour aller dans le Sud.

Couderc haussa les épaules :

— Nicoro ne me laissera pas sortir de Bujumbura.

— Cela peut s'arranger. Et vous n'aurez plus jamais à y remettre les pieds.

Couderc se rongeait les ongles. Il regarda Malko en dessous :

— Qu'est-ce que vous voulez aller foutre dans le Sud ? Il n'y a rien. C'est le pays Mosso. Des vrais sauvages. Même les Hutus ne veulent pas en entendre parler.

— Est-ce que je vous demande ce que vous ferez de l'argent que je vous donnerai ? répliqua Malko.

Nerveusement, Couderc enfonça ses mains dans ses poches :

— Vous travaillez pour Ari-le-Tueur. Ne me racontez pas d'histoire. Vous êtes comme les autres, vous allez chercher les diamants de la Copper-belt.

— Je ne travaille pas pour Ari, dit lentement Malko. Je travaille pour moi.

Couderc devint encore plus jaune.

— Je ne veux pas de votre fric. J'ai assez d'emmerdements comme ça. Je n'ai pas envie de finir dans le lac Tanganyita avec une pierre au cou.

Malko sentit qu'il fallait frapper un grand coup. Calmement il sortit le pistolet de sa ceinture et en menaça Couderc.

— Vous aurez 5000 dollars en argent liquide, dit-il, avec un passeport, je vous ferai passer la frontière moi-même. Moi non plus je ne reviendrai pas à Bujumbura. Ou alors, une balle dans la peau tout de suite, car je ne peux pas vous laisser derrière moi après ce que je viens de vous dire. Vous avez trente secondes pour vous décider.

Malko, qui abhorrait la violence, devait se forcer pour menacer le malheureux Couderc. Mais il fallait quitter

Bujumbura coûte que coûte. Bien entendu, il n'aurait pas tiré.

— Bon, grommela Couderc. J'accepte. Mais j'espère que vous êtes régulier.

Malko ne répondit pas mais tira une liasse de billets de sa poche et en détacha un billet de 100 dollars.

— Voilà un acompte. Vous allez acheter ce qu'il faut pour préparer le voyage. Comptez quinze jours. Il faut trouver une voiture. Unc bonne, qui ne nous laisse pas en panne. Je paierai le prix. Rendez-vous demain après-midi au Pagidas. J'ai la chambre 25.

Il partit, laissant le billet sur la table.

La rue du Kiwu était déserte. Il se décida à marcher jusqu'à l'hôtel.

— Eh, attendez, fit Couderc. Vous croyez qu'on y va comme ça chez les Mossos ?

— J'ai regardé la carte, répliqua Malko. La route suit la rive du lac. Il n'y a pas plus de 150 kilomètres.

Michel Couderc ricana.

— La carte ! Est-ce qu'elle vous dit, la carte, que les ponts sont effondrés sur le Rvzibazi, et sur le Karonge. Sans parler des autres qui ne sont pas signalés... On peut mettre quinze jours !

— On verra bien. De toute façon, il faut y aller voir.

CHAPITRE V

Trouver une plus sale gueule entre le tropique du Cancer et le tropique du Capricorne eût demandé de longues et patientes recherches.

Basun Nicoro, grand patron de la police burundienne, alliait la servilité de vingt ans de colonialisme à la puissance toute neuve de son poste. Impeccablement vêtu d'une tunique de tergal presque blanc qu'il changeait deux fois par jour parce qu'il transpirait, les mains manucurées et les cheveux défrisés à prix d'or, il s'efforçait d'avoir l'air d'un gentleman, mais toutes ses tentatives dans ce sens étaient vouées à l'échec à cause de son physique.

On aurait encore passé sur les cicatrices tribales fendant les deux joues ; sur la taie recouvrant l'œil droit, reste du bon vieux trachome des familles, aussi. Mais l'expression de la bouche épaisse et de l'œil gauche était proprement répugnante. Un mélange de méchanceté, d'avidité et de lâcheté en proportions idéales. Passé directement d'indicateur à commissaire principal de Bujumbura, Nicoro effrayait même ses subordonnés.

Ceux-ci racontaient sous le manteau qu'il faisait venir des enfants en contrebande du Kenya, pour effectuer des sacrifices rituels et que sa puissance venait de là.

Toutes les putains du Quartier indien lui versaient leur dîme mais ses principales ressources venaient de ses liens avec les trafiquants de diamants et du racket systématique auquel il soumettait les acheteurs officiels. En plus des 50 000 dollars de la concession, ils lui en versaient 20 ou 30 000 pour éviter d'interminables tracasseries administratives. Comme Nicoro n'avait aucune confiance dans les banques, il cachait son argent dans tous les coins de sa maison et régulièrement il torturait presque à mort un de ses boys pour s'assurer que personne ne toucherait à son trésor. Il s'amusait même à laisser traîner chez lui des billets, pour voir.

Fanatique de la Chine et des Chinois, il ne portait plus que des tuniques à col militaire et clamait à qui voulait l'entendre sa haine contre toute la race blanche, y compris les Russes. Il effectuait de fréquents voyages en Tanzanie, autre fief chinois. Pratiquement, c'était l'homme le plus puissant de Bujumbura.

C'est ce que se disait Michel Couderc, debout devant le bureau impeccablement rangé. Se détachant sur l'acajou, un billet tout neuf de 100 dollars attirait l'œil irrésistiblement

Une heure après le départ de Malko les hommes du commissaire étaient chez lui, avertis par les jeunes du J.N.K. Ils l'avaient fouillé et trouvé ce billet. Et les ennuis avaient commencé.

— Alors ?

Couderc cligna des yeux.

— Quoi, monsieur le commissaire ?

Nicoro fit un signe de tête. Bakari et M'Polo, les deux inspecteurs noirs qui encadraient Couderc, tombèrent dessus à bras raccourcis. Ses lunettes sautèrent à l'autre bout de la pièce. Ils le frappaient à tour de rôle, avec des sautillements de danseur, le visage appliqué. Couderc saisit la cravate de Bakari pour se défendre ; le Noir le mordit cruellement à la main droite.

Michel Couderc tomba. Comme des automates bien réglés, les deux Noirs s'arrêtèrent, rajustèrent leur cravate et attendirent, en dansant d'un pied sur l'autre. Bakari essuya le bout de son escarpin poussiéreux sur le pantalon de Couderc, qui se relevait lentement.

— Alors, monsieur Couderc ? fit Nicoro, très calme.

Le malheureux secoua la tête.

— Pourquoi vos hommes me frappent-ils, monsieur le commissaire ?

L'œil valide de Nicoro se ferma de rage. Bien que parlant un excellent français, il avait du mal à prononcer les consonnes sifflantes, et quand il était en colère, son accent revenait.

Son poing s'écrasa sur le billet de 100 dollars.

— Chalauperie de Blanc, hurla-t-il, tu as fini de te moquer de la pouliche. Où as-tu trouvé ce billet de 100 dollars ? Chalaud, ji va ti faire crever. Ti te moques de la pouliche, ha, tu te moques de la pouliche, atta…

Il suait la haine par tous les pores, l'honorable Nicoro. Une gargouille de Notre-Dame aurait paru gracieuse à côté de son visage crispé. Bondissant de derrière son bureau, il envoya une claque à toute volée à Couderc qui alla s'aplatir sur la porte. Goguenards, les deux policiers noirs regardaient le Blanc, acculé et misérable.

Le commissaire envoya un coup de pied dans les reins de Couderc, qui gémit. Puis il le saisit au collet et le releva. Collant ses grosses lèvres contre le visage verdâtre de Couderc, il l'injuriait, mêlant le swahéli, le kirundi et le français.

— Tu volé aux Noirs ton argent, chalaud ! Je casse ton gueule, je va tuer chi faut.

Il se tourna,

— Bakari. Ton couteau.

Le policier sortit un long poignard fixé à sa ceinture dans une gaine de peau et le tendit à son chef. Nicoro le lui arracha presque. Un sourire méchant découvrit ses dents. Il avait retrouvé son calme. D'un geste sec, il glissa le bout de la lame dans la ceinture de Couderc et releva le poignet. Coupée net, la ceinture s'ouvrit. Précipitamment, Couderc saisit son pantalon à deux mains.

— Sur la tête, les mains, glapit Nicoro.

Il appuya son invective d'une estafilade sur le poignet de Couderc.

Celui-ci leva les mains et son pantalon s'affaissa sur ses chevilles, découvrant un caleçon de toile grise. Le commissaire brandit encore son arme et le caleçon s'ouvrit en deux. Machinalement, Couderc chercha à protéger de ses deux mains son ventre rond et blanc. La lame pointait déjà vers son bas-ventre.

— Maintenant, tu vas parler. Si tu dis un seul mensonge, je te coupe, fit le commissaire.

Ricanants, Bakari et M'Polo se déplacèrent pour contempler Couderc de face. À voix basse, ils échangeaient des quolibets sur ses facultés sexuelles, forts de leur supériorité.

— Alors ?

— Quoi, monsieur le commissaire ? fit faiblement Couderc.

La pointe s'enfonça de deux millimètres dans la toison châtain. Couderc fit un bond en arrière et se cogna à la porte. Lentement, Nicoro s'avança sur lui, le poignard à l'horizontale, menaçant le sexe du Blanc.

— On me l'a donné, cet argent ! hurla Couderc.

— Qui ?

— Je ne l'avais jamais vu. Il est venu chez moi. De la part d'un ami. Il s'appelle Malko Linge.

Nicoro avait repris son air rusé, mais demeurait aussi menaçant.

— Pourquoi il t'a donné 100 dollars ?

Couderc hésita. Il mesurait les risques mais haïssait tellement le commissaire qu'il faillit l'envoyer promener. Cependant la peur viscérale fut la plus forte.

— Il veut un guide.

— Un guide !

Le Noir éclata de rire.

— Toi ! Qu'est-ce que c'est que cette histoire. Tu mens.

— Non. Il veut un guide pour aller dans le Sud. Il ne parle ni swahéli, ni kirundi et ne connaît pas le pays.

— Pourquoi il veut aller chez les Mossos ?

— Je ne sais pas.

— Pourquoi t'a-t-il donné une somme si importante ?

— Je lui ai dit que je n'avais plus d'argent. Je dois m'acheter de l'équipement pour partir, et des vivres.

Dissimulant mal une expression d'intense satisfaction, Nicoro baissa le poignard et retourna s'asseoir à son bureau. Timidement, Couderc rapprocha les débris de son caleçon et remonta son pantalon. Puis il ramassa ses lunettes et les remit.

Sans instructions, les deux flics le laissèrent faire. Ils regrettaient sincèrement qu'il eût parlé. Ce n'est pas tous les jours qu'on voit castrer un Blanc. Sans compter que les restes, cela fait de bonnes portions.

Nicoro dissimulait sa jubilation en dessinant sur une feuille de papier. La présence de ce Malko au Burundi, il la connaissait. Inga avait bien fait son boulot. Il avait aussi appris quelque chose d'autre, Nicoro. Le virement de 40 000 dollars à la banque locale. Et cela lui aurait fait mal au cœur de se débarrasser du gêneur avant de l'avoir soulagé de cet argent. Même si ce n'était pas l'avis de tout le monde. Grâce à Couderc, il entrevoyait enfin une possibilité. Ce type-là n'allait pas partir dans le Sud les mains vides. On n'achète pas les diamants de contrebande à crédit.

Mais il ne fallait pas que l'autre se méfie.

À contrecœur, il tendit le billet à Couderc.

— Tiens. Reprends ça. Tu vas faire comme il te dit. Mais tu me tiendras au courant de tout.

— Oui, fit Couderc faiblement, maudissant sa lâcheté.

— Tu ne lui parleras pas de ta visite ici ?

— Non.

Nicoro se leva et reprit le poignard. S'approchant de Couderc, il articula lentement, comme il avait vu faire dans les films américains qu'on lui passait chez les jésuites :

— Si tu me trahis, je t'emmène dans la cave et je te tue moi-même. Tu mettras une semaine à crever. Maintenant, fous le camp.

Couderc tournait déjà les talons quand le commissaire le rappela. Juste pour voir s'il était bien en condition.

— Il est où, ton type ?

Bien entendu, il le savait déjà.

— Au Pagidas.

— Bien, Fous le camp. Qu'est-ce qu'on dit ?

— *Akisanti Sana*[1] murmura Couderc.

Au passage, Bakari envoya un léger coup de pied dans les fesses molles de Couderc, espérant vaguement une riposte, pour pouvoir cogner. Mais celui-ci connaissait trop bien les nègres. Il ne se retourna même pas, ferma la porte avec soin et se retrouva dehors, sous le soleil brûlant.

L'avenue de l'Uprona grouillait de monde. C'était le jour de marché et tous les Noirs de la brousse, venus de Muramuya, Bubanza et Mwizar voulaient voir l'ancien palais du Gouverneur promu Palais royal et, depuis un mois, présidence de la République.

C'était une bâtisse assez laide, au milieu d'un parc, mais pourvue, aux yeux des Burundiens, d'un prestige incomparable : les Blancs l'avaient habitée.

Bousculé par une négresse, le torse nu et les cheveux rasés en signe de deuil, Couderc marmonna une injure swahéli et se retourna vivement pour voir si elle l'avait entendue, stupéfait de sa propre audace.

Il tremblait encore de haine et de peur et décida de faire une halte place de l'Indépendance, à La Crémaillère. Il commanda une bière Polar et essuya ses lunettes. Il avait encore mal un peu partout. Laissant vagabonder son esprit, il se mit à rêver de sanglants

1. Merci beaucoup.

pogroms et de lui, Couderc, balayant d'une mitrailleuse implacable des rangs de Noirs terrorisés.

C'était bon de rêver. Mais il était dans de sales draps. Nicoro tiendrait sa promesse s'il le trahissait. Il ne tenait pas à finir dans les caves de la Sécurité. D'autre part, Malko représentait la seule chance qu'il pouvait avoir de s'évader de ce putain de pays. Cela ne laissait pas beaucoup de marge de manœuvre.

Sa main le faisait souffrir. Il la tâta, inquiet, hésitant à aller se faire panser chez un pharmacien. On lui avait toujours dit qu'une morsure de nègre, c'était aussi dangereux qu'une morsure de singe : ça s'infectait tout de suite et on pouvait en crever. De dégoût, il frissonna et commanda un cognac à l'eau gazeuse.

Le commissaire Nicoro poussa d'une main ferme la porte du *Club des gentlemen sélectionnés*.

Il était situé près de La Crémaillère, le meilleur restaurant de Bujumbura, depuis que le Mavali, au bord du Lac, avait été fermé parce que trop de clients y étaient morts de mort violente ; en particulier, deux ministres successivement. La terrasse était d'un accès trop facile pour les gens mal intentionnés, dotés d'armes automatiques. Le Club était le lieu de rendez-vous de tous les Noirs haut placés du gouvernement. En principe, il n'était pas ouvert aux Blancs, sauf à ceux qui entretenaient de juteuses combinaisons avec de hauts fonctionnaires. C'est là que s'étaient conclus les fantastiques accords bradant le café burundien sur le marché international, pour le plus grand profit d'un certain nombre de gens, y compris Nicoro et pas mal de Grecs.

Le Club était encore désert. Il n'était pas 6 heures. Le commissaire s'assit dans un fauteuil de cuir et commanda un Fernet-Branca. Il avait l'estomac fragile, et de se mettre en colère lui donnait des aigreurs.

De plus, il n'ignorait pas qu'il jouait avec le feu, en faisant passer sa cupidité avant les intérêts de ses associés. Ce nouveau venu aurait déjà dû être mort ou expulsé.

Devant son air sombre, le barman se garda bien de lui adresser la parole et se retrancha derrière son comptoir.

Mais après le Fernet-Branca, Nicoro commanda un cognac, pour mieux réfléchir. L'avidité lui desséchait le palais. 40 000 dollars ! Il fallait agir avec prudence ; l'inconnu ne devait pas être du genre à se laisser faire. La légalité, c'était ce qu'il y avait de mieux. Cela ne lui déplaisait pas ; ainsi, en plus, il pouvait humilier ses victimes. Un peu ragaillardi, Nicoro trempait les lèvres dans son cognac quand la porte s'ouvrit violemment sur un type énorme, boudiné dans un costume bois-de-rose, avec de petits yeux cerclés de rouge, hargneux et vifs, et un crâne comme une boule de billard. Il eut un sourire de crocodile en voyant le commissaire et fonça droit sur lui.

Son visage bouillonnait de rage contenue et de méchanceté. Sans souci du garçon qui s'était approché pour prendre les commandes, il sortit de sa ceinture un colt 38 et en enfonça le canon dans l'estomac de Nicoro. Celui-ci devint gris. Dans l'état où il était, l'autre était capable de lui vider le barillet dans les tripes. Ce n'était pas par hasard qu'on l'appelait aussi Ari-le-Tueur.

— Nico, fit celui-ci, si tu commences à faire le malin avec moi, tu vas aller rejoindre ton putain de bon dieu nègre avant longtemps.

Des esprits naïfs auraient pu s'étonner qu'un simple hôte du Burundi se permît de parler sur ce ton à un des fonctionnaires les plus redoutés et les plus puissants de la République.

Mais Aristote Palidis, grec cypriote, était le numéro. Un du trafic des diamants au Burundi. Ses rabatteurs allaient les chercher jusqu'au Kassaï, et même en Afrique du Sud. Ensuite, ils partaient au Liban grâce à un filière où le commissaire jouait un rôle important. Comme par hasard, les messagers n'étaient jamais fouillés. Et tous les petits trafiquants impitoyablement arrêtés ou dénoncés à Ari-le-Tueur, ce qui ne valait guère mieux.

À Bujumbura, les Grecs tenaient presque tout le commerce local avec les Indhous. Tous payaient de grasses mensualités à Nicoro en échange de sa protection active, ou passive. Mais, pour lors, le commissaire avait perdu toute sa superbe. Si Ari le soupçonnait de vouloir traiter une affaire derrière son dos avec le nouveau venu, il était capable de l'abattre sur-le-champ. D'autre part, il n'était pas question de lui parler des 40 000 dollars. Cruel dilemme. Il chercha à gagner du temps et déboutonna nerveusement le premier bouton de sa tunique.

— M'sieur Ari, ne vous énervez pas, fit-il d'un ton pleurnichard. Qu'est-ce qui se passe ? On vous a manqué de respect ?

L'autre s'en étrangla de rage.

— Tu te fous de ma gueule en plus ! Il y a un type qui se balade en ville pour acheter des diamants, je te dis de le virer, et tu es là à te saouler la gueule.

Nicoro eut un sourire apaisant, qui le rendit encore plus affreux. Décidément, la bonté, ce n'était pas son genre.

— Je ne me tourne pas les pouces, m'sieur Ari. Je sais déjà tout sur cet homme.

— Et alors ! Ce que je veux, c'est qu'il disparaisse. Je te paie pour cela, non ?

Ça tournait au vinaigre. Pris d'une subite inspiration, Nicoro raconta l'interrogatoire de Coudera. Un peu calmé, le Grec avait rentré son pistolet.

Le commissaire conclut :

— Jusqu'ici, il n'a rien fait d'illégal. Je ne peux pas l'arrêter. Et puis, ce serait intéressant de savoir d'où viennent les pierres qu'il vient chercher ; ce sont des gens qui vous trahissent, m'sieur Ari.

Celui-ci grogna.

— Je m'en fous. Je veux que tu me débarrasses de ce type le plus vite possible.

Il était redevenu menaçant. À la place du pistolet, il enfonçait un doigt dur comme de l'acier dans l'estomac du flic.

— Tâche de te démerder, négro. Sinon, ça va faire du gâchis. Tu vois ce que je veux dire ?

Sur ces paroles vengeresses, il quitta le *Club des Gentlemen sélectionnés*, qui n'avait jamais si peu mérité son titre, en claquant la porte. Nicoro, au fond, n'était pas mécontent. Il savait qu'un jour, il aurait la peau du Grec. Il se vengerait d'un coup de toutes les humiliations. Mais avant, il lui aurait soutiré beaucoup d'argent.

Quant au nouvel arrivant, il était hors de question de le laisser partir comme ça. L'idéal consistait à lui prendre son argent légalement et à le livrer ensuite au Grec. Celui-ci avait une panthère aux yeux bleus, Sira, qui vivait en quasi-liberté dans sa grande maison sur les collines, à l'est de la ville. Elle avait déjà été très utile à plusieurs reprises. Il suffisait de la laisser jeûner un jour ou deux et de l'énerver un peu.

Grâce à Michel Couderc, il espérait mener à bien rapidement la première partie de l'opération. Le reste serait beaucoup plus facile.

Il termina son cognac, prenant note mentalement de supprimer le barman à la première occasion. Il l'avait vu baisser pavillon devant Ari-le-Tueur et c'était extrêmement mauvais pour son prestige.

Après avoir reboutonné sa tunique, il descendit dîner à La Crémaillère.

Brigitte Vandamme l'accueillit avec un sourire charmeur. Chaque fois qu'il la voyait, Nicoro maudissait le ciel de lui avoir donné la tête qu'il avait. Brigitte était une fille de 1,75 m, avec un corps splendide bien qu'un peu épanoui et un visage avide et sensuel encadré de cheveux auburn.

Ce soir, elle portait, comme presque toujours, un chemisier de soie qui laissait deviner son soutien-gorge et une jupe très courte en shantung grège.

— Il y a du poulet à la crème, commissaire, annonça-t-elle. Je vous en garde.

Nicoro avala péniblement sa salive. Depuis qu'il la connaissait, il avait envie de coucher avec Brigitte. Veuve depuis cinq ans d'un gros Belge mort dans un accident de voiture, elle avait la réputation d'aimer les Noirs, surtout les jeunes boys qui arrivaient tout frais de la brousse. Elle en consommait pratiquement un par mois.

Afin de l'amadouer, Nicoro lui avait donné la concession pour la nourriture des prisonniers de la

Maison-Blanche, la prison de Bujumbura. Brigitte l'avait remercié, l'avait invité plusieurs fois, s'était laissé tenir la main, avait croisé très haut ses minijupes, mais cela n'avait jamais été plus loin. Et en dépit de sa puissance, Nicoro n'osait pas l'attaquer de front.

Justement, elle était là, à portée de la main, sa croupe oscillant au niveau du visage de Nicoro, comme si elle le faisait exprès. Son parfum rendait fou le commissaire. Il se promit de l'emmener danser au Koriko à la, première occasion. Grâce aux lumières tamisées, il retrouverait son sang-froid.

Dans le noir, son horrible tronche choquait moins.

CHAPITRE VI

L'électricité s'éteignit brusquement dans le bar du Pagidas. Comme la porte communiquant avec le hall était fermée, l'obscurité devint presque totale.

Méfiant, Malko se laissa glisser de son tabouret et s'éloigna discrètement de l'endroit où il était assis. L'attentat dans le DC 6 lui avait appris à se défier de l'inattendu. Bien que le tueur de l'avion ne se fût plus manifesté, rien ne disait qu'il n'attendait pas son heure. C'était d'autant plus désagréable, que Malko ignorait si l'homme travaillait pour un service ennemi, ou si sa propre « couverture » avait trop bien marché.

Les deux ventilateurs du plafond s'arrêtèrent avec un chuintement doux. L'hôtel Pagidas n'avait pas encore mis l'air conditionné partout. Toujours la fameuse économie grecque.

Une porte s'ouvrit derrière le bar et on entendit un hurlement :

— Moko, nom de Dieu, la glacière !

Un Grec noir comme un pruneau et trapu, en manches de chemise, fit irruption, tenant une lampe électrique d'une main et un énorme paquet de l'autre. Il contourna le bar et se heurta presque à Malko. C'était le chef cuisinier de l'hôtel, associé dans l'affaire.

— C'est la panne ! gronda-t-il. Ces cons-là, ils ne sont pas foutus de faire marcher une centrale électrique. Ça peut durer toute la journée. Avec la chaleur, la viande et le poisson, ça ne tient pas plus de deux heures. Alors, je transporte tout dans la glacière de secours. Sinon, c'est foutu. Quel pays ! Mon Dieu, quel pays !

— Pourquoi ne partez-vous pas ? demanda Malko.

Le Grec eut un ricanement désespéré.

— Il y a un an que le gouvernement ne paie pas ses dettes, monsieur. À moi, ils doivent plus de 500 000 francs [1] de dîners officiels. Si je refuse de les servir, on me met en prison. Si je pars, je suis ruiné.

Son paquet dans les bras, il disparut. Malko, fuyant l'obscurité, se réfugia dans le hall. Les climatiseurs s'étaient arrêtés. Dans une demi-heure, ce serait intenable. En attendant son rendez-vous avec Michel Couderc, il n'avait rigoureusement rien à faire. Bujumbura était une petite bourgade calme et provinciale. En dehors de l'avenue de l'Uprona et de la place de l'Indépendance, il n'y avait que des boutiques indigènes. Les villas élégantes étaient sur la hauteur ou au bord du lac. Malko n'avait pas de voiture et se souciait peu de s'exposer à la chaleur. Il avait hâte de prendre la route. Déjà cinq jours s'étaient écoulés depuis le rendez-vous de Nairobi. De plus, ce calme ne lui disait rien de bon. Puisqu'on avait essayé de le tuer une fois, il y aurait certainement une seconde tentative.

Il était 3 heures. Couderc avait deux heures de retard. Malko décida d'aller le chercher.

1. Belges. Environ 5 millions d'anciens francs.

Le boy dormait sur son tabouret près de l'entrée. Quand Malko le secoua il se redressa en vacillant et balbutia quelques mots inintelligibles en urundi.

— J'ai besoin d'un taxi, dit Malko.

— Y a n'a pas des taxis, *bwana*.

Et il se rassit, puant l'alcool comme un alambic. Découragé, Malko scruta l'avenue de l'Uprona. C'était l'heure de la sieste. Deux ou trois Noirs dormaient à l'ombre, à même le sol, contre les arbres.

Soudain, une petite Austin rouge apparut, tourna le coin de la place de l'Indépendance en direction de l'hôtel. Elle stoppa en face de Malko et deux jolies jambes bronzées, découvertes jusqu'en haut des cuisses par une robe jaune de soie légère pivotèrent gracieusement. Une jeune femme s'extirpa de la petite voiture et se dirigea droit vers Malko.

Blonde, mince, des lunettes noires et les cheveux sur les épaules. En passant devant lui, elle fit un léger signe de tête et s'approcha de la réception.

— M. Malko Linge est-il là ?

Elle avait parlé assez fort pour qu'il puisse l'entendre.

— Mademoiselle !

Elle se retourna et s'arrêta :

— Oui ?

Les jambes un peu écartées, les épaules rejetées en arrière, elle avait une allure de mannequin.

— Je vous prie de m'excuser. Je suis la personne que vous cherchez.

Elle le toisa avec une expression indéfinissable.

— Je m'appelle Jill. Je viens de la part de votre ami Michel Couderc. Il a été retardé. À cause de la voiture. Il vous rejoindra chez moi. C'est plus discret qu'à l'hôtel. Si vous voulez venir avec moi…

Malko hésita, partagé entre des sentiments divers. Le fait que Couderc soit en retard n'avait rien d'extraordinaire. Mais il était un peu étonné qu'il soit en relation avec une fille aussi ravissante.

Elle avait l'air ouvert et sympathique. Et quand on rencontre une fille pareille dans un pays comme le Burundi, on se prosterne face contre terre pour rendre grâce à Dieu.

— Allons-y.

Ils montèrent dans l'Austin. Sans souci de son compagnon, la jeune femme – elle pouvait avoir vingt-cinq ans – laissa sa robe remonter très haut sur ses cuisses bronzées. Elle conduisait vite et bien.

— Quel est votre prénom, déjà ? demanda-t-elle.

— Malko. Je suis autrichien.

— Enchantée, Malko, dit-elle. Que faites-vous à Bujumbura ?

— Et vous ? Ce n'est pas tellement un endroit pour une jolie femme.

Elle haussa les épaules avec insouciance.

— On y gagne de l'argent. J'habille les Noires élégantes. Comme elles le veulent. J'étais mannequin à Johannesburg, en Afrique du Sud. Ici, je gagne dix fois plus d'argent. Après je repartirai.

Malko ressentit au bout des doigts un picotement qui le trompait rarement : Jill avait envie de lui. Cette agréable constatation dissipa son dernier reste de méfiance.

Il ôta ses lunettes et la regarda. Le profil était parfait et délicat. Avec un rien de dureté dans la bouche. Elle sourit, se tournant à demi vers lui.

Ils ne parlèrent plus. Dix minutes plus tard, l'Austin s'engagea entre deux haies de flamboyants et stoppa devant une maison blanche, de style colonial, à un étage. Ils étaient dans le bas de la ville, près du lac Tanganyika.

Malko suivit Jill. Ils entrèrent par la cuisine. Les trois pièces du rez-de-chaussée étaient encombrées de rouleaux de tissu, de cintres et d'ébauches de robes. Dans un coin, il y avait un grand canapé et un électrophone. Les stores étaient fermés et il régnait une pénombre et une fraîcheur agréables.

— Il n'y a personne, dit Jill. Mes ouvrières viennent à 5 heures. Cette maison me sert à la fois d'atelier et de home. C'est pratique.

Ses grands yeux noisette dévisagèrent Malko sans ciller. Elle était presque aussi grande que lui.

— Excusez-moi.

Il s'assit sur un coin de canapé.

Cinq minutes plus tard, elle était de retour avec un plateau, du whisky et des verres. Malko se força pour accepter un whisky, car il n'aimait que la vodka.

Jill s'assit sur le divan à côté de lui et leva son verre :

— À votre heureux séjour au Burundi. À propos, qu'est-ce que vous y faites ?

— Des affaires. Une sorte de prospection, si vous voulez.

— C'est pour cela que Michel Couderc vous aide. C'est un gentil garçon.

Elle vida son verre d'un trait, se leva et mit l'électrophone en marche. La voix chaude de Franck Sinatra s'éleva dans la pièce. Pas très couleur locale

Jill revint vers le canapé, virevolta et tendit son dos à Malko.

— Aidez-moi.

Une seconde, il ne comprit pas. Le dos se rapprocha légèrement.

— La fermeture, fit Jill. Attention, ne coincez pas la soie.

La main de Malko descendit lentement le long de son dos. Cela fit un « zip » soyeux, la robe s'ouvrit, découvrant un dos bronzé, et le haut d'un slip blanc, montant jusqu'à la taille. D'un tour de hanche, Jill fit tomber la robe à ses pieds et se tourna vers Malko.

Sa poitrine était aussi bronzée que le reste de son corps. Petite et haute, elle était en parfaite harmonie avec les muscles allongés.

— N'est-ce pas plus joli que les femelles bicolores d'Europe ?

Malko n'eut pas le temps de répondre. Elle s'allongea près de lui et ordonna :

— Déshabillez-vous.

On se serait cru chez le docteur. Malko s'exécuta, mi-amusé, mi-intrigué. Elle le regardait. Quand il fut nu, elle passa une main légère sur ses reins.

— Viens. J'ai envie de faire l'amour.

Il la prit dans ses bras. Elle murmura : « Tu m'as plu tout de suite. Quand on te voit, on pense tout de suite à l'amour. »

Elle appuya son corps contre le sien, impérieusement. Elle avait ôté son slip elle-même. Malko voulut l'embrasser mais elle détourna la bouche.

— Après.

Ses yeux noisette avaient foncé et de ses mains dures elle pétrissait les muscles du dos de Malko. S'actionnant sur lui avec sa bouche et avec ses dents, Malko éprouvait une curieuse impression. Il n'y avait ni amour ni joie entre eux, pas même de désir raisonné. Seulement deux corps affamés.

Elle ne ferma pas les yeux; pas une parole ne fut échangée. Une seconde, une expression presque tendre passa dans son regard et ils restèrent l'un près de l'autre, essoufflés et en sueur.

— Il fait trop chaud, même pour faire l'amour, dans ce foutu pays, remarqua Jill d'une voix égale. Pourtant, on en a tout le temps envie. Je suis sûre que les boys mettent des trucs dans la nourriture, en espérant qu'ils vont en profiter.

Sans répondre, Malko essuya la sueur qui coulait en rigoles le long de ses côtes.

Jill sourit.

— Tu veux prendre une douche ? La salle de bains est là.

Il se leva, un peu étourdi, entra dans la salle de bains et referma la porte. Jill fumait, étendue sur le dos.

Malko ouvrit en grand le robinet d'eau froide. Sa forme revint instantanément : Quelle poisse de faire ce fichu métier ! Empoignant un savon, il commença à se frotter.

Couvert de savon, aveuglé par la douche qui coulait à fond, il allait se rincer quand il aperçut une silhouette dans la glace embuée du lavabo. Une fraction de seconde, il crut que c'était Jill. Mais la silhouette se précisa et il sentit une forte pression contre son flanc. Chassant le savon de son visage, il se trouva nez à nez avec un gros type aux yeux injectés de sang, boudiné dans un costume trop petit pour lui : il lui enfonçait dans le foie le canon d'un P. 38, le chien levé.

La première pensée de Malko fut qu'il devait avoir l'air totalement idiot, nu et plein de savon. La seconde, c'est que les ennuis recommençaient. Il n'eut pas le temps de formuler la troisième.

— Sors de là ! aboya le type.

Du moment qu'on parlait, ce n'était pas la guerre.

— Vous voulez la douche ?

C'était sorti malgré lui. Idiot, mais on ne se refait pas.

La rage fit virer l'autre au violet épiscopal. Il appuya encore plus le canon de l'arme et gronda :

— Ta gueule, macaque. Qu'est-ce que tu fous ici ?

Une seconde, Malko se demanda si ce n'était pas tout simplement l'amant jaloux de Jill. Mais il n'avait vraiment pas le physique de l'emploi.

— Vous voyez, je me lave, fit-il en s'enroulant dans une serviette.

Le gros leva une main grande comme une feuille de bananier et gifla Malko à toute volée.

— Si tu fais encore le malin, je te flingue ici. Qui es-tu et qu'est-ce que tu fous dans ce bled ?

Encore étourdi, Malko répondit prudemment :

— Je m'appelle Malko. Malko Linge. Je suis dans les affaires.

Ce n'était pas le moment de faire étalage de ses titres : Altesse Sérénissime, Bailli de l'Ordre de Malte et autres…

— Menteur ! hurla le gros. T'es dans les diams, oui.

Malko commença à s'essuyer discrètement. Il était sur un terrain brûlant.

— Si vous le savez, pourquoi me le demandez-vous ?

— Je ne te le demande pas. Je te dis de foutre le camp. Et vite.

— Est-ce que je pourrais tout de même m'habiller ?

L'autre s'écarta légèrement.

— Démerde-toi.

Jill terminait l'inventaire du portefeuille de Malko quand il s'empara de son pantalon. Sans un regard pour lui, elle annonça :

— Il a des papiers comme il dit. Et un reçu de 40 000 dollars de la banque pour l'Afrique de l'Est.

Malko acheva de se rhabiller. Intérieurement, il bouillonnait de rage. Michel Couderc l'avait trahi. Jill avait remis sa robe, mais avec un soutien-gorge dessous. Quand son regard croisa celui de Malko, il était complètement inexpressif. Le gros type, debout, soufflait comme un phoque d'un air méchant.

— Qu'est-ce que tu veux faire de ce fric ?

Habillé, Malko ne se sentait plus en état d'infériorité. Il répliqua :

— Vous l'avez dit, je suis ici pour acheter des diamants. Cela vous gêne ?

Le gros faillit en avaler son P. 38, qu'il agita furieusement sous le nez de Malko.

— Tu sais qui je suis ? glapit-il, Ari-le-Tueur, ça te dit quelque chose ? Si tu ne fous pas le camp, je te descends tout de suite, ici.

— Et elle ?

— Elle s'en fout. Alors ?

— Alors, quoi ?

Le canon du pistolet se trouvait à deux centimètres de la bouche de Malko. Celui-ci n'hésita pas. De la main droite, il poussa le cran de sûreté en arrière, et de la main gauche, tira violemment l'arme à lui. Sa mémoire étonnante lui permettait de savoir comment marchaient à peu près toutes les armes. Le Grec appuya une fraction de seconde trop tard sur la détente. Pour éviter d'avoir l'index arraché, il lâcha le P. 38.

Malko n'eut plus qu'à le faire passer dans sa main droite et relever le cran de sûreté.

— Asseyons-nous, dit-il. Et causons. Pourquoi voulez-vous mon départ ?

Décontenancé, Aristote bredouilla :

— C'est moi et mes copains qui avons les filières ici. Ça nous a coûté cher. On veut personne dans nos pattes.

Les brillants cerveaux de la C.I.A. n'avaient pas prévu les réactions d'un trafiquant obtus.

— Je ne m'occupe pas de vos affaires, dit Malko. Ne vous occupez pas des miennes. D'ailleurs, je ne resterai pas longtemps.

Voyant que Malko ne tirait pas, Ari reprit du poil de la bête.

— Si tu touches à un diam ici, gronda-t-il, tu es mort. C'est à nous. Et si un corniaud a accepté de t'en vendre il crèvera avec toi.

Évidemment, ç'aurait été plus simple de dire la vérité. Mais Malko était obligé de jouer son rôle jusqu'au bout. Allan avait raison : la « couverture » était tellement bonne qu'elle risquait de se transformer en linceul. Il se leva.

— Je n'ai pas le temps de discuter. Je pourrais vous descendre, mais je n'y tiens pas. Je suis venu ici pour faire une affaire et c'est tout, vous n'y perdrez rien.

Ari lui jeta un regard vipérin et menaçant.

— Connard. Tu es déjà mort…

Malko fit semblant de ne pas avoir entendu. Il aurait pu abattre le Grec. Mais outre les complications il n'était pas un tueur et ne le serait jamais.

— Jill, fit-il, puisque vous m'avez amené ici, voulez-vous avoir l'obligeance de me raccompagner ?

Une lueur de panique passa dans les yeux noisette. Jill quêta un geste d'Ari mais le gros homme était trop en rage pour le remarquer.

— Fais ce qu'il dit, grogna-t-il. Et fous-le dans le lac si tu peux.

Malko s'inclina.

— J'espère ne plus avoir le plaisir de vous revoir. Mais souvenez-vous de ce que je vous ai dit. Je n'aime pas qu'on se mêle de mes affaires.

— Tu ne foutras pas le camp de ce pays vivant, répliqua le Grec. Ou je ne m'appelle plus Ari-le-Tueur.

Malko passa le P. 38 dans sa ceinture et fit signe à Jill. Elle précéda et ils montèrent dans l'Austin. En sortant de l'allée de flamboyants, il ordonna :

— Allez vers le lac.

Jill eut un sanglot convulsif. Depuis qu'il l'avait rencontrée, c'est la première fois qu'elle exprimait un sentiment humain.

— Non. Je vous en supplie. Je…

— Je ne veux ni vous tuer, ni vous battre, dit doucement Malko.

Elle le regarda, indécise, un tic au coin de la lèvre, crevant de peur.

— J'ai peur, dit-elle. Ari m'a à moitié tuée, une fois. Et maintenant, vous l'avez humilié devant moi, il va encore…

— Mais pourquoi restez-vous avec ce singe ?

— Le fric, fit-elle, amère. À cause de lui, j'ai été six mois en cabane, en Afrique du Sud. Je passais des diamants. Maintenant, je travaille pour la bande, ici. Dès que je peux, je pars. N'importe où…

Ils avaient atteint une petite route bordant le lac Tanganyika, avec seulement quelques cagnas de Noirs et des villas fermées depuis le départ des Belges. Mais la vue était magnifique.

— Arrêtez là.

Docile, elle obéit. Malko descendit et alla jusqu'au bord marécageux. De toutes ses forces il jeta le pistolet. L'arme disparut dans l'eau verte.

— Inutile que votre petit camarade me dénonce à la police, remarqua Malko en remontant en voiture… Ramenez-moi au Pagidas.

Jill ne se le fit pas dire deux fois. Elle n'était qu'à moitié rassurée. Malko lui jeta un regard de pitié.

— C'est triste de voir une aussi jolie femme que vous dans ce pétrin…

— Je m'en sortirai. Mais vous, faites attention. Ari est un tueur, un vrai. Il a des relations puissantes ici, et des amis. Il y a eu un type comme vous qui est venu une fois. On a retrouvé ce que les vautours et les chacals avaient laissé dans la brousse, trois mois après. Maintenant qu'il a promis de vous tuer, devant moi, il tentera tout pour y arriver.

— Je me méfierai. Mais pourquoi veut-il tellement m'empêcher d'acheter des pierres ?

— Il a peur. Avec ses amis, ils ont un monopole de fait. Alors, ils achètent à très bas prix. Quand les vendeurs ne veulent pas, ils les menacent ou ils les font disparaître. Il a peur que vous offriez trop. Les vrais bénéfices viennent de l'achat ici. Il ne veut pas que vous appreniez les vrais prix qui se pratiquent ici. Ceux de

Beyrouth seraient furieux. Ils ont beaucoup plus de risques et gagnent moins.

— C'est très intéressant cela…

— Ne dites jamais que je vous en ai parlé, souffla Jill. Il me tuerait.

— Ne craignez rien.

L'Austin était arrivée devant l'hôtel Pagidas.

— Adieu, Jill dit Malko. Sans rancune. Malgré la présence d'Aristote le rendez-vous en valait la peine.

— Malko !

Elle posa sa main sur sa cuisse.

— Ce… ce n'était pas prévu comme cela. Renseigné par Couderc, Ari m'avait seulement dit de vous amener et de m'assurer que vous n'aviez pas d'arme.

— Quelle conscience professionnelle !

— Non.

Il était déjà à moitié hors de la voiture. Jill cria à voix basse.

— J'en avais vraiment envie.

Malko eut un geste évasif et s'éloigna.

Jill le suivit des yeux avec une étrange expression dans le regard, faite de colère, de soumission et presque de tendresse.

Malko ne fit qu'entrer et sortir dans le hall du Pagidas.

Cette fois, il y avait des taxis. Il se fit conduire à la rue du Kiwu, numéro 64.

La silhouette chafouine de Couderc parut se tasser quand Malko poussa la porte. Il recula, protégeant son visage de ses mains. Pas beau, le Couderc. Malko serra les lèvres avec mépris.

— Si je suis vivant, ce n'est pas de votre faute, fit-il. Votre ami Aristote ne m'aime pas beaucoup.

Couderc se tordit les mains.

— Il m'a forcé. Il m'aurait tué autrement. Nicoro lui avait dit que je travaillais pour vous. D'ailleurs, je ne veux plus rien avoir à faire avec vous. Tenez, voilà votre argent.

Il tendit à Malko le billet de 100 dollars.

Décidément, la situation ne s'améliorait pas. Sans guide, Malko n'avait plus qu'à reprendre l'avion. Il repoussa le billet.

— Ne faites pas l'idiot. Ma proposition tient toujours. Mais j'aimerais que vous me trahissiez un peu moins. Dans votre intérêt, parce que, si je reste à Bujumbura, vous y restez aussi.

Cette idée fit considérablement réfléchir Couderc :

— Vous êtes sûr, fit-il d'un ton craintif, que nous pourrons sortir du pays ?

— Je vous l'ai dit, répondit Malko patiemment. Vous croyez que je tiens à laisser mes os au Burundi ?

C'était l'évidence même. Un peu ragaillardi, Couderc précisa :

— J'avais trouvé une voiture. Une Ford en bon état pour 1000 dollars. Elle a de bons pneus et un bon moteur. Elle sera prête demain matin. Seulement, pour sortir de la ville, il faut un permis. Vous devez le demander au Palais. Peut-être qu'ils n'oseront pas refuser. Mais c'est trop tard ce soir. Il faut y aller demain.

— Bien, j'irai demain. Cette fois, attendez-moi là. C'est moi qui viendrai vous chercher…

Couderc cligna frénétiquement des yeux :

— Laissez-moi venir avec vous. J'ai peur ici. Ari va peut-être revenir. À l'hôtel, il n'osera rien faire.

— Si vous voulez, fit Malko.

Couderc ferma la porte et ils partirent à pied dans la rue du Kiwu. Heureusement, le taxi qui avait amené Malko attendait 100 mètres plus loin. Ils montèrent et se firent conduire au Pagidas.

L'électricité était revenue.

Et, au milieu du hall, dans le meilleur fauteuil, trônait une apparition étonnante : un évêque noir, tout en violet, très digne.

— C'est un vrai ? demanda Malko.

— Bien sûr. C'est l'évêque du Burundi. Mais il n'a pas beaucoup de succès. Les Noirs disent qu'il est évêque, mais que, n'étant pas blanc, il « n'a pas les secrets ». Et ils réclament le retour de l'évêque belge.

Malko éclata de rire mais Couderc était nerveux. Il regardait sans cesse autour de lui comme s'il s'attendait à voir surgir Ari-le-Tueur.

— Finalement, je crois que je vais aller m'occuper de la voiture, dit-il. Trop de gens peuvent me voir ici.

— J'espère que tout sera prêt demain.

— J'espère, fit humblement Couderc.

Il tendit sa petite main grassouillette et partit à toutes jambes, suivi par le regard grave de l'évêque qui « n'avait pas les secrets ».

Malko monta dans sa chambre. L'hôtel était presque vide : quelques hommes d'affaires, des fonctionnaires, et des officiers africains chamarrés comme des portiers d'hôtel. Il s'étendit sur le lit, et en dépit du ronflement du climatiseur, s'endormit presque immédiatement.

Dans la chambre voisine, les inspecteurs Bakari et M'Polo transpiraient dans leurs costumes sombres. Ils n'osaient pas retirer leurs cravates, car, sans cravate, un policier n'inspire plus le respect. Le commissaire Nicoro leur avait donné l'ordre de ne pas lâcher le Blanc d'une semelle. Jusqu'ici, c'était facile. Et même agréable. Ils avaient passé un moment plaisant à regarder la séance avec Jill.

Malko se réveilla vers 8 heures en sursaut. Il faisait relativement frais, mais une sourde angoisse lui serrait l'estomac. Il se sentait complètement isolé. Même Allan Pap était au bout du monde. Ils devaient se ronger les ongles à Washington. Il eut une pensée émue pour les deux cosmonautes. S'ils étaient encore vivants ! Six jours déjà…

C'était stupide de penser aux moyens colossaux de la C.I.A. alors qu'il était tout seul à se débattre dans ce pays de fous. Évidemment une expédition plus importante se serait fait remarquer. N'empêche qu'il avait une sacrée responsabilité.

Il se leva et choisit un costume d'alpaga bleu marine ultra-léger et une chemise de voile. Le pistolet extra-plat était caché au fond de la valise. Il jugea plus prudent de l'y laisser. Aristote n'oserait pas s'attaquer à lui en pleine ville. Un tueur qui s'appelait Aristote ! Vraiment, il fallait venir dans ce pays pour voir cela !

Cette fois, six taxis étaient en ligne devant l'hôtel. Un petit négrillon jaillit de l'obscurité et prit Malko par la main.

— Taxi, *bwana ?* Viens.

D'autorité, il le conduisit à une 2 CV Citroën et le poussa à l'intérieur ; le chauffeur se retourna avec un grand sourire :

— Où tu veux aller *bwana ?* Ti veux des filles ?

— À la Croix-du-Sud !

C'était un des meilleurs restaurants de Bujumbura. La 2 CV démarra péniblement, suivie à distance respectueuse par la 403 hors d'âge des deux flics, sortis précipitamment de leur chambre.

Le chauffeur balafré de Malko, après avoir roulé dix minutes, se retourna et dit, avec un large sourire :

— *Bwana.* Moi parler bien français et anglais.

— Ah ! bon.

— *Bwana*, toi intéressé par des beaux diamants ?

Malko ne put s'empêcher de sursauter. Il aurait ouvert une bijouterie que cela n'aurait pas été plus notoire. De mieux en mieux.

— Non, pourquoi ?

Le Noir eut un rire malin.

— *Bwana*, moi savoir, sûr.

— Tu te trompes.

L'autre secoua la tête, désolé.

— Bonne affaire, *bwana*. Moi, pas parler flics. Très belles pierres. Si tu veux, je t'emmène à place que je connais…

Ça sentait le guet-apens à plein nez. Encore un gars payé par son ami grec…

— Je n'achète pas de diamants, dit Malko fermement.

Le chauffeur, soudain, eut un petit hoquet et porta la main à sa bouche. Puis, il arrêta la voiture et se tourna vers Malko, la main tendue. Quelque chose brillait dans sa paume.

— Regarde, *bwana*, les belles pierres, 50 000 francs seulement.

Malko ne put s'empêcher de prendre les diamants dans sa main. C'étaient trois pierres, sorties de leur gangue. Il les tendit au Noir.

— Merci, mais cela ne m'intéresse pas. Je t'ai dit que je n'achetais pas de diamants.

Le chauffeur reprit les pierres et les recoinça dans ses gencives.

— Réfléchis, *bwana*. Demain, je serai devant l'hôtel.

Il repartit. Malko se demandait si, pour rester dans la peau du rôle, il ne serait pas obligé d'acheter les pierres.

Ils atteignirent la Croix-du-Sud sans qu'il ait résolu la question. Malko laissa un pourboire royal et claqua la portière. À peine était-il entré dans le restaurant que les deux flics arrêtèrent leur voiture contre le taxi, et descendirent avec un sourire mauvais. Grâce à l'éclairage intérieur de la 2 CV, ils n'avaient rien perdu de la scène. L'un d'eux ouvrit la portière de la 2 CV et dit en swahéli :

— Bonjour.

CHAPITRE VII

— Aujourd'hui, le chef n'est pas là. Il a une grande palabre avec sa femme. Viendra pas.

— Qui le remplace ?

Le Noir hocha la tête, désolé :

— Personne ne peut signer. Le chef il n'est pas là.

Malko prit une profonde inspiration pour éviter de saisir les cheveux crépus et de les frotter contre le bois du comptoir. Le dialogue de sourds durait depuis trois quarts d'heure.

À 9 heures, il s'était présenté au Palais présidentiel.

Personne.

Il avait franchi la grille, remonté une allée. Toujours personne. Le bâtiment où étaient groupés les différents services administratifs était en face de lui, désert en apparence. Mais après avoir poussé une porte surmontée d'un énorme tambour marron, emblème du Burundi, il s'était trouvé nez à nez avec un parachutiste burundien assis sur un canapé, les mains farfouillant le boubou d'une grosse fille piaillant sur ses genoux.

Quand le Noir vit Malko, il bondit sur ses pieds et sa conquête roula à terre. Une seconde plus tard, Malko avait le canon d'une mitraillette sur le ventre et se faisait copieusement injurier en swahéli, langue qu'il pratiquait très peu.

Le malentendu s'apaisa, grâce à un billet de 500 francs. Heureusement, le parachutiste-sentinelle parlait français. Assuré que Malko ne venait pas renverser la République toute neuve, il s'offrit à lui servir de guide dans les méandres de l'administration burundienne.

Et pour bien montrer sa bonne volonté, il congédia la fille d'une vigoureuse tape sur les fesses qui rendirent un son métallique. Devant l'air étonné de Malko, le Noir souleva le boubou avec un grand rire.

Le derrière de la fille était tapissé de capsules de coca-cola fixées à sa culotte, afin de lui permettre d'onduler plus suggestivement quand elle marchait.

Hélas, les efforts de la sentinelle avaient été vains. En moyenne, les fonctionnaires importants mettaient les pieds à leur bureau environ deux heures par semaine. Impossible de trouver le responsable de la signature des laissez-passer.

Évidemment si Malko s'était adressé à Nicoro, le chef de la Police se serait fait une joie de le lui donner, son laissez-passer… Mais il l'ignorait.

Découragé, Malko avait échoué devant l'employé impuissant qui lui tenait tête depuis près d'une heure.

Il allait s'en aller lorsque la porte de la pièce s'ouvrit sur une apparition impressionnante : un Noir gigantesque avec une toute petite tête et d'interminables galons sur ses épaules simiesques. Sans même regarder Malko, il traversa la pièce et alla s'enfermer dans un bureau vitré.

Malko eut une inspiration :

— Et celui-ci, qui est-ce ?

— Le chef de la Gendarmerie, le général Uru, dit le Noir d'une voix effrayée.

Il peut signer un laissez-passer ?

— Je ne sais pas, *bwana*...

Le billet de 500 francs était déjà sur le comptoir. Docilement, le jeune Noir se leva et disparut dans le bureau.

Vingt secondes plus tard, Malko l'y rejoignait. Le chef de la Gendarmerie lui tendit une main énorme, un grand sourire aux lèvres.

— Voulez-vous entrer, dit-il d'une voix douce qui contrastait avec sa redoutable apparence.

Malko expliqua le but de sa visite. Il avait besoin rapidement d'un laissez-passer pour visiter le Burundi, en touriste.

Le Noir hochait la tête, compréhensif. Quand Malko se tut, il prit la parole, de la même voix douce.

— La République du Burundi est entourée d'ennemis, annonça-t-il sentencieusement. Nous devons veiller sur la démocratie naissante avec la tendresse d'une mère. Le fils du roi, l'ignoble N'taré, un criminel endurci, est réfugié au Congo et veut rassembler ses partisans. C'est pour cela que les routes sont surveillées.

Il roula des yeux terribles.

— Nous sommes des gens pacifiques, mais, moi, je vous le dis, je ferai fusiller tous ceux qui voudront revenir à la corruption du régime royal.

Malko opinait du chef, convaincu. Il connaissait assez l'Afrique pour savoir qu'après cette envolée de lyrisme tropical on passerait aux choses sérieuses.

Enfin, l'autre se tut

— Colonel, dit Malko étourdiment.

— Général, corrigea le Noir.

Malko ignorait évidemment que le général Uru était l'ancien aide-cuisinier du roi. Sa faconde lui valait l'honneur de rédiger tous les discours du président

— Général, je suis sûr qu'un pays jeune comme le vôtre a de nombreux besoins. J'aimerais aider te Burundi… par… heu…, un don. À qui dois-je m'adresser ?

— À *moi*.

— Mais je croyais que vous étiez commandant de la Gendarmerie.

— Je suis aussi sous-ministre des Affaires sociales.

— Ah.

Malko tira un rouleau de billets et en détacha cinq de mille, puis demanda, faussement détaché.

— Dans ce cas, je peux vous remettre cette somme. Ce sera plus simple :

— Ce sera plus simple, fit Uru, en écho.

Il empocha les billets, se gratta la gorge et fit, l'air important :

— Je vois que vous n'êtes pas un petit vagabond sans vergogne. En tant qu'élément très responsable de ce pays, je vais vous donner un document illuminé. Que Dieu et la Vierge vous protègent.

Solennellement, il commença à écrire, d'un gros trait appliqué.

Il bombarda ensuite littéralement le document de tous les cachets qui lui tombèrent sous la main, le parapha et le tendit à Malko. Celui-ci le parcourut, se mordant la langue pour garder son sérieux. Sous l'en-tête « République du Burundi. Direction de la Gendarmerie », il lut la phrase suivante :

— Ne considérez pas mes envoyés comme des papillons volages et sans valeur, sans quoi je me verrais dans l'obligation de vous rétrograder postérieurement.

Et c'était signé : « Général Uru
Chéri de ses dames
et toujours fidèle à sa parole. »

— Cela me semble parfait, dit Malko.

Ils se serrèrent longuement la main et le général lui souhaita bon voyage de sa curieuse voix douce. En voilà un qui arrondissait gentiment sa solde.

En sortant, Malko retomba sur le factionnaire lutineur qui s'offrit à lui faire visiter le quartier hindou. Malko remercia poliment, un peu étonné de cette fibre touristique, ignorant qu'il s'agissait des plus belles maisons de passe de Bujumbura.

À la porte du Palais présidentiel, un Noir, vêtu des débris d'un pantalon de smoking, distribuait des cartons. Malko en prit un. C'était une réclame en français, anglais, allemand, norvégien et hollandais pour la boîte de nuit du Ritz Hotel, promettant en tas du bon temps, de la belle musique, des entraîneuses, du plaisir, de la bière fraîche, du whisky, du gin et du brandy.

Le Ritz était la propriété du commissaire Nicoro.

Malko revint à pied à l'hôtel Pagidas, dans le brouhaha du marché. Il était à peu près le seul Blanc dans la rue, mais les Noirs ne faisaient pas attention à lui. Seules les négresses en boubou multicolore échangeaient des réflexions en swahéli sur son passage, soupesant mentalement ses avantages sexuels, crachant ensuite un jet rouge de bétel.

Dans la foule noire, il ne remarqua pas les deux sbires de Nicoro, flânant à une centaine de mètres derrière lui. Il n'était pas difficile à suivre, et, de toute façon, les trois quarts des chauffeurs de taxis travaillaient pour la police.

Au passage, il acheta *Le Courrier de Bujumbura* devant La Crémaillère, et parcourut rapidement la première page. Il y avait peu de nouvelles du monde extérieur. Apparemment, la perte du satellite n'était toujours pas publique. Tout cela ressemblait à un cauchemar. Il se demandait par moments si la C.I.A. ne lui jouait pas un tour pendable. Mais, par décision présidentielle, la possession de coupe-coupe de plus de 90 centimètres de long était désormais un crime contre l'État.

Arrivé au Pagidas, il prit une des 2 CV en stationnement devant l'hôtel et donna l'adresse de Couderc. Maintenant qu'ils avaient le laissez-passer, il n'y avait plus de temps à perdre.

De jour, le quartier semblait encore plus triste et la cabane de Couderc, une hutte de pionnier. Il frappa, et n'obtenant pas de réponse, poussa et resta figé sur le seuil.

Michel Couderc était étendu face contre terre, sa chemise souillée de sang et en lambeaux. Un désordre indescriptible régnait dans la pièce.

Malko s'agenouilla et retourna le corps. Couderc gémit. Son visage n'était plus qu'une croûte de sang séché. L'arcade sourcilière droite fendue sur 4 centimètres, une rigole de sang jusque dans le cou, le nez écrasé, et des meurtrissures partout. À travers la chemise, Malko aperçut des bleus énormes.

À grand-peine, il remit Couderc sur pied. Celui-ci titubait, grognant des mots sans suite. Malko l'assit ouvrit un placard où il dénicha une bouteille de cognac japonais et lui en fit boire. Enfin, il ramassa ses lunettes et les lui remit

Couderc s'étrangla, cracha, mais ouvrit l'œil gauche.

— Je ne pars plus, articula-t-il nettement. Foutez le camp.

Et il referma son œil valide.

C'était le bouquet.

— Qu'est-ce qui se passe ? demanda Malko. Qui vous a fait ça ?

Sans ouvrir l'œil, Couderc dit faiblement :

— Deux négros. Les copains d'Ari. Avec des godasses italiennes, à bout pointu. Ils m'ont battu pendant une heure. Si je vous revois, ils m'ont juré de me tuer. Alors, foutez le camp. La vie est dégueulasse, mais je ne veux pas mourir.

Patiemment, Malko entreprit de raisonner Couderc. Mais plus il parlait plus l'autre s'entêtait. Toutes les deux minutes, il éructait « Foutez le camp » et retombait dans son apathie.

— Vous préférez rester avec les nègres alors, fit Malko. Ils vous traitent si bien !

Couderc se souleva, bloc de haine, et cracha :

— Les macaques, je les vomis. Je me vengerai, je me vengerai. Attendez.

— Je n'attends rien, dit Malko. J'ai besoin de vous. Ou vous partez avec moi, ou vous êtes fichu.

— Si le Grec sait que je pars, il va me tuer.

— Il ne saura rien. Demain matin, nous partons directement et nous ne remettrons jamais les pieds à Bujumbura.

Couderc ricana :

— Comment voulez-vous faire ? On ne va pas traverser l'Afrique comme ça, sans visas.

— Un avion viendra me. chercher, dit Malko. Il y aura un passeport pour vous. Et assez d'argent pour revenir en Europe.

Couderc le regarda, ébranlé. Il sentait que Malko disait la vérité.

— C'est sûr, tout ça ?

— Certain. Vous croyez, que j'ai envie, *moi*, de retomber sur notre ami Aristote ?

Couderc cracha des débris de dent.

— Bon. Rendez-vous demain matin, ici. D'ici là, j'aurai récupéré la voiture. Mais si vous m'avez menti, vous le regretterez. Parce que, sans moi, vous ne sortirez jamais de la forêt. On y crèvera tous les deux.

Sur ces paroles encourageantes, Malko prit congé. Le taxi l'avait attendu au coin de la rue, comme d'habitude. Il le ramena à l'hôtel.

Le commissaire Nicoro passa rapidement devant les portes closes des cellules d'isolement au sous-sol de la Santé et s'arrêta devant la dernière. Lui seul en avait la clef. Il l'avait fait équiper d'une serrure Yale pillée dans une villa abandonnée par les Belges.

Sur ses talons, Bakari et M'Polo suivaient silencieusement.

Une ampoule nue éclairait la pièce. À première vue, elle était vide. Mais dans un coin, il y avait quelque chose qui ressemblait à un paquet de vieux vêtements. Il fallait un regard extrêmement perçant pour reconnaître un homme. Un Noir dont le visage et le corps n'étaient plus qu'un amas de chairs monstrueusement torturées.

— Est-ce qu'il a parlé ? demanda Nicoro.

Bakari secoua la tête.

— Non.

Le commissaire regarda pensivement le corps et tira sur sa tunique pour effacer un pli :

— Essayez encore.

Les deux policiers se regardèrent, gênés. À ce genre de besogne, ils risquaient de salir leurs beaux costumes. Généralement, ils venaient avec un vieux blue-jean et une chemise sale pour les interrogatoires. Mais on ne discute pas les ordres du chef. Même s'ils sont injustes. Car ils avaient fait tout ce qui était humainement possible pour faire parler ce type, depuis qu'ils l'avaient interpellé à l'entrée de la Croix-du-Sud.

Son taxi 2 CV était déjà revendu. L'acheteur n'avait pas posé de questions. Et qui s'intéresserait à un petit chauffeur de taxi, un peu trafiquant sur les bords ? Sa famille se trouvait en brousse et n'en entendrait plus jamais parler.

Agacé, Bakari envoya un coup de pied dans les côtes du prisonnier. Celui-ci bougea à peine.

Nicoro fit :

— Cette fois, je veux qu'il parle. Et après, Tara[1].

Déjà M'Polo avait sorti son poignard de sa gaine. Nicoro tourna les talons. Il était à mi-chemin dans le couloir quand un cri horrible jaillit de la cellule. Il

1. Tue-le.

réprima une grimacé de satisfaction. Ses subordonnés avaient vraiment de la conscience professionnelle pour arriver à faire souffrir une telle loque humaine. Tous les espoirs étaient permis.

Dans le premier tiroir de son bureau, il gardait le petit paquet de diamants que M'Polo avait arrachés de la bouche du suspect. Mais il avait eu beau lui couper les lèvres, il n'en avait rien tiré. Pourtant Nicoro était sûr que ce chauffeur de taxi était le maillon qui mènerait au vendeur ; que ces diamants n'étaient que des échantillons à montrer à l'acheteur étranger. Avec un peu de chance, il pourrait récupérer toutes les pierres, sans risque. Mais il fallait le faire parler.

Il ne pouvait pas savoir que le malheureux chauffeur de taxi n'était qu'un petit trafiquant sans envergure qui proposait quelques pierres à tous les Blancs qui semblaient avoir un peu d'argent.

Nicoro sortit du commissariat et se dirigea vers La Crémaillère. Un peu de badinage avec Brigitte lui ferait le plus grand bien. Quand il reviendrait, cet imbécile aurait peut-être enfin parlé.

La nuit était tiède et d'innombrables étoiles brillaient dans le ciel violet foncé. Un beau ciel d'Afrique, sillonné d'étoiles filantes. Dans sa cellule, le chauffeur de taxi achevait de mourir, sans comprendre pourquoi on s'acharnait ainsi sur lui. En sueur, M'Polo et Bakari maudissaient son obstination. Nicoro avait horreur qu'on lui tienne tête, même par personne interposée.

Au même moment, Malko, dans sa chambre de l'hôtel Pagidas, repliait une carte routière du Burundi et du Congo.

Lorsqu'il était rentré, il avait dû fermement écarter le portier qui voulait à tout prix lui expédier dans sa chambre une petite fille garantie vierge et impubère pour la somme modique de 500 francs belges.

Depuis, il étudiait son itinéraire. D'après le repérage des stations de poursuite des satellites, celui qu'il cherchait était tombé tout au sud du Burundi, entre le village de Nianza-Lac et la frontière de la Tanzanie.

Il fallait donc, à partir de Bujumbura, suivre la route bordant le lac Tanganyika jusqu'à Rumonge. Après, ce n'était plus qu'une piste serpentant dans une région déserte. *Dixit* Couderc.

Le retour serait plus délicat. Pas question de repasser par Bujumbura. Pas question non plus de continuer par la Tanzanie, pays hostile contrôlé par les communistes chinois. Il faudrait se faufiler sur les pistes secondaires en remontant tout le pays pour rejoindre, au nord de Bujumbura, la frontière du Congo et la franchir dans un endroit tranquille. Enfin, il n'y aurait plus qu'à attendre Allan Pap.

Ils auraient intérêt à emporter suffisamment d'essence. Quant à l'état des pistes, tout reposait sur Couderc : ce dernier jurait qu'on pouvait encore passer. Pendant trois semaines au moins. Ensuite, il ne répondait plus de rien : c'était la saison des pluies.

Avec deux cosmonautes épuisés et peut-être blessés, cela allait être une vraie partie de plaisir.

Le téléphone grelotta, arrachant Malko à ses pensées. Une seconde il se demanda s'il n'était pas victime d'une hallucination. À quoi pouvait bien être relié Bujumbura ?

Il décrocha :

— Malko ?

C'était la voix haletante et étouffée de Jill, reconnaissable au milieu des craquements.

— Oui. Qu'est-ce qu'il y a ?

— Malko, je voudrais vous voir ce soir.

— Pourquoi ?

— Je n'ai pas le temps de vous expliquer. Mais venez chez moi. Si je ne suis pas là, entrez. Il y aura un message pour vous. C'est important.

Elle raccrocha brusquement. Comme si on l'avait interrompue. Malko n'avait plus l'esprit à ses cartes. Que signifiait ce coup de fil ? Il se méfiait de Jill, elle était complètement entre les mains du Grec. Son appel ne pouvait signifier que deux choses : ou elle avait envie de coucher avec lui, ou elle lui tendait un piège, au nom de son amant.

Dans les deux cas, il valait mieux l'ignorer. Sa mission était trop importante pour risquer de la compromettre en faisant l'amour avec un serpent à sonnettes.

En conséquence, il décida de faire comme si elle n'avait pas appelé.

Skofos, le patron du Pagidas, regardait une revue porno grecque quand la porte de son bureau s'ouvrit violemment. Il n'eut pas le temps de protester, la silhouette massive d'Ari-le-Tueur, suivi de deux Noirs en polos et pantalon, emplissait la pièce. Skofos se força à sourire :

— Ça va comme tu veux ? interrogea-t-il en grec.

Il haïssait cordialement son interlocuteur, mais leurs relations d'affaires étaient excellentes.

— J'ai besoin de toi, fit Ari dans la même langue. Il y a un type qui m'emmerde dans ta boîte.

Skofos pâlit. Il avait eu assez de mal à redorer la réputation du Pagidas.

— Ari, tu ne vas pas…

— Non. Je vais seulement t'en débarrasser. Tu pourras toujours vendre ses fringues pour payer sa chambre. Écoute : dis au gars de la réception qu'il ferme les yeux s'il nous voit passer avec un gros colis. Et donne-moi un passe.

Le directeur était de plus en plus mal à l'aise.

— Je ne sais pas si… Tu comprends, il va se défendre…

Les petits yeux porcins du Grec se durcirent. Il ouvrit sa veste bois de rose et en tira un colt Cobra.

— Ou tu me donnes ce passe, ou je vais buter ton client maintenant dans sa chambre. Et c'est pas toi qui me dénonceras.

C'était un argument convaincant. D'une main tremblante, Skofos ouvrit le tiroir de son bureau et tendit un passe à son coreligionnaire.

— Pourquoi tu fais pas ça dehors ? supplia-t-il.

Ari-le-Tueur haussa les épaules.

— Parce que je ne vais pas attendre gentiment qu'il veuille bien sortir. Ce type m'a assez emmerdé. Salut.

Il se retourna, menaçant Skofos du Cobra :

— Et tâche de ne pas avoir de mauvaises idées. Si tu veux me donner un coup de main, je suis au premier, dans la chambre voisine de celle de ton client.

À peine Ari était-il parti que Skofos se mit à réfléchir désespérément. Il ne voulait pas qu'une histoire comme ça se passe au Pagidas. Si la future victime était armée, cela allait tourner au massacre. D'ici qu'on ferme l'hôtel… Et c'était difficile d'aller le prévenir.

Il eut une idée.

Sortant comme un boulet de son bureau, il fila voir le chef des boys, dans une pièce minuscule derrière la réception. Ils eurent un entretien à voix basse en swahéli. Le Noir partit dans les étages et Skofos retourna dans son bureau, un peu soulagé. Dix minutes plus tard, le boy frappait à la porte.

— Y a n'a fait, *bwana*.

Skofos lui jeta une pièce de 10 francs et reprit sa revue porno, un peu nerveux quand même.

Le téléphone sonna un quart d'heure plus tard. Skofos prit sa voix la plus douce.

Brusquement, le climatiseur s'arrêta dans la chambre de Malko, peut-être dix minutes après le coup de fil de Jill.

Il essaya vainement de le remettre en marche, triturant tous les boutons dont deux lui restèrent dans la main. Déjà une chaleur poisseuse envahissait la chambre. Dans une demi-heure, ce serait intenable. Toute la chaleur emmagasinée dans les murs minces de l'hôtel allait se déverser dans la pièce.

Peu soucieux de bricolage, il décrocha son téléphone. L'employé de la réception compatit à son malheur et le passa au directeur. Celui-ci, très aimable, promit de s'occuper immédiatement de la panne.

Effectivement, cinq minutes après, il rappelait : de ses explications confuses en pidgin, il apparaissait que la réparation allait durer une heure environ, et qu'il conseillait à son client d'aller dîner en attendant.

L'œil de Malko tomba sur le prospectus rose distribué à l'entrée du Palais présidentiel, vantant les délices de la boîte de nuit du Ritz Hotel. Après tout, cela lui changerait les idées. Il raccrocha, mit sa veste et sortit de la chambre.

Sombre, cadavérique et fielleux, Nicoro tournait en rond dans sort bureau. Le chauffeur de taxi était mort une heure plus tôt, sans avoir parlé. Il ne pouvait même pas accuser Bakari et M'Polo de négligence : lui-même avait eu un haut-le-corps en voyant le cadavre. Ainsi, il n'aurait pas les diamants.

La pensée de récupérer le lendemain les 40 000 dollars le consolait à peine. Il s'était habitué depuis deux jours à viser plus haut.

Il avait renvoyé les deux flics veiller sur sa proie. Pour l'instant, cet étranger lui était beaucoup plus précieux que sa mère. Une fois qu'il l'aurait soulagé de son argent, il le livrerait sans remords au Grec, mais jusque-là, M'Polo et Bakari avaient des ordres très stricts : rien ne devait lui arriver.

L'immeuble de la Sûreté était silencieux. Le seul bureau allumé était celui de Nicoro. On gratta à la porte.

— Entrez, cria le commissaire.

C'était Bakari, très agité.

— Patron, annonça-t-il, y va avoir du grabuge. M. Ari veut enlever notre type. Il a déjà tout préparé.

Nicoro devint gris de rage. Il saisit un dossier et le balança à travers la pièce. Ses cicatrices gonflées par la colère lui donnaient l'air d'un sorcier en pleine action.

— Empêchez-le ! hurla-t-il.

Bakari se dandina nerveusement.

— Patron, m'sieur Ari a dit comme ça qu'il me tirait une balle dans le ventre si je faisais quelque chose. Que ce sont ses affaires. Peut-être il vaudrait mieux que vous veniez…

La rage de Nicoro s'accrut encore. Il ne se sentait pas de taille à affronter le tueur, qui n'était certainement pas seul. Il fallait ruser.

— Non, fit-il. Retourne d'où tu viens. Suis-les. S'il veut l'enlever, ce n'est pas pour le tuer. On s'arrangera après.

— Vous voulez pas qu'on prévienne le type ? suggéra timidement Bakari.

— Hors d'ici, moins que rien, hurla le commissaire. Si tu fais la moindre connerie, je te tue et je te révoque !

Resté seul, Nicoro se mit à jurer en swahéli à haute voix. Si ces imbéciles laissaient faire Ari, tout son plan s'effondrait. Il ne verrait jamais les 40 000 dollars.

Il éteignit, sortit, et se heurta presque à une Noire en larmes, qui s'accrocha à sa tunique. D'une voix entrecoupée de sanglots, elle commença à expliquer une histoire confuse de mari qui la battait, qui l'avait jetée dehors. Nicoro allait l'envoyer au diable quand il remarqua la poitrine haute et ferme moulée par le boubou orange.

L'œil unique du commissaire flamba. Il la repoussa et, à toute volée, lui envoya une gifle. Puis il la prit par la main et l'entraîna dans l'escalier menant au sous-sol.

— Viens, dit-il. Je vais te mettre à l'abri.

Ce n'est pas le cadavre du chauffeur de taxi qui protesterait.

La Noire avait compris. Vaguement flattée qu'un aussi haut personnage s'intéresse à elle, elle le suivit, pleurnichant et reniflant. Arrivée en bas, elle avait déjà défait son boubou.

Quand elle apparut sur scène, un frisson parcourut la salle. C'était l'attraction majeure du Ritz. Une fille de seize ans environ, avec une poitrine et des fesses qui semblaient taillées dans du granit noir, tant elles étaient dures et agressives, et un visage très attirant aux pommettes saillantes. Les cheveux étaient lisses, tirés en arrière en queue de cheval.

Elle était vêtue d'un costume de stretch argenté se composant d'un pantalon coulé sur elle et d'un boléro découvrant le nombril.

Trois musiciens arrivèrent avec des tam-tams et commencèrent à jouer. Sur un rythme très lent, la fille se trémoussait, psalmodiant toujours la même phrase d'une voix basse.

Tout son corps vibrait. Peu à peu, elle se rapprochait du bord de la scène. Tout en dansant, elle ouvrit son boléro et peu à peu s'en débarrassa. Elle avait une poitrine extraordinaire pointant à l'horizontale, veinée de bleu. Les pointes sautaient suivant le rythme du corps.

Les Blancs de la salle en restèrent pétrifiés. Ce n'était pas à proprement parler un strip-tease, mais une danse primitive. Maintenant, son ventre ondulait, mimant l'amour avec une précision anatomique. Les yeux révulsés, le buste en arrière, elle laissait filtrer sa sourde complainte.

Malko en avait oublié ses soucis. La fille n'était pas à un mètre de lui ; il pouvait sentir son odeur et voir les gouttes de sueur sur sa peau noire. Après le poulet de brousse frit à l'huile de vidange, c'était plutôt une agréable surprise. Le folklore a du bon, parfois.

Le tam-tam s'arrêta brusquement. La lumière s'éteignit et se ralluma. La fille resta immobile, sourit et disparut dans les coulisses.

Quelques instants plus tard, elle revint dans la salle, vêtue cette fois d'une combinaison d'une seule pièce, style salopette. Mais une salopette en or massif : encore du stretch. Elle contourna les tables et alla s'asseoir au bar, avec trois autres entraîneuses. Malko termina ses mangues tandis que l'orchestre réapparaissait. Il n'avait pas envie de rentrer à l'hôtel tout de suite. Quand les musiciens attaquèrent *Strangers in the night*, il alla jusqu'au bar et s'inclina devant la fille en or.

— Voulez-vous danser ?

Elle ne répondit pas, mais se laissa glisser de son tabouret. Elle avait d'immenses yeux marron foncé, lointains et froids. Mais elle se colla à Malko ; il eut l'impression qu'une bombe explosait entre leurs deux ventres. Elle dansait, cambrée en arrière, la pointe de ses seins ne touchant même pas le costume d'alpaga.

Après cinq minutes de ce manège, Malko ne savait plus s'il écoutait une rumba, du Beethoven ou entendait la messe. Chaque muscle de son corps était tendu vers la fille qui semblait toujours indifférente. Mais le ventre doré agissait comme une sangsue.

La musique s'arrêta. Elle parla pour la première fois en français, d'une voix rauque :

— Vous voulez venir avec moi ? J'ai envie d'aller boire un verre au Maharée.

Le ton était neutre, indifférent. Malko n'eut pas le courage de dire « non ». Il savait que c'était une putain, mais c'était une détente agréable. Et il avait encore envie de danser avec elle.

Il paya l'addition et rejoignit la fille au bar. Elle l'attendait debout. Ils partirent suivis par les courbettes obséquieuses des garçons. L'un d'eux murmura une phrase en swahéli sur le passage de Malko. Celui-ci sourit poliment, ignorant que l'autre le traitait de « fils de rat ayant entretenu avec sa mère des relations sodomiques ».

Ils descendirent les deux étages en silence.

— C'est à côté, dit la fille.

— Comment vous appelez-vous ?

— Luala.

Il avait les yeux fixés sur la croupe dorée quand il ressentit une terrible douleur à la nuque. Il y eut un froissement derrière lui et il reçut un second choc sur le côté de la tête. Instinctivement, il tendit ses bras en avant et sombra dans un trou noir.

Trois silhouettes avaient surgi de l'obscurité. Pendant que deux Noirs se penchaient sur le corps de Malko, Ari-le-Tueur prit la fille par le bras.

— Fous le camp, gronda-t-il. Et ne dis rien à personne.

Docile, Luala fit demi-tour. Tout cela ne la regardait pas. C'était des affaires de Blancs. Elle rentra au Ritz.

Dans leur vieille 403, Bakari et M'Polo se regardèrent. Les ennuis sérieux commençaient.

CHAPITRE VIII

Malko reprit connaissance avec un horrible mal au crâne. Il était étendu par terre, en plein air, dans du gazon.

Il faisait jour, mais il devait être très tôt car le soleil était encore sur l'horizon vers le lac Tanganyika. Sa montre était arrêtée à 10 h. 40. Surpris de ne pas être attaché, il se leva à grand-peine. La tête lui tournait et son costume était froissé, plein de taches et de poussière, comme s'il avait été traîné par terre. Au-dessus de son oreille gauche, il avait une plaque de sang séché.

Les yeux complètement ouverts, il essaya de deviner où il était. C'était un jardin tropical, avec des jeunes manguiers, quelques cocotiers, des flamboyants, le tout très bien entretenu. Une seule particularité étrange : sur trois côtés d'environ 100 mètres chacun, courait un fin mais solide grillage de près de 5 mètres de haut, un peu comme un court de tennis. Une haie de flamboyants et d'orchidées délimitait le quatrième côté du jardin.

Titubant, il s'approcha de la clôture. Elle était fixée solidement par des crampons profondément enfoncés dans le sol et des poteaux de métal léger plantés dans un socle de ciment. Inébranlables.

Le jardin pouvait avoir un hectare. Malko se sentit pris d'une vague inquiétude. Ce décor paradisiaque ne lui disait rien qui vaille. On ne l'avait pas assommé pour l'amener à la campagne. À part les grincements des innombrables insectes tropicaux, il n'y avait aucun bruit. Un oiseau-mouche fondit comme un minuscule hélicoptère bariolé sur une orchidée et resta immobile, ses ailes diaphanes battant l'air à toute vitesse et son long bec plongé dans la fleur, tel l'avant d'un chasseur supersonique.

Pas une maison en vue. Le Paradis terrestre. La chaleur n'était pas encore assez forte pour incommoder et au loin, le soleil se reflétait dans les eaux vertes du lac Tanganyika. Malko en déduisit qu'il se trouvait dans le district élégant de Bujumbura, sur les collines. Intrigué et inquiet, il s'avança vers la haie de flamboyants, qui paraissait être la seule issue.

Encore à demi assommé, il titubait. Dès qu'il effleurait le côté gauche de sa tête, il ressentait une névralgie fulgurante.

Il se sentait étrangement incongru dans son élégant costume de ville, au milieu de cette mini-forêt tropicale.

Soudain, au moment où il allait écarter un flamboyant, un bruit l'immobilisa. Cela venait de l'autre côté de la haie. Et bien qu'il n'eût pas une grande expérience de l'Afrique, il reconnut immédiatement le feulement d'un fauve.

Quelque chose se glaça dans son estomac, mais, dominant sa peur, il se força à écarter les branchages. Il resta en arrêt, le cœur sur les lèvres.

Derrière la haie, il y avait aussi un grillage, mais une sorte de clairière sablonneuse d'une dizaine de mètres de profondeur le séparait de la haie.

Au milieu, une forme claire était étendue. Une femme. Et, assise comme un énorme chat sur le corps immobile, une panthère, dont la longue queue balayait le sol. Son museau était enfoui dans la nuque de la femme qui n'était plus qu'une plaie. Une large tache de sang avait coloré le sable. Les épaules étaient lacérées par les terribles griffes.

Malko devina plus qu'il ne reconnut les traits de Jill. Elle avait dû être tuée depuis plusieurs heures déjà, car des mouches voletaient autour de son visage. D'un coup de mâchoires la bête lui avait brisé le cou, net.

Avec l'une de ses pattes de devant, la panthère retourna le corps. Maintenant, elle flairait le sang avec volupté. Elle enfonça ses crocs dans la gorge, enlevant un morceau de chair : Malko se détourna et vomit, sans pouvoir se retenir. Surprise par le bruit, la panthère leva la tête. Leurs regards se croisèrent : elle avait d'immenses yeux bleus, presque sans blanc.

Avec souplesse, elle fit un bond en arrière, s'éloignant de Jill. Malko était paralysé de terreur. C'était une panthère adulte qui devait peser 100 kilos. D'un seul coup de patte, elle pouvait le tuer. Maintenant qu'elle avait senti l'odeur du sang, elle n'hésiterait pas à attaquer.

Déjà, elle faisait le tour de sa proie, posant avec précaution les pattes sur le sol, se dirigeant droit sur Malko.

Voilà pourquoi on l'avait enfermé dans ce faux paradis terrestre ! C'était plus sûr qu'une balle et cela faisait moins d'histoires. Une fois que son corps serait bien déchiqueté, rien ne serait plus facile que d'expliquer l'accident.

Sur la quatrième face du grillage, il y avait bien une porte, mais la panthère montait la garde. Comme si elle avait senti qu'il pouvait s'échapper par-là.

Malko se sentit terriblement amer en pensant qu'il allait mourir à cause d'une erreur. Il n'était pas trafiquant de diamants et sa mort ne servirait que des gens très éloignés des affaires d'Aristote.

Mais ce n'étaient pas des arguments à offrir à une panthère adulte et affamée.

Maintenant, elle avançait vers lui, très lentement, marchant un peu comme un crabe, tournant sa tête dans l'axe du cou, pour ne pas le perdre de vue.

Il recula.

En un coup d'œil rapide, il chercha un refuge. Il y avait bien quelques arbres, mais la panthère y grimperait certainement mieux que lui.

À tout hasard, il ramassa une grosse pierre. Il y avait une chance sur mille de l'assommer. Désespérément, il essayait de se rappeler ce qu'on lui avait appris à l'École de survie de la C.I.A. de San Antonio, Texas. Les instructeurs enseignaient la façon de se nourrir de serpents ou de lézards mais ne donnaient pas de recette pour étrangler une panthère à main nue.

Il n'y avait plus que 10 mètres entre eux. Malko pouvait voir qu'elle n'avait qu'une oreille, l'autre ayant été déchiquetée dans un combat, sans doute.

Sa chemise était trempée de sueur. Il se retourna. Le grillage était à 5 mètres derrière lui. À droite et à gauche, un espace découvert, sans aucune protection. Effrayés par le fauve, les oiseaux avaient fui.

Le ciel était impeccablement bleu. Toute la scène évoquait un cauchemar surréaliste à la Salvador Dali. Il aurait donné cher pour avoir les ailes de l'oiseau-mouche.

Brusquement son dos heurta le grillage.

C'était fini.

Comme pour jouir de son triomphe, la panthère s'immobilisa un instant, en biais, les yeux toujours fixés sur Malko. La longue queue battait le sol plus vite.

Elle se tassa sur elle-même, les muscles de l'arrière-train se contractant pour bondir.

Il restait à Malko quelques secondes à vivre. Des milliers de choses passèrent dans sa tête : son château, Marisa, les nombreuses fois où il avait frôlé la mort. Mais jamais il n'aurait imaginé quelque chose d'aussi horrible…

Il brandit la pierre dans sa main droite et la lança brusquement.

Elle frappa l'animal à l'épaule. La panthère fit un bond de côté et feula furieusement. Elle recula de plusieurs mètres et, une seconde, Malko se crut sauvé.

L'instant suivant, le fauve se lançait en avant. Il vit l'éclair tacheté foncer sur lui et il hurla, les mains protégeant sa gorge, instinctivement.

Il y eut un fracas terrible derrière lui, de l'autre côté du grillage. Dans un effort désespéré, Malko parvint à se jeter sur le côté. Il sentit l'odeur de la bête et glissa par terre.

En même temps, son cerveau enregistra le bruit d'une série de coups de feu.

Comme dans un rêve, il vit la panthère, en tas, au pied du grillage, griffant furieusement le sol, feulant et bavant. D'autres coups de feu éclatèrent, presque contre son oreille. Assourdi par les détonations, Malko roula sur lui-même pour s'éloigner du fauve.

La panthère fit encore un bond terrible, tentant d'escalader le grillage. Pendant une seconde, elle demeura suspendue à 2 mètres du sol, rugissant, la gueule grande ouverte, puis retomba d'un coup.

Agitée de soubresauts, elle agonisait, de la bave mêlée de sang à la gueule.

Malko mit plusieurs minutes à se remettre sur pied. Il tremblait convulsivement des pieds à la tête, appuyé au grillage, et tentait de reprendre sa respiration. Il se retourna. À un mètre du grillage commençait un épais rideau de végétation. Personne en vue. Il n'avait même pas eu le temps de voir celui ou ceux qui l'avaient sauvé. Il appela. Pas de réponse.

Il était trop fatigué pour résoudre ce nouveau mystère. Il savait qui voulait le tuer, mais ignorait la présence d'un allié à Bujumbura. À moins que la C.I.A. ne se soit lancée dans le miracle. Il n'avait plus qu'une idée fixe : sortir de là, à tout prix.

Devant le corps de Jill, il n'eut pas le courage de s'arrêter. Il traversa le sinistre enclos et arriva devant la porte. Elle n'était pas fermée à clef. Il l'ouvrit et se trouva sur un sentier.

Dans leur vieille 403, les inspecteurs Bakari et M'Polo rechargeaient leurs armes. Heureusement qu'un colt 45, ça tire de petits obus…

Bakari était plutôt inquiet. Certes, Nicoro lui avait ordonné de veiller à ce qu'il n'arrive rien à ce type, mais la panthère appartenait à M. Ari et celui-ci ne serait certainement pas content qu'ils la lui aient tuée… Plongés dans leurs sombres pensées, ils redescendirent en ville et allèrent droit au commissariat.

Bakari entra en tremblant dans le bureau du commissaire et fit le récit des événements. Nicoro l'écouta, les yeux dans le vague. Depuis la veille au soir, il savait que cela finirait comme ça. Mais, pour éviter un éclat avec Ari, il fallait faire vite. Et que ce damné Autrichien réagisse comme prévu.

— Est-ce qu'il vous a vus ? demanda-t-il.

— Non, *bwana*.

— Bien. Retournez au garage et ne bougez plus. Si le Grec vous demande quoi que ce soit, vous ne savez rien.

Bakari fila sans demander son reste. Toute cette histoire ne lui disait rien qui vaille. Il rejoignit M'Polo dans la 403 et ils démarrèrent sur les chapeaux de roue.

Malko arriva chez Couderc à 10 heures du matin. Il avait dû marcher près de 2 kilomètres avant d'être ramassé par un autobus qui allait au marché. Les Noirs s'étaient serrés sans rien dire, regardant curieusement ce Blanc sale et have qui n'avait pas de voiture. Prudemment, Malko s'était fait déposer à l'entrée du Bujumbura. Il ne tenait pas à revenir à l'hôtel. Du moins, tant qu'il ne serait pas prêt à partir.

Michel Couderc poussa un cri en le voyant.

— Qu'est-ce qui vous est arrivé ?

Il le lui expliqua pendant qu'il nettoyait sa blessure. Sans donner trop de détails, pour ne pas effrayer l'autre. Et sans parler de Jill.

— Peut-être voulait-on seulement m'intimider, conclut-il. Mais il est temps de quitter Bujumbura. La voiture est prête ?

L'autre hésita :

— Oui, mais…

— Allons-y. Je veux avoir quitté la ville dans une demi-heure. D'autant plus que le Grec, croyant m'avoir éliminé, va probablement vous rendre une petite visite…

Cela décida Couderc mieux que n'importe quel discours. Un instant plus tard, ils étaient dans la rue, Couderc portant un petit sac de voyage :

— Tout ce qu'il me reste de dix-sept ans d'Afrique, dit-il amèrement.

Au coin de la rue, ils trouvèrent un taxi 203. Le garage était à l'autre bout de la ville. Durant le trajet Malko ravala sa rage. S'il s'était écouté, il serait allé directement à l'hôtel, aurait pris son pistolet et se serait mis à la recherche d'Ari-le-Tueur.

Il n'aimait pas la violence et l'idée de tuer quelqu'un de sang-froid lui faisait horreur. Mais il y avait l'image de Jill, déchiquetée par la panthère. Dans un monde normal, ce sont des choses qui se paient.

Seulement, il ne vivait pas dans un monde normal. La C.I.A. le payait cher pour accomplir une mission, pas pour jouer les chevaliers servants. Même si Jill avait essayé de lui sauver la vie, Dieu seul savait pourquoi.

CHAPITRE IX

Un panneau délavé indiquant « Kabezi, 32 kilomètres » était cloué contre un arbre.

— Enfin ! soupira Malko.

Michel Couderc grogna. Il jetait des coups d'œil effarés derrière ses lunettes aux passants que Malko évitait avec adresse. Ils venaient de franchir le grand pont métallique sur la rivière Muha, à la sortie sud du Bujumbura, et suivaient l'avenue de la Limite.

— On ne peut pas aller un peu moins vite ? demanda-t-il. Nous n'en sommes plus à une heure près…

Certes, mais Bujumbura et son tambour sacré, Malko en avait par-dessus la tête. Le garagiste chez qui ils avaient été chercher la voiture lui avait inspiré une méfiance instinctive : trop poli, trop obséquieux. Comme s'il avait eu hâte qu'il s'en aille. Pourtant la Ford semblait en parfait état.

Ils quittèrent l'asphalte pour une latérite mal nivelée. Maintenant qu'ils sortaient de Bujumbura, il n'y avait presque pas de circulation, à part quelques bicyclettes portant chacune trois personnes, et des gamins qui surgissaient des sentiers. Le réservoir était plein

– 80 litres – et ils avaient quatre jerricans d'essence auxquels ils ne toucheraient qu'à la dernière extrémité. Malko était tout de même repassé à l'hôtel en coup de vent, le temps de ramasser ses affaires et de payer sa note. Le réceptionnaire avait failli tomber à la renverse en le voyant. Dommage qu'il n'ait pas eu le temps de poser quelques questions.

En dépit des soins apportés à sa blessure, qu'un gros morceau de sparadrap recouvrait au-dessus de l'oreille, Malko éprouvait encore des élancements atroces dans la tête.

Michel Couderc, habillé de neuf, avait presque l'air humain. Ses petites mains boudinées croisées sur son ventre, il regardait la route.

— Il y a quelque chose devant, dit-il soudain.

Malko avait vu. Des soldats, près d'un camion et de deux jeeps. Tout de suite, il eut un sale pressentiment. Pour rassurer Couderc, il fit, désinvolte :

— Ils doivent être en manœuvre. De toute façon, nous sommes en règle…

Au milieu de la route, un Noir immense, jambes écartées, brandissait un fusil mitrailleur à bout de bras. Prudemment, Malko freina et stoppa sur le bas-côté. Puis il sortit de la voiture.

Le Noir au F.M. arrivait en courant, suivi par deux civils. Malko flaira le piège.

— *Toko ya Motokaa* [1] glapit le Noir.

Comme Malko ne comprit pas, un des civils dit en français :

— Vos papiers. Descendez.

1. Sortez de la voiture.

Malko tendit les papiers et le laissez-passer signé par le général Uru. Les deux civils qui dissimulaient leurs yeux derrière des lunettes noires et dont le visage perdait ainsi toute expression, n'avaient pas ouvert la bouche. Par l'entrebâillement de leur veste, Malko aperçut des pistolets automatiques à crosse de nacre.

Le grand Noir examinait tranquillement les papiers à l'envers. Il les rendit à Malko sans mot dire.

— Merci.

À ce moment, l'un des civils qui tournait autour de la voiture, demanda :

— Qu'est-ce que vous avez dans le coffre ? Ça sent drôle.

Interloqué, Malko répondit :

— De l'essence et des vivres.

— Ouvrez.

Le Noir en civil avait ouvert sa veste et posé sa main sur la crosse, comme s'il s'attendait à ce qu'un polichinelle bondît du coffre. Résigné, Malko prit la clef de contact et ouvrit. Couderc n'avait pas bougé de son siège.

Entre deux jerricans d'essence, il y avait un sac de jute marron taché de sombre qu'il n'avait jamais vu auparavant.

Le cœur de Malko battit plus vite.

Le nègre aux lunettes noires tâta le sac.

— Il y a un type là-dedans, fit-il d'un ton froid.

Avec l'aide du sergent, il bascula le sac sur la route et il défit la corde toute neuve qui le fermait. Puis ils rabattirent un pan de jute. Malko devint livide.

Une tête venait d'apparaître. Mais une tête sans yeux ni oreilles, au nez martelé, les dents absentes, une bouche déchirée et béante. Les lèvres avaient été coupées au rasoir.

Malko ne comprenait pas le pourquoi de cette horreur. Mais celui qui avait déposé le cadavre dans le coffre ne lui voulait certainement pas du bien.

Il n'eut pas le temps de se poser de questions. Le sergent lui enfonçait brutalement le F.M. dans les reins.

— Chalaud de Blanc. Tu as assassiné un frère !

— Vous êtes fou !

— Je n'aime pas la façon dont vous parlez, dit le civil aux lunettes noires. Vous êtes un Blanc pas bien poli. Si vous continuez, je vais vous tuer. Je suis l'inspecteur Bakari, de la Sécurité de Burundi.

Il avait sorti un colt 45 à crosse de nacre, qu'il brandit sous le nez de Malko.

— Je vous arrête, avec votre complice. Pour meurtre fit le Noir.

Le second civil s'était approché et avait aussi sorti son arme. En swahéli, il ordonna au soldat de remettre le corps dans la voiture. L'autre s'en acquitta avec la plus parfaite indifférence et referma le coffre.

Bakari poussa brutalement Malko dans la voiture et monta derrière avec M'Polo, l'arme toujours à la main.

— Demi-tour, ordonna-t-il.

Vingt minutes plus tard, ils s'arrêtaient devant le commissariat. Le flic empocha la clef de contact et descendit. Couderc n'avait rien dit pendant tout le voyage. Il était livide et une sueur acide dégoulinait le long de sa chemise. Une seconde, Malko avait cru à sa trahison, mais sa peur n'était pas de la comédie.

Couderc sortit de la voiture et brusquement, il se mit à courir, de toute la force de ses petites jambes un peu torses. Bakari leva d'abord son arme, puis éclata d'un grand rire et hurla : *Simba ! Simba*[1] *!* Comme Couderc ne ralentissait pas, il se lança à sa poursuite. M'Polo poussa Malko dans le commissariat, le colt dans les reins, pendant que deux flics en uniforme vidaient la voiture.

Le commissaire Nicoro, sanglé dans une tunique boutonnée jusqu'au cou en dépit de la chalcur, était assis, les pieds sur son bureau. Il ne bougea pas quand on poussa Malko dans la pièce, où intentionnellement, il n'y avait aucun siège pour s'asseoir.

— C'est scandaleux, protesta Malko.

— *Tvlia*[2] grogna M'Polo.

Le commissaire leva la main. Bakari entrait, tirant Couderc, la chemise pleine de sang et l'œil droit violet. Son bras gauche pendait le long de son corps, inerte. D'une seule main, il prit ses lunettes et les mit dans la poche de sa chemise. Il avait l'air soumis, veule et terrorisé. Malko le maudissait. Sa tentative de fuite était stupide et les mettait dans une position impossible.

Bakari faisait son rapport en urundi. Durant sa diatribe, les deux flics en uniforme apportèrent les valises des deux hommes et le sac. Sans façon, ils le vidèrent sur le plancher.

Malko avait déjà vu des cadavres, mais jamais dans cet état. Les parties sexuelles avaient été arrachées. Une serviette roulée en boule bouchait le trou. Les doigts étaient disloqués et le corps entier couvert de meurtrissures et de coupures. Il n'y avait pas un centimètre carré intact. Une boucherie. Il détourna les yeux, écœuré.

1. Viens ici.
2. Taisez-vous.

Son œil valide à demi fermé, Nicoro jubilait. Il faisait d'une pierre deux coups. On colporterait l'histoire du cadavre mutilé et les initiés seraient prévenus. Cela faisait de plus une charge merveilleuse contre ce Malko Linge. La deuxième partie du plan était bien engagée. Il enchaîna d'une voix douce quand Bakari eut terminé :

— L'inspecteur Bakari me dit que, d'après son enquête, vous avez tué ce malheureux pour lui voler ses diamants, après l'avoir affreusement torturé pour lui faire avouer où il cachait ses autres pierres… C'est un crime particulièrement horrible, fit-il tristement en hochant la tête.

Malko bondit.

— Quelle enquête ? Nous avons été arrêtés il y a une demi-heure. Et j'ignore qui a tué ce malheureux.

— On vous a vus ensemble. Il vous proposait des diamants. Dans sa voiture. Vous étiez filés.

Sale truc. Qu'est-ce qu'il cherchait ? Malko ne comprenait pas encore quel intérêt le commissaire avait à lui mettre cette sale histoire sur le dos. À moins que ce ne soit une machination particulièrement tortueuse d'Aristote.

Le Noir continua.

— C'est très, très grave… Un assassinat avec préméditation. Vous êtes passible de la peine de mort.

— Prévenez mon ambassade immédiatement, dit Malko. Je suis innocent.

— Je ne peux pas, fit douloureusement Nicoro. Notre code pénal interdit aux inculpés de communiquer avec l'extérieur.

En français, il ordonna à M'Polo :

— Fouillez les bagages de ces hommes.

Le policier noir se précipita et renversa les trois valises par terre. Dans les deux *Samsonites* de Malko, on ne trouva rien de particulier. Le double fond avait résisté à l'examen rapide.

Mais un petit paquet tomba du sac de voyage de Michel Couderc. M'Polo se rua dessus et le déposa sur le bureau du commissaire.

Celui-ci, avec des gestes volontairement lents, le défit. Malko savait déjà ce qu'il allait y trouver.

Effectivement, Nicoro fit glisser dans le creux de sa main une petite poignée de diamants, ceux que le malheureux chauffeur de taxi avait offerts à Malko deux jours plus tôt.

— Voici la preuve de votre forfait, dit-il d'une voix d'outre-tombe. Vous êtes vraiment de bien tristes individus…

Malko bouillonnait de rage. Que faire contre la police légale d'un pays ? Il savait bien que la C.I.A. n'interviendrait pas. C'était la règle du jeu. À la rigueur, ses patrons de Washington lui feraient envoyer une belle couronne. Anonyme. Aussi, se contenta-t-il de répéter :

— Prévenez mon ambassade. Il s'agit d'une machination dont nous sommes victimes. Si vous vous obstinez dans votre erreur, l'opinion internationale aura une triste idée du Burundi…

L'opinion internationale, Nicoro s'en balançait comme de son premier boubou.

Il dit aigrement :

— Vous autres, les Blancs, vous vous croyez invulnérables. Mais nous sommes maintenant une nation indépendante. Nous avons le droit de juger les criminels de droit commun.

C'en était trop pour Couderc. Retrouvant un peu de vie, il glapit :

— Vous êtes des singes, des macaques, tout juste bons à bouffer des noix de coco. Salauds ! salauds ! Quand t'étais sergent, tu léchais les bottes des Blancs, Nico. On aurait, dû te laisser crever dans le ventre pourri de ta putain de mère.

À toute volée, Bakari abattit la crosse du colt. Il y eut un bruit de chair éclatée et Couderc tomba comme une masse.

— Ce sera dans le procès-verbal, que les accusés ont grossièrement accusé l'État du Burundi, observa d'une voix docte Nicoro. En la personne d'un de ses plus hauts fonctionnaires. Votre instruction va être très longue d'ailleurs, car c'est le ministre en personne qui se charge de ces actes. Il a beaucoup de travail car il est aussi ministre des P. et T. et de la Guerre. Qu'on emmène les accusés.

Bakari et M'Polo empoignèrent Malko, chacun par un bras. En voyant le panier à salade rangé devant le commissariat, Malko eut un mouvement de recul : c'était une camionnette entièrement grillagée, comme un véhicule de fourrière. Déjà des Noirs s'attroupaient près de la porte pour voir le Blanc arrêté. Malko dit fermement :

— Je ne monterai pas là-dedans.

M'Polo brandit la crosse du colt au-dessus de sa tête :

— Tu montes ou…

Inutile de se faire assommer. Malko monta. Cela avait l'odeur d'un poulailler mal tenu. Rien pour s'asseoir. Il s'accrocha au grillage. Quelques instants plus tard, M'Polo et Bakari jetèrent le corps inerte de Couderc sur le plancher et le véhicule s'ébranla.

Il était temps : il y avait bien une centaine de Noirs agglutinés autour du panier à salade, plaisantant, crachant, criant des injures, pendant que le conducteur détaillait complaisamment pour les badauds les crimes des deux Blancs.

M'Polo et Bakari jubilaient. Afin que toute la ville voie bien la puissance de leur chef, il ordonna au conducteur de faire un détour pour aller à la prison et de promener les deux prisonniers dans tout Bujumbura.

Après avoir descendu l'avenue de l'Uprona, ils firent ainsi le tour de la place de l'Indépendance. Des lazzis fusaient de toutes parts.

Ils passèrent devant La Crémaillère et le panier à salade fut obligé de stopper brusquement à cause d'un camion qui déboîtait.

La grande jeune femme blonde à la silhouette sensuelle qui se tenait sur le pas de la porte du restaurant s'approcha, curieuse.

En voyant Malko accroché au grillage, elle sursauta et vint encore plus près.

— Qui êtes-vous ? demanda-t-elle en français. Pourquoi vous fait-on cela ?

Malko répondit au moment où le camion redémarrait.

— C'est une erreur. Une machination. Prévenez…

Le bruit du moteur couvrit sa voix. Mais ses yeux dorés, restèrent quelques secondes plongés dans ceux de l'inconnue. Le beau visage se troubla. Elle resta immobile, au bord du trottoir, pendant que le véhicule s'éloignait, profondément troublée.

Enfin, le panier à salade arriva à la Maison-Blanche. C'était le nom poétique de la vieille prison construite par les Belges. Entre-temps, Michel Couderc avait à peu près repris conscience. Malko l'aida à descendre et ils pénétrèrent dans le greffe ensemble.

C'était une petite pièce d'une saleté repoussante, couverte de graffiti. Le greffier fit vider les poches des deux hommes. C'était un Noir très grand, un Tutsi certainement, avec une expression de cruauté repoussante. Sans rien dire, il fit glisser toutes les affaires dans son tiroir. Puis il désigna la chevalière de Malko.

— Et ça ?

Déjà, il se penchait pour l'arracher de force. Il s'ensuivit une mêlée confuse. Malko prétendait qu'il faudrait lui couper le doigt pour l'ôter. L'autre hésitait un peu ; il n'avait pas d'outil sous la main.

C'est Couderc qui sauva la situation. En swahéli, il dit au greffier :

— Si j'étais toi, je ne la prendrais pas. C'est son fétiche. Sur toi, ça va devenir un très mauvais fétiche.

Du coup, le greffier n'insista pas. Couper un doigt, d'accord, mais se mettre un mauvais fétiche sur le dos, c'est comme ça qu'on s'attire des ennuis.

Deux gardiens dépenaillés les entraînèrent à l'intérieur de la prison. Le couloir sentait à peine plus mauvais qu'un zoo mal tenu. Derrière les barreaux des cellules, les prisonniers se penchaient avec curiosité pour observer les deux Blancs. Depuis le départ des Belges, c'était la première fois que cela se produisait. Malko eut une bonne surprise en découvrant leur cellule : il y avait deux lits avec des moustiquaires, une table et un petit ventilateur. Le luxe, quoi ! Et même un soupirail donnant sur la rue.

Le greffier les rejoignit. Il était nettement plus aimable. Bakari avait dû lui expliquer l'importance de leur crime :

— Je m'appelle Bobo, dit-il en tendant la main à Malko. Je suis le gardien-chef. Ici, il faut être très sage… mais la nourriture, elle va être très bonne pour vous. Le commissaire, il a donné des ordres. Tous les jours on ira vous chercher les repas à La Crémaillère. Comme pour un ministre, ajouta-t-il fièrement.

Curieuse prison…

Avant de refermer la porte de la cellule, Bobo glissa à Malko :

— Quand vous aurez trop à manger, vous me le dites. C'est pas bien bon ici pour nous…

De mieux en mieux. C'était quand même une piètre consolation d'être mieux nourri que ses gardiens.

Le commissaire arriva très fringant à La Crémaillère pour dîner. Il se sentait en pleine forme. Ari-le-Tueur n'avait plus rien à dire : son ennemi était en prison avec une inculpation de meurtre.

Nicoro venait d'ailleurs de classer définitivement l'horrible accident qui avait coûté la vie à la jeune Jill. Une bien pénible chose. Ari avait perdu en même temps sa maîtresse et son animal favori. Il lui fallait sa robuste constitution pour ne pas être abattu par un tel coup du sort.

Finalement, à la suite d'une longue conversation téléphonique, il avait reconnu que les méthodes légales du commissaire avaient le mérite de ne pas faire de vagues.

Perdu dans ses pensées, Nicoro ne vit pas Brigitte Vandamme s'avancer vers lui, toute froufroutante. Ils se heurtèrent presque et la tunique bleue reçut le choc de l'opulente poitrine et d'un parfum ravageur.

— Alors, commissaire, quoi de neuf ? J'ai vu que vous faisiez emmener des prisonniers à la Maison-Blanche ce matin ?

Nicoro ne se fit pas prier pour raconter sa glorieuse capture. Brigitte, l'écoutait avec une attention inhabituelle. Elle ne pouvait effacer de sa mémoire les yeux dorés qu'elle avait aperçus à travers le grillage du déplaisant panier à salade.

Elle avait sa morale à elle, Brigitte. Et elle ne concevait pas qu'un homme aussi attirant soit aussi maltraité. Dans la mesure de ses faibles moyens, elle s'était juré d'y mettre bon ordre.

CHAPITRE X

Ivre de rage, Malko prit le tabouret et entreprit de marteler systématiquement la porte de la cellule. En face, les parias du bloc Huit l'encourageaient bruyamment, à coup d'obscénités en français et en swahéli.

Bobo, le gardien-chef, arriva en traînant les pieds, grattant ses cheveux crépus d'un air embarrassé. Il avait horreur des complications.

— N'y a pas bon *bwana*, faire le bruit. Le déjeuner n'a pas bon ou quoi ?

— Je me moque du déjeuner, rugit Malko. Je veux qu'on prévienne un avocat ou mon ambassade.

Bobo hocha la tête, désolé.

— *Bwana*, je ne peux pas faire chose comme ça…

Soudain son visage s'éclaira et il murmura quelques mots à l'oreille de Malko : l'épicerie en face de la Maison-Blanche avait une petite fille de treize ans. Avec un bon *dash* [1] on pourrait s'arranger…

— Non, dit Malko fermement. Je veux un avocat, ou je fais la grève de la faim.

1. Pourboire.

De plus en plus désolé, Bobo referma, ne comprenant pas, quand on en avait les moyens, qu'on puisse refuser une offre aussi alléchante.

Découragé, Malko s'assit sur son lit, la tête entre les mains. Couderc tenta de le réconforter :

— Moi, la dernière fois, je suis resté huit mois…

Il y avait six jours qu'ils étaient là. Personne ne s'était préoccupé d'eux. Bien sûr, ils avaient la meilleure cellule de l'établissement. Même un boy pour faire le ménage.

Quant à la nourriture, deux fois par jour, un boy de La Crémaillère venait prendre la commande et ramenait les plateaux, chargés de victuailles chaque fois plus appétissantes.

Heureusement, car l'ordinaire de la prison se composait d'une bouillie de mil transparente avec, deux fois par semaine, des morceaux de viande innommables. D'ailleurs, les prisonniers noirs mouraient comme des mouches. Chaque matin, Bobo mettait les corps dans la cellule Dix en attendant que le corbillard municipal vienne les chercher. Malko s'était taillé une popularité énorme en distribuant les restes de ses repas pantagruéliques aux dix affamés entassés dans la cellule en face de la sienne. En échange, ceux-ci lui avaient remis un onguent qui avait guéri rapidement les blessures de Couderc et sa plaie au crâne.

Piètre consolation !

La Maison-Blanche ne méritait pas son nom. L'intérieur était d'une saleté repoussante, et l'odeur aurait fait fuir un putois. Pris dans l'univers ubuesque de l'Afrique, Malko commençait à se demander s'il allait s'en tirer. L'accusation grotesque de meurtre n'aurait pas tenu longtemps dans un pays normal, mais ici, tout semblait parfaitement dans les normes.

— Il faut faire quelque chose, dit Malko. Sinon, nous sommes perdus.

À ce moment, dans le couloir, retentit le bruit inattendu de hauts talons féminins. Une clef tourna dans la serrure et la bouille hilare de Bobo apparut :

— Y a n'a la visite, *bwana*...

Et quelle visite !

175 centimètres de chair ferme moulée dans une soie rouge taureau, croupe et seins agressifs, avec un visage à La Sophia Loren, en un peu plus tapé. Mais le tout encore très présentable.

Brigitte Vandamme, la patronne de La Crémaillère, la dévoreuse de boys, savait l'effet qu'elle produisait sur les hommes. Elle en était enchantée. Négligeant Couderc dont la silhouette blafarde ne lui inspirait que de sages pensées, elle fixa Malko d'un œil humide.

— Il paraît que mon repas n'était pas bon, monsieur, j'en suis désolée. Que voulez-vous à la place ?

C'était une astuce de Bobo. Il s'était dit que si Malko refusait une Noire, c'était peut-être qu'il avait envie d'une Blanche…

Ça tombait à pic. Depuis que Brigitte avait aperçu Malko dans le panier à salade, elle s'était juré de faire sa connaissance. Chaque soir, elle venait s'asseoir à la table de Nicoro et, surmontant son dégoût devant l'abominable faciès, elle parvenait à mettre dans son regard quelque chose qui ressemblait à du désir…

Maligne, elle ne l'attaquait pas de front ; mais elle multipliait les allusions aux mystérieux prisonniers blancs.

Aussi quand le boy de la prison vint la prévenir que ces derniers menaçaient de faire la grève de la faim, sauta-t-elle sur le commissaire qui finissait de déjeuner.

— Il faut absolument que j'aille voir ce qui se passe, annonça-t-elle. C'est très grave, pour ma réputation, savez-vous…

Comme Nicoro hésitait, elle ajouta :

— Je viendrai vous dire le résultat de ma visite dans votre bureau, tout à l'heure, si vous voulez…

Il fondit. Ce serait la première fois qu'il se trouverait seul avec elle…

Rapidement, il griffonna un mot pour Bobo sur la nappe et le lui tendit.

— Faites attention, avertit-il. Ce sont des hommes dangereux…

Mais Brigitte était déjà en haut en train de se donner un coup de peigne et de s'arroser de parfum.

Pas pour sa visite à Nicoro.

Malko retrouva ses habitudes d'homme du monde. Il s'inclina sur la main de Brigitte qui frémit :

— Chère madame, je suis ravi de faire votre connaissance, bien que vos repas soient toujours délicieux. C'est une erreur de notre brave Bobo. Asseyez-vous.

Elle obéit, s'installa sur le bord du lit, minaudant et croisant haut les jambes. Intérieurement, elle se félicitait de son flair de femelle : de près les yeux d'or étaient encore plus fascinants. Un charme indéfinissable se dégageait de ce grand garçon blond si distingué.

— Mais enfin, qu'avez-vous fait ? demanda-t-elle.

Malko, rapidement, lui raconta l'histoire en glissant sur ses démêlés avec Aristote. Les yeux de Brigitte étincelèrent. Il se souvenait du visage entrevu dans le panier à salade.

— Quel salaud, ce Nicoro ! Quand je pense qu'il me tourne autour depuis six mois ! C'est lui qui m'a obtenu le contact avec la prison pour la nourriture des prisonniers de marque. S'il croit que cela va me faire changer d'avis. Je le vois ce soir, je vais lui secouer les puces. Et si cela ne suffit pas, j'ai quelques amis dans le gouvernement.

— Attention, dit craintivement Couderc...

Déjà, Brigitte était debout. Ses seins envahissaient la cellule. Elle enveloppa Malko d'un regard de propriétaire :

— J'espère que je vous verrai bientôt chez moi, monsieur...

— Malko. Malko Linge.

— Vous pariez remarquablement le français pour un étranger.

Malko baissa modestement ses yeux d'or. Brigitte en était toute remuée. Elle partit sur un effet de hanches très réussi qui arracha aux parias de la cellule Huit une bordée d'obscénités swahéli absolument hors de pair. Brigitte, qui comprenait cet idiome, rougit, flattée.

Sa visite avait ragaillardi Malko. Il avait enfin une alliée. Brigitte n'aurait de cesse de le sortir de prison pour le mettre dans son lit. Ce qui, en soi, n'était d'ailleurs pas une mauvaise intention.

La journée se passa sans autre incident. Couderc faisait la chasse aux cafards et Malko lisait de vieux magazines. Vers 8 heures, le boy de La Crémaillère arriva, ployant sous un plateau gigantesque.

C'était un énorme turbot aux patates douces, copieusement saupoudré de poivre de cayenne et accompagné d'une bouteille de Moët et Chandon. Une carte était glissée sous une des serviettes, écrite d'une grande écriture penchée : « Nous fêterons bientôt votre libération. »

Ce soir-là, Malko s'endormit serein.

Quand le commissaire Nicoro fit son entrée à La Crémaillère pour dîner, il dissimulait difficilement sa jubilation.

D'abord, Brigitte était bien venue le voir à son bureau. Évidemment elle était restée debout Mais, quand il l'avait raccompagnée jusqu'à la porte, il avait laissé traîner une main sur sa hanche gainée de soie, et elle n'avait rien dit. Nicoro avait éprouvé une jouissance aussi aiguë que le jour où, étant boy, il avait commis son premier viol.

Tout s'arrangeait admirablement.

Avec un peu de chance, il allait gagner beaucoup d'argent, obliger Ari-le-Tueur, et coucher avec Brigitte.

Cela se passa presque comme il l'avait prévu.

Dès qu'il eut fini de dîner, Brigitte vint s'asseoir à sa table, froufroutante comme une chatte.

Elle commença à parler : de Malko et de Couderc.

Nicoro écoutait, compréhensif et magnanime. Lorsqu'elle eut fini, il mit paternellement la main sur son bras. Mine de rien, le bout des doigts frôlait la pointe du sein sous le chemisier de soie. Brigitte ne bougea pas, stoïque, adressant une prière muette à saint Ignace pour ne pas vomir.

Quant à Nicoro, la joie ineffable qu'il éprouvait lui donnait presque une tête d'archange.

— Les hommes que vous avez pris en pitié ont commis des crimes très considérables, expliqua-t-il. Cependant, uniquement pour vous faire plaisir, je vais tenter d'obtenir une mesure de clémence, peut-être une liberté sur parole…

— C'est ça, fit fougueusement Brigitte. Ils pourront habiter chez moi. Je m'en porte garante…

— Il n'y a pas de témoignages précis contre eux, hein, alors, n'est-ce pas… Mais on a quand même trouvé le cadavre dans leur voiture, avec les diamants.

— Vous êtes si puissant, commissaire…

Nicoro buvait du petit lait. Ses doigts s'agitèrent légèrement contre la poitrine. Brigitte les repoussa d'un geste discret et se leva.

— Alors, je compte sur vous ?

— Hon, hon, fit Nicoro. Je vais examiner le cas avec une grande bienveillance.

Contrairement à son habitude, il laissa un pourboire royal et sortit en sifflotant, ses oreilles décollées agitées d'un petit frémissement joyeux. De toute façon, ses clients étaient mûrs… Mais c'était tellement plus habile de laisser croire à Brigitte que c'est elle qui les sauvait. Enfin… provisoirement.

Malko n'avait pas fini de se raser quand Bobo ouvrit la porte de la cellule, introduisant un grand Noir vêtu d'un costume bleu pétrole. Il avait des traits négroïdes peu accentués, le nez plat sans être épaté, une bouche assez fine et une chevelure laineuse et coupée court. Il tendit à Malko une main aux fortes articulations.

— Je suis Patrice Mobutu, votre avocat désigné par le ministre de la Justice.

— Ce n'est pas trop tôt, dit Malko.

L'autre s'assit sur le lit et posa sa serviette.

— C'est grâce à la diligence du commissaire Nicoro que j'ai pu m'instruire de l'affaire rapidement.

Il parlait un français châtié mais lent, ponctué de gestes précieux.

— Votre affaire est très sérieuse, très sérieuse.

La moutarde monta au nez de Malko.

— Écoutez, vous savez très bien que je n'ai jamais tué ce pauvre homme. Tout cela sent la provocation à plein nez. Je veux être mis en liberté immédiatement.

Patrice Mobutu sortit une liasse de papiers de son porte-documents et les parcourut.

— Il ressort de l'enquête que la Sûreté ne possède encore aucun témoignage vous incriminant directement. Sauf le fait d'avoir trouvé le cadavre ainsi que les diamants dans votre coffre… De plus, la victime était un homme avec qui vous aviez des relations d'affaires frauduleuses. Ce sont évidemment de lourdes présomptions contre vous.

— Grotesque. Quand on tue quelqu'un on ne le promène pas dans sa voiture.

— À moins que vous n'ayez projeté d'abandonner le corps dans la jungle ? Sa découverte à Bujumbura aurait provoqué l'ouverture immédiate d'une enquête…

— Je vous répète que tout cela est grotesque.

Patrice Mobutu soupira :

— Si encore vous étiez une personne honorablement connue, n'est-ce pas. Si vous pouviez donner des références commerciales. Une firme qui réponde de vous… Quelle est votre occupation, monsieur Linge.

Aïe, ça se gâtait. Malko répondit prudemment.

— Je m'occupe de différentes affaires. Aux États-Unis et en Autriche.

— Que faites-vous au Burundi ?

Bonne question.

— Écoutez, dit Malko, faussement détendu, vous êtes mon avocat, je peux donc vous dire la vérité.

— Bien sûr, l'encouragea Patrice.

— C'est vrai, je suis venu ici dans l'espoir d'acheter des diamants. Mais je n'ai jamais tué ce malheureux. On m'a mis cette histoire sur le dos.

— Vous avez des soupçons ?

Malko hésita, mais c'était aussi dangereux que de se taire.

— Oui. Un certain Ari-le-Tueur. Un trafiquant de diamants. Il a pu vouloir se débarrasser de moi de cette façon.

Patrice Mobutu hocha la tête, désolé.

— Je vois de qui vous voulez parler. Mais c'est un citoyen honorable et vos accusations ne sont étayées d'aucun fait. Et vous reconnaissez vous-même que vous êtes un trafiquant. Non, je pense qu'il faut abandonner cette piste.

» Je vais présenter votre dossier au ministre, et je crois que la seule solution est de demander une mise en liberté sous caution. Mais il faudra que vous disposiez d'une somme importante, car le délit est grave.

— Combien ?

— Je ne sais pas. Le cas ne s'est pas encore présenté. Mais, d'après mon expérience, plusieurs centaines de milliers de francs.

Après l'énoncé de la somme, l'avocat baissa pudiquement les yeux. Malko enrageait, en silence. Ainsi le commissaire avait appris l'existence du dépôt en banque et monté toute la combinaison pour s'approprier l'argent. Beau travail.

S'il s'était écouté, il aurait pris l'avocat par la peau du cou et l'aurait jeté hors de la cellule. Seulement, s'il refusait la transaction, Nicoro allait continuer son bluff et le faire condamner…

— Je peux disposer éventuellement de cette somme, dit Malko calmement. Mais j'entends faire libérer M. Couderc en même temps que moi.

Mobutu hocha la tête :

— Je pense que ce sera possible. Je reviendrai vous voir demain. Heu… sous quelle forme se trouve votre argent ?

Comme s'il ne le savait pas !

— Déposé à la banque de l'Afrique de l'Est. En liquide.

Mobutu fronça les sourcils.

— Ah, il va falloir se dépêcher. La fin du mois approche.

— Et alors ?

L'avocat avait l'air sincèrement ennuyé. Il expliqua :

— Vous avez remarqué que cette banque est un peu à l'écart de la ville. Il ne se passe pas de mois sans qu'il y ait une agression, toujours à la fin du mois. Les caissiers sont complices, n'est-ce pas… Cela nous retarderait.

— Pourquoi ne les changez-vous pas ?

— On les change, on les change. Mais les gens du gang contactent les nouveaux et les menacent de les égorger s'ils ne les aident pas. Parfois, ils en égorgent même un, pour l'exemple…

À dormir debout. Mais cela, pouvait être vrai. Dans le monde ubuesque où ils étaient plongés tout était possible.

Mobutu remit ses papiers dans sa serviette et se leva.

— Je vais aller voir le ministre…

— Mais, dit Malko, je n'ai pas encore été interrogé par un juge d'instruction ou même par votre commissaire Nicoro…

Patrice Mobutu approuva du chef :

— Vous pouvez, bien sûr, suivre la procédure normale qui aboutira peut-être à votre remise en liberté ; mais je ne vous le conseille pas. Cela peut durer plusieurs mois. Les juges sont surchargés…

— Allez voir votre ministre, fit Malko résigné. Mais, dites-lui que je ne paierai que donnant donnant.

Mobutu salua, sortit et s'éloigna très digne.

Couderc dit :

— Tout ça, ça sent le *dash*… le bakchich, si vous préférez.

— Bien sûr. Mais il n'y a pas d'autres moyens de sortir d'ici.

— Il faudra faire attention avec Nicoro, dit Couderc ; c'est un vicieux.

La journée passa lentement. Heureusement, il y avait du spectacle. L'un des détenus, prestidigitateur, avait volé deux chargeurs de la mitraillette de Bobo et exigeait une rançon en bière et en nourriture.

Les palabres durèrent une partie de l'après-midi.

Chaque fois que Bobo s'approchait, la crosse haute, pour rouer de coups le coupable, celui-ci hurlait d'une voix aiguë :

— Hein, n'y a pas bon, les coups, je vais le capitaine lui di' t'as perdu…

Et la palabre reprenait. L'échange se fit à 6 heures contre deux caisses de bière et une grande bassine de mil. Mais le prestidigitateur avait gardé trois cartouches en otages, pour éviter la raclée…

Brigitte fit son apparition avec le dîner. Cette fois elle n'avait rien demandé à Nicoro et Bobo n'osa pas lui refuser l'entrée de la prison. Elle portait un pantalon blanc ajusté et un chemisier de dentelle assortie, laissant apercevoir son soutien-gorge. Les parias se déchaînèrent, allant jusqu'à esquisser des gestes puissamment obscènes à travers les barreaux de leur cellule. Indifférente à cette agitation vulgaire, Brigitte demanda :

— Il y a du nouveau ?

Malko raconta la visite de l'avocat. Le visage de la restauratrice se renfrogna.

Ce Nicoro ! C'est un vrai Tutsi. Il vous prendrait la chemise sur le dos…

Malko ne voulut pas lui ôter ses illusions. Mais il n'était pas rassuré.

— Je voudrais bien que la remise de cette somme se fasse devant témoins, dit-il.

— Bien sûr, fit Brigitte. Je vous servirai de témoin. Je suis honorablement connue ici.

Tout respirait l'amour dans son corps généreux. Elle avait dû consommer un ou deux boys avant de venir car de larges cernes bruns soulignaient ses yeux. Et elle avait un je ne sais quoi de languide en regardant l'endroit où les lèvres de Malko avaient effleuré son poignet.

Pendant que les deux hommes mangeaient, elle s'assit sur le lit à côté de Malko, sa cuisse touchant la sienne.

Elle partit à regret, vers 10 heures du soir. L'odeur de son parfum flotta toute la nuit dans la cellule, éloignant les moustiques et les bestioles diverses.

Patrice Mobutu fut aussi matinal que le jour précédent. Cette fois, il portait un complet jaune.

Solennel, il annonça :

— Le ministre a fait droit à votre demande. Vous allez être libérés sous caution tous les deux, à condition de ne pas quitter Bujumbura et à vous engager sur l'honneur à vous présenter régulièrement au commissaire Nicoro.

C'était un début.

— Quand ? demanda Malko.

— Dès que l'argent aura été versé.

— À qui ?

L'avocat eut l'air surpris.

— Mais… à moi.

Malko secoua la tête.

— Non. Je veux des garanties. J'ai déjà été arrêté arbitrairement ; maintenant, je ne veux pas être dépouillé en plus.

Mobutu prit, un air profondément vexé et retrouva son accent africain :

— Monsieu', vous êtes pas bien poli… Le ministre y sera pas content du tout.

— Je veux bien donner l'argent, dit Malko, mais pas avant que nous ayons été libérés.

L'autre leva les bras au ciel.

— Ça, ce n'est pas possible, héin… Tant pis, je vais dire au ministre…

Il ouvrait déjà la porte…

Couderc le rappela et la palabre commença. Moitié swahéli, moitié français. Malko suivait la discussion, étendu sur le lit. Finalement, il fut convenu que Nicoro signerait l'ordre d'élargissement et qu'ils partiraient tous ensemble de la Maison-Blanche pour la banque.

Là-bas, ils retrouveraient Brigitte Vandamme. La remise des fonds aurait lieu dans le bureau du directeur de la banque en présence de la jeune femme belge.

Mais Mobutu refusait farouchement de laisser Malko rencontrer le fameux ministre de la Justice. Apparemment, il n'était pas dans le coup.

Il partit, promettant de revenir pour 2 heures.

Pendant que le boy nettoyait la cellule, Malko et Couderc firent leurs bagages. Et à 2 heures pile, Patrice Mobutu était là. Bobo, tout sourire, fit des adieux touchants. Malko serra des tas de mains noires, à travers les barreaux de la Huit, et ils se trouvèrent dehors.

L'horrible panier à salade attendait devant la porte. Quand Malko apprit qu'il devait traverser toute la ville dedans, il refusa tout net.

— Puisque c'est comme cela, je retourne en prison, annonça-t-il.

Il commençait à adopter le système africain. Mobutu argumenta : « Ils étaient encore des prisonniers de droit commun. Si la transaction n'aboutissait pas, il faudrait les ramener dans le panier à salade… »

On trouva enfin un compromis. Ils montèrent dans la voiture de Mobutu et le panier à salade suivit, vide…

La banque se trouvait au nord de la ville, sur la route de l'aéroport, en pleine brousse. C'était un petit bâtiment moderne à un étage, tout en verre et en béton, caché derrière un bouquet de manguiers. Brigitte Vandamme attendait devant la porte. Pour la circonstance, elle arborait une immense capeline rose, et une robe de soie assortie qui ne cachait pas grand-chose de son corps majestueux.

Plein d'importance, Patrice Mobutu mena le cortège dans le bureau du directeur.

Celui-ci, un métis à l'air chafouin, ne quitta pratiquement pas des yeux les seins de Brigitte pendant toute la discussion. Il exigea de Malko une bonne douzaine de signatures avant de lui remettre les liasses de billets.

De plus en plus solennel, Mobutu tira de sa serviette les ordres d'élargissement et les posa sur la table.

— Vous êtes libres, mais vous n'avez pas le droit de quitter Bujumbura jusqu'à nouvel ordre, répéta-t-il. D'ailleurs, la Sécurité conserve vos passeports et je dois vous avertir que vous serez sous surveillance policière…

Là-dessus, il s'empara prestement des billets, les recompta avec une agilité de croupier et les enfouit dans sa serviette ; il quitta le bureau presque en dansant et monta dans sa voiture.

— Et voilà, dit gaiement Brigitte, il n'y a plus qu'à ouvrir une bouteille de champagne…

— Vous avez un coffre, chez vous, demanda Malko ?

— Oui.

Il lui tendit leurs ordres de mise en liberté, constellés de cachets et de signatures compliquées.

— Mettez-les en sûreté. Je ne voudrais pas que ces sauvages changent d'avis

Elle enfouit les papiers dans son sac, et ils quittèrent le bureau.

Brigitte avait une Chevrolet blanche décapotable. C'était bien agréable de retrouver le cuir des coussins après la puanteur de la Maison-Blanche.

Pendant le trajet de retour vos la ville, Malko réfléchissait dur :

Deux jours à Elisabethville.

Deux jours perdus à Bujumbura.

Huit jours en prison.

Les cosmonautes devaient trouver le temps long. La C.I.A. aussi. Pourvu qu'Allan Pap ne se décourage pas. Sinon, il pouvait s'engager comme plongeur chez la belle Brigitte. D'autant que cette libération contre rançon ne lui disait rien qui vaille. Le Grec ne s'était pas donné tant de mal pour le laisser filer maintenant.

Il n'y avait qu'une seule solution : quitter Bujumbura en vitesse. Mais pour cela, il avait besoin de Brigitte. Or il avait bien l'impression qu'*elle* ferait tout son possible pour le retenir…

— Je voudrais bien récupérer mon passeport, dit-il à haute voix, et terminer cette histoire idiote.

— Nous verrons le président, dit Brigitte. C'est un homme très bien. Je le connais.

Sur ces paroles encourageantes, ils arrivèrent place de l'Indépendance. Tout le personnel de La Crémaillère attendait sur le trottoir.

Le retour de l'enfant prodigue.

CHAPITRE XI

Dans l'antichambre du Président une jeune Noire allaitait un très beau bébé, un sein en forme de poire somptueusement exposé à la vue des visiteurs. Des bambins se poursuivaient entre les jambes des sentinelles avachies sur les canapés.

— La famille du Président a emménagé dans les appartements royaux, souffla Brigitte à Malko. Ils sont trente-sept, et tous ne sont pas encore arrivés de la forêt.

Cela mettait une animation de bon aloi. Voilà un gouvernement qui encourageait la famille.

Malko était sorti de prison la veille. Il n'avait pas regagné le Pagidas, mais il était tendrement soigné par la belle Brigitte qui les avait installés, lui et Michel Couderc, au deuxième étage de son immeuble, avec trois boys à leur service.

Le dîner de « libération » avait été fastueux : Moët et Chandon, viande d'importation, et même de la salade fraîche. Brigitte s'était mise sur son trente et un. Une robe de mousseline noire, avec un devant presque transparent qui dévoilait son opulente poitrine.

Sous la table, son pied avait cherché la jambe de Malko pendant tout le repas.

Couderc et Malko avaient deux chambres séparées. Prétextant la fatigue, Malko demanda à aller se coucher sitôt la dernière goutte de champagne bue. Il s'était alors aperçu que sa porte n'avait pas de serrure.

Il n'eut pas à attendre longtemps. La porte s'ouvrit alors qu'il finissait tout juste de se déshabiller.

Brigitte tenait un plateau à la main sur lequel étaient posées une bouteille de Moët et Chandon et deux coupes. Elle posa le plateau par terre et, très simplement, tira la fermeture Éclair de sa robe

— La dentelle est si fragile, s'excusa-t-elle. Et ici on n'en trouve pas.

Après un séjour à la Maison-Blanche, le spectacle n'était pas tellement désagréable. Il se dégageait de ce grand corps une sensualité animale qui ne laissa pas Malko indifférent. D'ailleurs, il n'avait pas le choix : Brigitte était déjà dans son lit.

La suite fut un festival de gémissements et de contorsions. Broyé, griffé, écrasé, dévoré Malko pensait aux boys malingres qui découvraient l'amour à travers la volcanique Brigitte Vandamme. Il n'avait encore rien vu : soudain, Brigitte agrippa les barreaux du lit et le corps tendu en arc, se soulevant comme une plume, elle exhala un long hurlement qui se répercuta dans tout l'immeuble. Malgré lui, Malko lui mit la main sur la bouche.

— Les boys, murmura-t-il.

Elle ouvrit des yeux apaisés et très doux.

— Ils ont l'habitude. Mais les autres fois, je ne crie pas aussi fort.

Cette soirée mémorable avait scellé une tendre amitié entre Brigitte et Malko. Elle s'était levée aux aurores, pour organiser un rendez-vous avec le président Bukoko. À son avis, il était le seul à pouvoir dédouaner complètement Malko.

Ni le sinistre Aristote, ni le commissaire Nicoro ne s'étaient manifestés. Ce calme était inquiétant. Car Malko était officiellement cloué à Bujumbura. Impossible de prendre un avion sans passeport et des barrages de police fermaient toutes les routes quittant la capitale, à cause des rumeurs de soulèvement royaliste à partir du Congo.

Et pendant ce temps-là, les cosmonautes attendaient…

Ari-le-Tueur, surtout, inquiétait Malko. Il en savait trop sur le trafic des diamants et sur le meurtre de Jill pour que le Grec le laisse repartir impunément. Il fallait absolument que le président le croie. Autrement, il serait acculé à une solution désespérée : par exemple bâillonner Brigitte et filer avec sa voiture…

Absolument indigne d'un gentleman.

— Le président va vous recevoir tout de suite.

L'huissier écarta une poignée d'enfants pour que Malko et Brigitte puissent s'asseoir sur un canapé. Puis, il disparut dans les profondeurs des appartements royaux et personne ne s'occupa plus d'eux.

Pourtant le palais grouillait d'animation. Des civils et des militaires discutaient dans tous les coins, à la bonne franquette. Malko vit même une Noire décrocher un rideau, le plier amoureusement et l'emporter tranquillement, sans doute pour améliorer sa case.

Mais quand Brigitte se leva pour aller aux nouvelles, après une heure d'attente, elle se heurta aux deux parachutistes gardant la porte du bureau présidentiel. Bourrés de kif jusqu'aux yeux, ils pointaient leurs mitraillettes tchèques sur elle et roulaient des yeux blancs à la moindre question.

Brigitte revint s'asseoir, découragée et folle de rage.

— Il doit y avoir une palabre importante, dit-elle.

Après dix ans d'Afrique, elle commençait à parler comme les Noirs.

— Ou alors, il y a un autre coup d'État.

— Ou il est parti en ville et on n'ose pas nous le dire.

En tout cas, personne n'avait franchi la porte capitonnée depuis qu'ils étaient là.

— C'était quand même mieux quand il y avait le roi, soupira Brigitte. Au moins, c'était un gars marrant. Presque tous les jours il se promenait en ville, avec une coiffure à plumes, dans sa Cadillac jaune.

» Ici, c'était toujours ouvert, il adorait avoir des gens autour de lui. Évidemment quand il avait bu trop de bière il s'amusait à tirer sur ses chambellans avec son gros revolver. Mais il tirait mal et ça faisait beaucoup rire…

— Tout ça n'arrange pas nos affaires.

Un huissier passait. Brigitte l'accrocha et entama une violente discussion en swahéli. L'autre disparut et revint quelques minutes plus tard.

— Il dit que nous allons être reçus, traduisit Brigitte. Attendons.

Ce qu'ils firent.

À 5 heures, mort de faim et ivre de rage, Malko se leva.

— Ça suffit. Ton président se moque de nous. On reviendra demain.

Ils auraient pu rester là toute la nuit. Personne ne s'occupait d'eux. Brigitte, désolée, insista pour rester encore quelques minutes.

Et soudain le premier huissier réapparut. Brigitte sauta sur lui.

Il secoua la tête.

— Le président n'a plus visites aujourd'hui, *bwana*. Trop beaucoup de travail pour le pays. Revenir demain, *bwana*.

Il hocha la tête et s'éloigna, pénétré de son importance. On ne vendait pas encore les pensées de Simon Bukoko dans les librairies, mais c'était tout juste.

Malko et Brigitte descendaient l'allée lorsqu'ils furent rattrapés par un jeune lieutenant tutsi.

— C'est lui qui m'avait arrangé le rendez-vous, souffla-t-elle à Malko.

Elle le foudroya du regard et l'interpella vertement en swahéli. L'autre répondit d'une voix douce, presque féminine :

— Ce n'est pas ma faute, madame Brigitte. Si vous n'avez pas pu être reçus, c'est parce que monsieur le président avait un peu bu.

De ses explications embarrassées, il découlait que le président avait pris pendant la nuit une cuite monumentale et qu'il gisait présentement dans un état comateux, après avoir tout cassé dans son bureau.

— C'est sûrement un mauvais fétiche qui a fait ça, conclut le lieutenant. Le président y ne boit jamais qu'un peu de bière.

Pour Malko, il eût été préférable qu'il continuât ses habitudes de tempérance. Pour peu que sa cuite dure huit jours, le pays irait à vau-l'eau.

Ils revinrent à La Crémaillère plutôt déprimés. Le lieutenant avait juré que, dès qu'il serait dessoûlé, le président se ferait une joie de les recevoir et même de les convier à une soirée privée.

Les charmes de la belle Brigitte y étaient sûrement pour quelque chose. On a beau être nationaliste, c'était là une séquelle bien agréable du colonialisme.

Il n'y avait plus qu'à attendre le lendemain.

Malko et Michel Couderc étaient en train de déjeuner à la terrasse de La Crémaillère quand la vieille 403 de la Sûreté s'arrêta devant le restaurant. Nicoro et Bakari en descendirent et se dirigèrent droit sur eux.

— File chercher Brigitte, ordonna Malko. Je n'aime pas ces deux oiseaux.

Couderc disparut à l'intérieur. Nicoro salua poliment Malko et s'empara de la chaise vide en face de lui. Il avait l'air grave et compassé.

— Qu'est-ce qui vous amène, commissaire, demanda Malko froidement. Vous m'avez enfin innocenté définitivement ?

L'affreuse tronche de Nicoro s'assombrit encore.

— Hélas ! Non. Au contraire.

— Comment, au contraire ?

Bakari s'était rapproché et se tenait derrière Malko. Couderc revint avec Brigitte qui fonça sur Nicoro comme une frégate de guerre.

— Qu'est-ce qui se passe, commissaire ? Tu cherches encore des ennuis à mes amis ?

Du coup, elle retrouvait le bon vieux tutoiement colonialiste. Subjugué, le Noir sortit un papier de sa poche et le tendit à Brigitte :

— Ce n'est pas ma faute, fit-il d'une voix plaintive. On m'a apporté un témoignage sur cette affaire, très grave pour ces messieurs.

Malko lui arracha le papier et lut. Il sentit ses cheveux se dresser sur sa tête. D'une façon très circonstanciée le témoin racontait comment il avait vu Malko et Couderc abattre le chauffeur de taxi dans un chemin écarté du quartier hindou. Effrayé, il s'était caché pour ne pas subir le même sort. Malko sauta à la signature : Aristote Polidis.

— Évidemment, si c'était un Africain, dit doucement Nicoro, vous m'auriez encore accusé de machination. Mais un Blanc, hein !

Brigitte à son tour, lisait le papier.

— Et pourquoi votre témoin de la dernière heure ne parle-t-il que maintenant ? demanda Malko ironiquement.

— Il hésitait à compromettre un frère de race, répliqua Nicoro sans ciller. Mais il m'a dit que le souvenir de ce pauvre homme tué sous ses yeux l'empêchait de dormir et qu'il fallait que justice soit rendue…

Il y eut un énorme ricanement de Brigitte qui venait d'arriver à la signature.

Elle était verte de rage, Brigitte, et foudroyant Nicoro de ses yeux bleus :

— Ari-le-Tueur ? Il l'a dit ça ? Tu as dû mal entendre. Il pourrait dormir douze heures après avoir découpé sa mère en petits morceaux…

— Messieurs, fit Nicoro, vous êtes de nouveau en état d'arrestation.

Derrière le dos de Malko, Bakari avait tiré son colt et le balançait à bout de bras. Brigitte tenta de discuter.

— Tu vas pas les emmener, Nico ?

Le Noir se leva.

— C'est la loi, madame Brigitte. Le ministre les a inculpés ce matin. Maintenant, il y a un témoin, il faut qu'ils soient jugés.

— Mais c'est un faux témoin, Ari, une salope, hurla Brigitte.

— Le tribunal décidera, fit Nicoro, très digne. Mais le cas de ces messieurs s'est considérablement aggravé. Considérablement.

— Rendez-moi mon argent, dit Malko. Puisque je ne suis plus en liberté sous caution.

— Impossible. Vous êtes prisonnier et inculpé. Un inculpé ne peut pas avoir d'argent. Il va être versé en attendant à la caisse de la police. Si vous êtes acquitté, on vous le rendra, après avoir payé les frais du procès.

Les mains sur les hanches, la Belge éclata :

— Attends un peu, je vais aller voir le président Bukoko. Je vais lui dire ce que tu mijotes avec ton Grec. Il va m'écouter, moi.

Du bout de la crosse, Bakari poussa Malko. Résigné, celui-ci se leva.

Dix minutes plus tard, ils avaient retrouvé leur cellule tout confort. Mais, cette fois, c'était beaucoup plus sérieux. Malko avait compris la combinaison de Nicoro. Il ne pouvait pas le laisser acquitter. Aristote avait trouvé un moyen élégant de se débarrasser de la concurrence. Son témoignage aurait pu être exposé au musée du Faux. Un petit chef-d'œuvre… Si Brigitte ne parvenait pas à joindre le président, il y avait beaucoup de chance pour que la brillante carrière de Malko se terminât au parc des Sports de Bujumbura.

L'endroit favori pour les exécutions capitales.

Et Malko n'avait pas la moindre envie d'être enterré au Burundi. C'était vraiment trop loin de l'Autriche et de son château. Les mânes de ses ancêtres se retourneraient dans leurs tombes à l'idée que leur descendant reposait au cœur de l'Afrique Noire.

En vieil habitué de la Maison-Blanche, Couderc dormait déjà.

Malko, lui, n'arrivait pas à s'endormir.

Il avait beau tourner et retourner la situation dans sa tête, il ne voyait pas ce qu'il aurait pu faire d'autre. Même avec la complicité de Brigitte, s'enfuir de Bujumbura n'aurait pas été facile. Sans elle ils ne seraient jamais sortis de la ville. Or Brigitte, d'une part, n'était pas pressée, tenant à « amortir » Malko au maximum, et, d'autre part, croyait dur comme fer à l'intervention de son président.

Il laissa errer son regard sur le mur fissuré où plusieurs gros cafards cheminaient et soupira. C'était laid et triste, mais c'était encore la vie.

Le commissaire Nicoro arriva au Club des gentlemen sélectionnés un peu après 6 heures. Aristote était déjà là, enfoncé dans un grand fauteuil de cuir, un verre de J and B à la main, ses petits yeux bordés de rouge pétillant de joie.

L'œil unique de Nicoro lui rendit son sourire.

— Ça y est ? demanda Ari.

— Ça y est, monsieur Ari.

Nicoro attira à lui le fauteuil voisin et commanda son Fernet-Branca.

Ari-le-Tueur eut un froncement de sourcils :

— Pour la suite, je peux te faire confiance, damné macaque ?

C'était quand même dit gentiment.

D'ailleurs, Nicoro ne le prit pas mal.

— Comme si c'était vous m'sieur Ari.

— Bien.

Il y eut un long moment de silence. Ils étaient seuls dans le club. Le Grec termina son whisky et dit tranquillement :

— Alors, il n'y a plus qu'un petit détail à régler.

Nicoro eut un sale pressentiment, mais fit l'idiot :

— Quoi donc, m'sieur Ari ?

— Tu me les donnes quand les 40 000 dollars que tu as piqués ?

Cette fois le silence se prolongea. Nicoro réfléchissait. À aucun prix, il ne voulait abandonner l'argent à Ari. Mais il fallait gagner du temps.

— Écoute, dit Aristote, nettement menaçant J'ai remonté toute ta combine. Tu es un con. Tu m'en aurais parlé tout de suite, on faisait le coup ensemble et on partageait fifty-fifty. Mais tu as besoin d'une leçon. En plus, tu as fait buter ma panthère pour rien. Estime-toi heureux que je ne te demande pas des dommages et intérêts.

Il se leva.

— Dépêche-toi de me donner ce fric. Je ne te le réclamerai pas une seconde fois.

— Je peux pas avant le procès, m'sieur Ari.

— Alors, démerde-toi pour le procès. Salut.

Sa lourde masse fit craquer le plancher et il claqua la porte derrière lui.

CHAPITRE XII

Une grande banderole en calicot se balançait au-dessus du Tribunal populaire portant, en lettres noires, l'inscription :

« Ne nous rendons pas honteusement ridicules. L'opinion mondiale nous regarde sous cape. »

Elle datait des premiers procès politiques de la révolution et on l'avait laissée là à tout hasard. Parce que l'opinion mondiale, le président Bukoko n'en avait que faire.

Malko, en dépit de la situation, ne put s'empêcher de sourire en voyant l'inscription. Ce mélange perpétuel de comique involontaire et de drame était épuisant pour les nerfs. Par moments, il avait l'impression de vivre un gigantesque canular… Hélas ! le tribunal était bien réel, lui, et plutôt dépourvu de bonnes intentions.

Il se trouvait dans un petit bâtiment situé lui-même dans le parc du Palais présidentiel. C'était plus facile pour juger à huis clos.

La situation n'était pas brillante. Ça faisait quatre jours qu'ils avaient été arrêtés de nouveau. Cette fois, Nicoro ne perdait pas de temps.

Brigitte Vandamme avait remué ciel et terre. Rien à faire dans les ambassades. On lui avait répondu poliment que c'était un crime de droit commun et qu'il n'était pas question d'intervenir dans les affaires privées d'un État indépendant. À la rigueur on pourrait toujours avertir la Ligue des Droits de l'Homme, si elle payait le câble.

Côté C.I.A., Malko savait mieux que personne qu'il n'y avait rien à faire. Ce qui lui arrivait faisait partie des risques du métier. « Too bad », dirait David Wise, c'était un type utile. Jamais, même pour lui sauver la vie, ils ne révéleraient que Malko était en mission.

Quant à Bukoko, il faisait le mort ; Brigitte n'arrivait pas à le voir. Certainement, il craignait Nicoro et se souciait peu de se mettre en travers de ses projets pour un Blanc qu'il ne connaissait même pas.

« Enfin, tant qu'il y a de la vie, il y a de l'espoir », se dit Malko.

Un des gendarmes qui l'encadraient lui donna un coup de pied pour le faire lever. Le président du tribunal faisait son entrée.

En guise de toge, il portait un boubou brodé du tambour sacré burundien, et une toque blanche. Ses deux assesseurs étaient en boubou. Les trois hommes paraissaient s'ennuyer prodigieusement. Ils avaient la même tête ovoïde, sans expression, avec des cheveux crépus et très courts.

La salle était presque vide. Quelques jeunes en uniforme vert et blanc du J.N.K., venus voir Couderc une poignée de badauds noirs, prévenus par le téléphone arabe, et les intéressés.

Au premier rang, Brigitte Vandamme, son orgueilleuse poitrine moulée dans un chemisier émeraude, l'œil étincelant et la croupe avantageuse. Son regard embué ne quittait pas Malko. Celui-ci flottait un peu dans son costume d'alpaga noir ; il n'était pas bien rasé, mais son regard doré était toujours aussi séduisant.

Derrière Brigitte, Aristote mâchait un cure-dents, son énorme masse de graisse écrasant une chaise minuscule. Ses petits yeux bordés de rouge avaient une expression ironique et satisfaite. Son éternel costume bois de rose était taché et froissé.

Nicoro arriva le dernier, sanglé dans une tunique jaune qui lui donnait l'air d'un canari. Il se mit à côté de Brigitte et la salua, mais la Belge l'ignora.

Aucun journal n'avait parlé du procès et deux policiers en civil gardaient la porte du tribunal. Nicoro ne tenait pas à avoir trop de publicité.

Le greffier, un gringalet vêtu à l'européenne d'une chemise et d'un pantalon se leva et commença à lire l'acte d'accusation d'une voix monocorde. Malko frémit en entendant le détail de ses crimes. Le malheureux Couderc n'était pas mieux loti. Derrière ses lunettes il clignait des yeux comme un hibou surpris par le jour.

L'acte d'accusation terminé, le président s'adressa à Malko, en excellent français :

— L'accusé a-t-il quelque chose à déclarer ?

— Je suis innocent. Il s'agit d'une machination montée contre moi, dit Malko. Si vous osez me juger ce sera une parodie dont vous répondrez devant les pays civilisés.

Le président haussa les épaules et appela Nicoro d'un signe de la main. Celui-ci franchit la barre et s'assit tranquillement à côté du président. Il y eut un long conciliabule en swahéli. Brigitte tendait l'oreille cherchant à comprendre ce qu'ils se disaient.

Silencieusement, elle envoya un baiser à Malko.

Brusquement, ce dernier se désintéressait du procès. Il était 2 heures de l'après-midi et la chaleur lourde envahissait la pièce. Pris d'une douce somnolence, Malko aurait donné n'importe quoi pour pouvoir s'étendre.

Le président frappa la table avec son petit marteau. Malko se leva pour éviter le coup de pied du gendarme. Discrètement Nicoro regagna l'enceinte du public.

— Les accusés sont reconnus coupables et en conséquence, condamnés à mort, prononça le président d'une voix ferme.

Un froid glacial descendait le long de l'épine dorsale de Malko. Cette fois, c'était sérieux. Brigitte avait pris l'air d'une tigresse. Elle chercha le regard du commissaire, qui mit précipitamment ses lunettes noires.

Il y avait un flottement dans le tribunal. On venait de s'apercevoir qu'on ne savait pas comment exécuter les condamnés. Ce qui était proprement inadmissible. Une discussion animée s'engagea.

L'assesseur de gauche, qui était de mœurs simples, proposa qu'on les égorge purement et simplement. Ayant une longue expérience des sacrifices rituels, il s'offrait même à accomplir la besogne.

Le président, soucieux de respectabilité, penchait pour la pendaison. Il rappela l'exemple des Congolais, qui avaient su en faire un des spectacles les plus prisés de Léopoldville. Hélas, il n'y avait pas de gibet à Bujumbura.

Finalement, on se mit d'accord sur la fusillade. Cela avait un côté martial qui impressionnerait les mal ralliés à la révolution. Le président se gratta la gorge et annonça :

— Conformément à la loi, les condamnés seront fusillés avant la fin de la semaine.

Ça, c'était pour obliger Ari-le-Tueur, qui avait à faire dans la Copperbelt, au Katanga.

Les deux gendarmes reconduisirent Malko et Couderc jusqu'au panier à salade. Brigitte les suivit et le chemisier émeraude frôla Malko. Elle exhalait un parfum léger et agréable.

— Ça ne va pas se passer comme ça, gronda-t-elle. Ce salaud de Nicoro m'avait juré que vous seriez expulsés.

Piètre consolation. Couderc pleurait. Malko, fou de rage, n'avait même plus peur. Il songea à se jeter sur les gardes pour en finir une bonne fois. La silhouette de Brigitte l'en dissuada. Il avait là une alliée solide. Bien qu'il ne vît pas très bien comment elle agirait…

— Nous sommes foutus, gémit Couderc. Cette fois, ils ne nous lâcheront pas…

À la Maison-Blanche, le brave Bobo les accueillit avec une mine de circonstance. Mais il louchait déjà sur la chevalière de Malko. Il raccompagna les deux prisonniers dans leur cellule. À peine avait-il refermé la porte qu'un bruit vint du soupirail.

— Psst !

Malko se leva vivement, et s'approcha.

Brigitte était accroupie, le visage collé au barreau. Grâce à cette position, Malko apercevait son petit slip blanc. Mais cela ne lui donna aucune idée coquine.

Sa main effleura celle de la jeune femme. Elle murmura :

— Ce fumier de Nico a interdit les visites. Je reviendrai ce soir quand il fera nuit après avoir été aux nouvelles. Courage.

Elle se releva et disparut.

Les heures suivantes passèrent très lentement. Couderc était assis sur son lit et jouait avec un gros cafard. Malko regardait le jour baisser à travers le soupirail. Machinalement, il écoutait la mélopée du prisonnier de la cellule voisine qui priait en swahéli.

On leur apporta leur dîner mais ils n'y touchèrent pour ainsi dire pas, jetant presque tout à la cellule Huit, de l'autre côté du couloir.

Malko guettait tous les bruits de la rue. Pourvu que Brigitte revienne ! C'était leur seul lien avec l'extérieur, et leur seule alliée.

Vers 10 heures, il y eut un remue-ménage dans le couloir. Une clef tourna dans la serrure. La bouille noire effrayée de Bobo, le gardien-chef, apparut dans l'entrebâillement ; il était suivi de Brigitte qui avait troqué son chemisier émeraude contre une robe de toile qui la moulait comme un gant.

— Dépêchez-vous, dit-il. Le commissaire il a interdit précisément les visites.

— Ça va, ça va, Bobo, fit la Belge.

Elle referma la porte et s'y appuya, les yeux brillants.

— Vous allez être fusillés demain matin, annonça-t-elle.

Michel Couderc eut un sanglot étranglé et Malko sentit sa tête tourner.

— Il faut gagner du temps, dit-elle farouchement. Je vais aller voir Nicoro maintenant. Tant pis, j'y passerai, mais j'obtiendrai bien qu'il attende un peu.

Malko secoua la tête.

— Merci Brigitte, mais cela ne servirait à rien qu'à lui faire plaisir. Il a des raisons sérieuses de se débarrasser de moi…

Elle le regarda, démontée.

— Mais qu'est-ce qu'on va faire, alors ?

— Du côté de Bobo…

— Non. J'ai déjà eu toutes les peines du monde à entrer. Avec des prisonniers ordinaires, oui. Mais là, il a trop peur de Nicoro pour vous laisser filer.

Il y eut un lourd silence rompu seulement par la mélopée du prisonnier de la cellule voisine.

— Tant pis, dit Malko d'un ton las. Ne vous mêlez plus de cela, Brigitte. Vous avez fait tout ce que vous pouviez. Ce sont des choses qui vous dépassent.

Elle frappa du pied :

— C'est trop bête !

— Quoi ?

— Si ça se trouve, dans huit jours, il n'y aura plus de République et ce salaud de Nicoro sera à votre place !

— Comment ça ?

Elle se rapprocha de Malko pour parler à voix basse.

— Il y a un coup d'État qui se prépare. Avec l'ancien roi. Il est à Kimbasha, au Congo. Il paraît qu'il a levé une armée de mercenaires allemands, une centaine d'hommes. Ils peuvent balayer Bukoko et sa clique en un quart d'heure. Vous seriez automatiquement libérés…

— Oui, mais d'ici là, on sera morts, fit Couderc amèrement.

— Attendez !

Le cerveau de Malko venait de se remettre en marche.

— Qu'est-ce que vous savez de cette histoire ?

— Tout, fit Brigitte fièrement. Même le signal de la révolution. Le capitaine qui doit s'emparer du Palais présidentiel dès que les autres passeront la frontière est… heu, un de mes meilleurs amis.

Malko lui prit les deux mains et la fit asseoir sur le lit :

— Brigitte, êtes-vous prête à prendre des risques sérieux pour nous ? Pour nous sauver ?

Elle avait l'impression de plonger dans un lac d'or. Jamais elle ne s'était sentie si forte. De taille à massacrer toute l'armée burundienne…

— Oui, dit-elle d'une voix étranglée. Je ne veux pas que vous mouriez.

Pauvre Couderc.

— Alors, écoutez-moi. D'abord, quel est ce signal dont vous me parlez ?

Elle le lui dit.

— Bien voilà ce que vous allez faire.

Malko parla près de dix minutes d'affilée, très lentement pour que Brigitte comprenne bien. Celle-ci buvait ses paroles, disait « oui » à tout. Pourtant, ce qu'il lui demandait n'était pas précisément de son ressort. Il aurait mieux valu une compagnie de Marines. Mais il faut faire avec ce qu'on a.

Lorsqu'il eut terminé, il demanda :

— Vous n'avez pas peur ? Vous voua en tirerez ?

Elle lui serra les deux mains.

— Oui.

— Allez-y. Il n'y a pas tellement de temps à perdre. Et bonne chance !

Les yeux dorés avaient pris une expression presque implorante. Brigitte fondait. Elle aurait découpé Nicoro avec ses ongles pour faire plaisir à Malko.

Elle se leva, et sur le pas de la porte, se retourna, le visage tendu.

Malko avança d'un pas et leurs lèvres se rencontrèrent. Aussitôt elle se colla à lui de tout son poids et l'enlaça. Le verre de rhum du condamné à mort…

Après un dernier regard tendre, elle ouvrit la porte et disparut dans le couloir. Malko l'entendit échanger quelques mots avec Bobo et le bruit de ses hauts talons décrut dans le couloir. Les dés étaient jetés.

— Qu'est-ce que vous lui avez raconté ? demanda Couderc.

— Je préfère ne pas vous faire de fausse joie. Disons que nous avons une petite chance de nous en sortir… Et de toute façon, si cela ne marche pas, nous n'aurons personne à qui nous plaindre.

Il se glissa sous sa moustiquaire, après avoir mis le ventilateur en marche et vérifié qu'aucune sale bête ne s'était glissée dans le lit.

La lumière éteinte, il n'arriva pas à s'endormir. En face, de l'autre côté du « couloir de la honte » les dix prisonniers entassés dans la cellule. Huit gémissaient et appelaient. Il y en aurait encore deux ou trois de morts de faim le lendemain…

Couderc se coucha à son tour. Malko gardait les yeux ouverts dans la nuit. Des milliers de pensées l'assaillaient. Il n'arrivait pas à croire qu'il était vraiment condamné à mort. Que peut-être, pour lui, il n'y aurait pas de demain.

Il se tourna et se retourna tandis que les heures, passaient. Couderc ronflait. Les prisonniers s'étaient tus. De temps en temps on entendait le grattement d'un insecte ou le glissement d'un lézard.

Puis, une lueur vague éclaira la cellule : le jour se levait. Il était un peu plus de 5 heures.

Brigitte, en quittant la Maison-Blanche, avait le cœur presque léger. Elle était si heureuse de faire quelque chose pour Malko.

Elle remonta dans sa Chevrolet et fila chez elle à travers les rues désertes. La première partie du plan de Malko était la plus délicate et en même temps la plus facile. Elle avait sa petite idée.

Après avoir garé la Chevrolet devant le restaurant, elle repartit à pied par l'avenue de l'Uprona. Marchant très lentement elle passa devant le Palais présidentiel. Son cœur battit plus fort. Dans une des guérites, il y avait une sentinelle, seule. Brigitte s'arrêta une seconde, sourit et dit :

— *Amara kadu*[1] *?*

Poliment, le Noir répondit :

— *Amara kadu ?*

Puis ils échangèrent quelques phrases en swahéli Flattée, la sentinelle tenta de prolonger la conversation mais Brigitte lui dit :

— Je me sauve, je ne voudrais pas te faire gronder. Et puis, il y a le couvre-feu.

Cinq minutes plus tard, elle repassait devant la guérite. Le Noir, qui avait suivi des yeux sa silhouette moulée par la robe de toile, ne pensait plus qu'à une chose… Dès qu'elle s'arrêta devant lui, il sortit de la guérite et lui chuchota que, pour bavarder, ils seraient beaucoup mieux sur l'herbe du parc.

1. Comment allez-vous ?

Brigitte accepta avec un petit rire. Il lui montra le chemin. Cet intermède ne l'étonnait pas outre-mesure : il avait entendu parler des appétits de la jeune Belge.

Il s'allongea sur l'herbe et, tout de suite, des mains douces parcoururent son corps. Soudain, il sursauta et saisit la main de Brigitte.

— Eh, madame, mon pistolet !

— Idiot, murmura Brigitte, ce n'est pas ton pistolet que je veux.

Il la laissa détacher le ceinturon, il était d'ailleurs tellement plongé dans les délices de Capoue que le monde extérieur n'existait plus. Brigitte se demanda si elle irait jusqu'au bout puis, bonne fille, se dit qu'il aurait tant d'ennuis qu'elle lui devait bien une petite compensation…

Dès qu'elle le sentit détendu, elle ouvrit doucement l'étui et saisit l'arme par le canon. Et à toute volée, elle l'abattit sur la tempe du soldat. Il poussa un cri et ne bougea plus. C'est lourd un colt 45 et Brigitte n'était pas ce qu'on appelle une faible femme.

Elle se releva vivement, remit son slip et lissa sa robe. L'énorme pistolet l'embarrassait. Elle le glissa dans l'échancrure de sa robe, entre le soutien-gorge et la peau et sortit tranquillement.

Elle roulait maintenant au volant de la Chevrolet sur la route menant au quartier des collines. Il y avait peu de chances que la sentinelle donne l'alerte immédiatement. Il essaierait d'abord de récupérer son arme.

Elle arriva facilement au petit bâtiment sans étage qui abritait radio Bujumbura. Pas de lumière, l'émetteur ne marchait qu'à partir de 6 heures du matin. Tranquillement, elle gara la voiture un peu en retrait, derrière les racines d'un gros banian, et alluma une cigarette. Elle se sentait parfaitement calme. Elle regarda sa montre : 1 heure et demie du matin. Encore quatre heures à attendre. Sur la banquette, le colt volé faisait une grosse tache noire. Elle le prit et l'examina, cherchant à se rappeler tout ce que Malko lui avait dit au sujet de cette arme.

Il valait mieux savoir s'en servir.

Marcel Drumont était un homme simple. Depuis vingt-huit ans il vivait en Afrique et n'avait nulle envie de retourner en Europe. Quand les Belges avaient quitté le Congo, il était resté. On lui avait offert de s'occuper de radio Bujumbura, car il avait une petite expérience des télécommunications, ayant travaillé au tri du courrier à Léopoldville.

À Bujumbura, il s'était adapté merveilleusement d'autant plus que le travail n'était pas épuisant. Par mesure d'économie, la station n'émettait que six heures par jour, de la musique et des informations.

Il y avait bien un patron noir, mais il ne l'avait vu qu'une fois en un an.

Quand il s'ennuyait trop, il balançait des nouvelles complètement fantaisistes, ce qui n'avait pas grande importance, car il n'y avait pas plus d'un millier de postes à Bujumbura. Et personne ne s'était plaint.

Ce matin-là, il descendit de sa bicyclette à l'heure habituelle devant la station. Il mettait un point d'honneur à diffuser les informations à 6 heures précises.

Les deux sentinelles dormaient à poings fermés sur le banc devant la porte.

Il leur envoya une volée de coups de pied amicaux, par habitude. L'un d'eux ouvrit l'œil, et marmotta un vague : « bonjou' *bwana* » avant de se rendormir.

Marcel prit la clef sous le paillasson et ouvrit. Selon la routine habituelle, il mit en marche l'émetteur pour le faire chauffer et plaça sur le tourne-disque l'hymne burundien. Il était 5 h 50.

Encore mal réveillé, il était en train d'allumer le réchaud à alcool pour se faire du café lorsque la porte s'ouvrit. Il ne leva même pas la tête, persuadé qu'il s'agissait d'une sentinelle venant se réchauffer.

— Bonjour, Marcel.

Cette fois il sursauta, et ouvrit des yeux comme des soucoupes :

— Qu'est-ce que vous faites là, madame Brigitte ? Vous êtes tombée du lit ou quoi ?

Pourtant, elle n'avait pas l'air tombée du lit, la belle Brigitte : impeccablement maquillée et coiffée, le corps pris dans sa robe de toile, elle jurait avec le cadre.

— Il y avait longtemps que je voulais voir comment ça marchait ici, minaudait-elle.

Mais le ton n'y était pas.

Intrigué, Marcel la regarda par en dessous et se lécha les lèvres. Une idée folle le traversait. On disait tant de choses sur Brigitte. Pourtant, il n'avait rien d'un don Juan…

Justement, elle se rapprochait de lui. Elle posa ses mains sur ses épaules.

— Marcel, vous voulez me faire plaisir ?

— Bien sûr, pardi.

Il se tortilla, cherchant à se lever.

— Je voudrais que vous me passiez un disque.

— Ah, ben ça, c'est facile. (Il cligna de l'œil). Dites donc, et vous, madame Brigitte, vous ne voudriez pas me faire plaisir ?

— Mais si, Marcel.

Elle se pencha et lui embrassa l'oreille. Il se rendit compte qu'elle haletait et qu'elle tremblait.

— Nom de Dieu !

Déjà, il la tenait à bras le corps. Elle se dégagea lestement :

— Le disque d'abord, Marcel.

— Quel disque vous voulez ?

— *Jésus, que ma joie demeure.*

Il sursauta.

— Quoi ? Enfin, je veux bien. Mais pas tout de suite, il faut que je donne l'heure, les informations et l'hymne.

— Non, fit calmement Brigitte. D'abord mon disque.

Il la regarda, inquiet. Elle était folle ou quoi ? Le réveil marquait 5 h 59. La conscience professionnelle l'emporta sur la luxure.

Il lâcha Brigitte et sa main se tendit vers l'électrophone.

— Non, fit la jeune femme.

Il sentit quelque chose s'enfoncer dans son flanc et baissa les yeux. Brigitte n'avait plus son sac à la main mais un énorme pistolet automatique noir. Interloqué, il explosa :

— Non, mais vous êtes dingue !

— Ne bougez pas, Marcel, ou je vais être obligée de vous tuer. Et passez-moi tout de suite ce disque.

— Non, mais, mais… vous…

Il en bredouillait. Brigitte répéta :

— Le disque, Marcel, vite.

— Ah, bien, puisque c'est comme ça, non alors !

Brigitte passa sa langue sur ses lèvres sèches et jeta un coup d'œil affolé à l'énorme classeur à disques. Cela lui prendrait des heures si Marcel faisait la mauvaise tête.

Alors, elle releva le chien du colt et posa le canon sur le front du speaker. Il frissonna.

— Marcel, dit-elle d'une voix ferme, je compte jusqu'à trois et je tire. Ensuite je cherche le disque moi-même.

— Mais…

— Un… Deux…

— Il est là, dans le classeur de gauche, en haut.

— Prenez-le et mettez-le sur l'électrophone.

Il s'exécuta docilement, farfouilla et revint avec un 45 tours poussiéreux.

Brigitte s'en empara et vérifia le titre. Une vague de joie lui gonfla la poitrine. C'était ça.

— O.K., Marcel, fit-elle. Passez-le.

Le Belge se tordit les mains :

— Madame Brigitte, je vais être viré. Qu'est-ce que je vais devenir ?

— Mais non, fit-elle joyeusement. C'est la révolution. Et le nouveau gouvernement, ce sont mes amis. Je leur dirai que vous m'avez rendu service.

— Ah, si c'est la révolution, c'est différent.

Il mit l'électrophone en marche et brancha le haut-parleur intérieur. Les premières notes du cantique s'élevèrent dans la pièce.

Brigitte n'avait pas mis les pieds dans une église depuis sa première communion mais ses yeux se remplirent de larmes, devant Marcel figé de respect. Il ne lui connaissait pas un tel sentiment religieux.

Ils écoutèrent le disque en silence. Aux dernières notes, Brigitte ordonna :

— Remettez-le.

Marcel jeta un coup d'œil sur le colt et obéit.

Tout cela ne lui disait rien qui vaille. Quant à Brigitte, elle était bien décidée à ne pas prendre de risques. Le cantique passerait jusqu'à ce qu'elle soit sûre que ceux qui devaient l'entendre l'aient entendu. Avec les nègres, on ne sait jamais. Marcel se gratta la gorge :

— Dites, madame Brigitte, je ne voudrais pas être mêlé à vos manigances. Vous ne voulez pas m'attacher ?

Il lui tendait un rouleau de fil électrique. Elle s'exécuta avec joie, en ayant assez de tenir le lourd automatique. Quand Marcel fut ficelé à sa chaise, elle posa l'arme sur la table et coupa le haut-parleur intérieur. Puis, elle versa du café dans une tasse, remit le disque qui se terminait et s'installa confortablement. Elle avait calculé qu'au bout de deux heures, les forces révolutionnaires auraient compris le message. Le capitaine Nbo ne gagnerait peut-être pas la révolution mais il tiendrait assez longtemps pour sauver la vie de Malko.

CHAPITRE XIII

Depuis deux mois, le capitaine Nbo se réveillait chaque matin un peu avant 6 heures. Habillé rapidement, il mettait la radio et la refermait rageusement, à 6 h 10. Puis il se rendormait jusqu'à 10 heures.

Ce jour-là, il ne se rendormit pas. Radio Bujumbura jouait enfin l'air tant attendu. Cela signifiait que les commandos royaux s'étaient emparés de la station de radio et marchaient sur la ville. Lui n'avait plus qu'à tenir sa place dans le plan : s'emparer du Palais présidentiel, neutraliser la police et libérer les détenus politiques.

Il vérifia le chargeur de son colt et descendit réveiller son subordonné qui n'avait pas eu les moyens de s'offrir un transistor, n'ayant pas été payé depuis six mois.

En une demi-heure, les deux officiers eurent rassemblé la centaine de fidèles parachutistes du putsch. Dans la cour de la caserne on leur fit une harangue messie d'emphase :

« Camarades, fit Nbo en swahéli, le régime de l'usurpation prend fin. Ce soir, notre M'Wami[1] N'Taré... Seigneur des vaches et des tambours, maître de la terre et

1. Roi. Seigneur des Vaches et des Tambours, maître de la Terre et des Dieux, Prince des Cours d'eau et des pâturages...

des dieux, prince des cours d'eaux et des pâturages… sera dans son palais. Vos soldes seront augmentées et vous passerez tous au grade supérieur. Quant aux traîtres, ils seront impitoyablement châtiés. »

Le petit groupe se scinda en trois et les colonnes partirent dans les rues désertes de Bujumbura. Nbo s'était réservé l'occupation du palais et l'arrestation du commissaire Nicoro. Il le haïssait cordialement, car le policier était un Hutu et lui un Tutsi. Il avait bien l'intention de le mener illico au terrain de sports et de l'exécuter de la même façon que les chefs syndicalistes, en décembre dernier. Un proverbe tutsi disait qu'« une vipère morte ne peut plus mordre »…

Pour Malko, la révolution commença par une engueulade monstre dans le couloir. Le gardien-chef refusait de livrer ses prisonniers au sergent « révolutionnaire » qui voulait les libérer.

Il fallut que l'autre lui en signât décharge après une palabre qui dura une heure. Le bruit d'une révolte s'était répandu, bien qu'il n'y ait pas eu un seul coup de feu tiré en ville, et une sourde rumeur agitait la Maison-Blanche. Les prisonniers s'interpellaient d'une cellule à l'autre, criaient, hurlaient des slogans.

Habillés, Malko et Couderc écoutaient, l'oreille collée à la porte, bien décidés à vendre chèrement leur vie, si Nicoro faisait un retour en force.

Il était 8 heures et Malko guettait le moindre bruit depuis l'aube.

Soudain, un type se mit à vociférer dans la prison. Couderc fit signe à Malko et écouta. Le discours se termina par un hurlement qui ébranla la Maison-Blanche. Couderc se tourna vers Malko, hilare !

— Ça y est, ils nous libèrent, au nom du gouvernement révolutionnaire.

Une clef tourna dans la serrure. Armé du trousseau du gardien-chef, un grand para ouvrait toutes les cellules. Un peu étourdis, Malko et Couderc se retrouvèrent dans le couloir. Soudain, un nègre d'une saleté repoussante, presque nu, le crâne rasé plein de croûtes, se jeta sur Malko et le serra dans ses bras à l'écraser : c'était un des parias de là cellule Huit que Malko avait nourri de ses restes, grâce à la générosité de Brigitte. L'autre lui devait vraisemblablement la vie.

Il eut beaucoup de mal à se défaire de son étreinte nauséabonde.

Un hurlement inhumain le fit sursauter. Il se renouvela et finit comme un cri de chat. Suivant la foule des prisonniers, Malko et Couderc arrivèrent au greffe. Le spectacle n'était pas beau.

Trois prisonniers avaient couché Bobo, le gardien-chef, sur la table et, à l'aide d'une vieille baïonnette rouillée, étaient en train de l'égorger. Le sang coulait à flot de la tête presque entièrement détachée du corps.

Plusieurs Noirs applaudirent et écartèrent les premiers rangs pour venir cracher sur l'agonisant, dont les yeux étaient révulsés.

— Filons, dit Malko, ça va se gâter.

C'était incroyable, mais le plan de Malko avait marché. Du moins, jusqu'à ce que les Républicains s'aperçoivent de la supercherie. Cela donnait quelques heures de répit pour quitter Bujumbura. Une fois passés les barrages autour de la ville, il n'y aurait plus de problèmes.

Le trousseau de clefs de Bobo était sur la table. Rapidement Malko et Couderc récupérèrent leurs affaires au greffe et s'éclipsèrent dans le tohu-bohu.

En face de la Maison-Blanche, il y avait un command-car avec une dizaine de soldats. Et à vingt mètres du command-car, dans une Buick neuve et décapotable, Ari-le-Tueux.

Son regard croisa celui de Malko; il eut un sourire méchant. Venu pour l'exécution, il avait eu une mauvaise surprise. Mais, après tout, rien, ne l'empêchait de mettre la main à la pâte. À côté de lui était assis un Noir avec qui il échangea quelques mots.

Ils descendirent de la voiture et se dirigèrent vers Malko et Couderc. Les bosses sous leurs vestes légères étaient plus éloquentes que de longs discours.

Précipitamment, Malko rentra dans la prison. C'était trop bête de se faire abattre maintenant. À travers la cohue, il retrouva le sergent, qui avait libéré les prisonniers.

Celui-ci, reconnaissant Malko, lui assena une grande tape dans le dos.

— Y a bon *bwana*, hein !

— Il y a un ennemi du capitaine Nbo, dit gravement Malko. Là, dehors. Il te cherche pour te tuer.

Le Noir roula des yeux furieux :

— Pou' me tuer ! C'est moi qui vais le tuer, ce chalaud.

Il arma sa mitraillette et fonça, suivi de Malko et de Couderc.

Aristote hésitait sur le seuil de la prison, devant la mêlée confuse des prisonniers libérés. Malko le désigna au sergent :

— C'est lui.

— Hé, le Blanc, viens un peu ici.

Vingt secondes plus tard, le Grec avait le canon de la mitraillette sur le ventre et, abreuvé d'injures, levait les bras. Tiré à l'intérieur, il se trouva nez à nez avec le cadavre égorgé du gardien-chef.

Ce n'était pas encourageant.

Discrètement, Malko et Couderc s'éclipsèrent.

— Allons chez Brigitte, proposa Malko. Elle doit nous attendre.

Ils partirent en courant. Les gens commençaient à se demander ce qui arrivait et de petits groupes entouraient les soldats.

La Chevrolet de Brigitte arriva en même temps qu'eux devant La Crémaillère. La Belge jaillit de la voiture et se jeta dans les bras de Malko.

— Bravo ! dit-il en essayant de respirer. Ça a marché.

Elle le tâta avec inquiétude.

— Ils ne t'ont rien fait au moins ?

— Non.

Ils entrèrent dans le restaurant désert.

— Tu ne veux pas te reposer un peu, proposa Brigitte, l'œil brillant.

Malko secoua la tête, soucieux.

— Trop dangereux. Il faut que nous, partions tout de suite. Quand on va s'apercevoir de notre truc, je préfère être loin d'ici… Toi aussi, d'ailleurs.

Brigitte haussa les épaules.

— Moi, je ne risque rien. Marcel dira qu'il a été attaqué par des inconnus. Et puis, Bukoko m'aime bien. Ça se réglera avec une palabre. Je pourrais te cacher…

Malko comprit que s'il la décevait elle risquait de se laisser aller à de fâcheuses extrémités. Et il avait une mission qui avait déjà deux semaines de retard. Il eut une inspiration et prenant Brigitte par le bras, il l'entraîna à l'écart :

— Il me faut ta voiture pendant deux jours, souffla-t-il. C'est important. J'ai un lot de diamants à aller chercher, payés d'avance. Le plus beau sera pour toi. Durant mon absence, tu organiseras notre séjour ici.

Mais Brigitte se moquait des diamants :

— Tu reviens ? C'est sûr ?

— Sûr.

— Bien. Alors prends ma voiture.

C'était plus qu'il n'en fallait. En quelques minutes les détails matériels furent réglés.

Brigitte partit au garage la faire vérifier, acheter deux roues supplémentaires et des provisions.

Restés seuls, Malko et Couderc se regardèrent, inquiets :

— Espérons que Nicoro est mort maintenant, dit Malko, sinon ça va barder. Il va nous chercher immédiatement ici.

Couderc loucha sur le colt que Brigitte avait laissé sur la table.

— Le premier bougnoule que je vois, j'en fais de la chair à saucisses, dit-il sombrement.

Nicoro tenait tête au capitaine Nbo. Le commissaire n'était vêtu que d'un pantalon. Avec une haine indicible, il regardait le gros colt qui menaçait son estomac.

Nbo n'avait pas abattu le. commissaire quand il lui avait ouvert et il avait eu tort Maintenant, l'autre était en train de le retourner comme une crêpe.

— Tu es fou, Nbo, fit Nicoro, enjôleur, tu es un bon officier, mais tu as trop confiance dans les gens. On t'a fait marcher. Jamais le roi N'Taré n'osera remettre les pieds ici.

— Je te dis que la radio est entre nos mains, ricana Nbo, tu vas être juge… La radio. Écoute !

Nicoro alla chercher son transistor et le mit sur la longueur d'ondes 'de radio Bujumbura. Il n'obtint qu'une suite de grésillements.

— Alors ? Tu penses bien que si ton roi était là ils le diraient.

Nbo hésitait. Il ne pouvait pas savoir que le speaker, ligoté dans son fauteuil, attendait qu'on vienne le délivrer, et que les deux sentinelles continuaient leur sieste. Brigitte, en quittant la station, ne s'était pas souciée de mettre un autre disque.

Il sentait que quelque chose ne tournait pas rond. Heureusement, en Afrique, il y a la palabre qui fait gagner du temps…

— Je devrais t'exécuter, dit-il à Nicoro… Mais, je crois que tu es un honnête homme fourvoyé.

— Si tu comprends ton erreur, répondit le commissaire, je te nomme commandant en chef adjoint de l'Armée. Mais il faut que tu m'aides à mater la révolte…

La discussion dura une bonne heure. Enfin, le capitaine Nbo tendit son colt au commissaire.

L'autre le prit, lui tira immédiatement deux balles dans le ventre et fila s'habiller.

— La voilà !

Derrière les vitres, Malko guettait Brigitte. Il était 11 heures et il y avait en ville un remue-ménage qui ne lui disait rien qui vaille. Nbo, qui devait repasser à La Crémaillère, n'avait pas reparu et des coups de feu avaient éclaté dans le palais. Les meilleures choses ont une fin.

Il était temps de filer.

Dès que la Chevrolet stoppa devant le restaurant, Couderc et Malko descendirent. Celui-ci avait passé dans sa ceinture le colt volé à la sentinelle.

Brigitte eut tout juste le temps de donner les clefs à Malko ; il était déjà installé au volant. Elle lui jeta un regard lourd" de reproches qu'il désarma d'un sourire.

— À après-demain, fit-il. Mets le Moët et Chandon au frais.

Il y avait, grosso modo, une chance sur un million, pour qu'il remette jamais les pieds à Bujumbuia ; ou alors, mort. Mais ce sont des choses qu'on ne peut pas dire à une femme amoureuse.

Cette fois, c'était vraiment un départ en catastrophe : pas de passeport, pas d'argent. La prochaine fois ils partiraient à pied.

Malko se sentait un peu coupable devant la gentillesse de la Belge. Mais il n'avait pas le choix. Il lui écrirait et la C.I.A. la dédommagerait largement., s'il s'en sortait.

Ils tournèrent autour de la place de l'Indépendance pour reprendre l'avenue de l'Uprona. Malko n'avait pas remarqué un gros camion Citroën P. 45 stationné dans l'avenue, qui démarra juste derrière eux. Trois Noirs se trouvaient dans la cabine. Le camion était vide et cachait sous son capot un moteur un peu trafiqué qui lui permettait d'atteindre 120 à l'heure.

Malko conduisait doucement. Maintenant, il faisait chaud et il y avait beaucoup d'animation. Il se faufila à travers les rues encombrées du village hindou pour rejoindre le bord du lac. Il n'avait pas le temps de donner le change en partant par le nord. Plus vite ils auraient quitté la ville, mieux cela vaudrait. Si Nicoro remettait la main sur eux, ils risquaient de rester très longtemps à Bujumbura…

Quand il vit l'eau calme du Tanganyika, il adressa au ciel une muette action de grâces. Le plus dur était à faire, mais ils étaient tirés des griffes du sinistre commissaire.

Un coup de klaxon impérieux le fit sursauter. Un gros camion le talonnait. La Chevrolet de Brigitte n'était pas une Ferrari et dépassait difficilement le 120. Aussi se rangea-t-il sagement sur le côté pour laisser passer le véhicule.

Le camion doubla dans un nuage de poussière. Malko aperçut vaguement les trois Noirs de la cabine, sans y prêter autrement attention. Il ralentit un peu pour ne pas rester dans le sillage de poussière. Il se sentait plus tranquille, mais soucieux. Qu'avait-il pu advenir des malheureux cosmonautes durant tout ce temps ? Et comment allaient-ils sortir du pays ? Il y avait peu de chance pour que la révolution tienne…

Dix kilomètres plus loin, la route goudronnée fit place à une large piste de latérite un peu gondolée, mais praticable. D'ailleurs la Chevrolet n'ayant plus d'amortisseurs…

Ils roulèrent deux heures sans histoire, précédés par le camion, à un kilomètre devant, dans un nuage de poussière rouge. Ils croisèrent un autobus bondé qui s'appelait « Charité », en route pour Bujumbura. L'aviation burundienne se composant de deux Dakotas et de trois broussards désarmés, il n'y avait pas de contre-attaque à craindre.

Couderc s'était assoupi et Malko avait du mal à garder les yeux ouverts. La chaleur était atroce. Les vitres fermées on crevait, et ouvertes, les poumons n'avalaient que de la poussière rouge enrichie de multiples bestioles.

La route quitta brusquement le bord marécageux du lac Tanganyika pour grimper le long d'une série de collines. La Chevrolet attaqua gaillardement la côte et, dix minutes plus tard, elle avait rattrapé le camion.

Celui-ci occupait paisiblement le milieu de la route. Malko klaxonna sans succès, avalant des tonnes de poussière.

Il allait renoncer et prendre du champ quand un bras noir sortit de la portière et lui fit signe de passer. En même temps le camion appuyait sur la droite.

Malko accéléra et aperçut une face noire et indifférente dans le rétroviseur du camion. L'avant de la Chevrolet arriva à la hauteur des roues avant du camion. La montée était encore très dure.

Brusquement, le lourd, véhicule obliqua sur la gauche, coinçant la Chevrolet. Il y eut un bruit de tôles arrachées et Malko freina désespérément. Même Fangio n'aurait pu éviter la collision.

Le camion obliqua encore, poussant la voiture hors de la route. Malko dérapa sur du gravillon et sentit la Chevrolet lui échapper. La ridelle arrière du camion frappa le pavillon, faisant pivoter la voiture dont l'arrière s'engagea dans le ravin bordant la route.

Avec un horrible grincement la Chevrolet bondit sur les pierres du ravin, tournoya, dévalant une pente semée de rochers et d'arbustes.

Comme des petits pois dans une boîte, Malko et Couderc rebondissaient d'un côté à l'autre de la voiture. Malko heurta violemment le pare-brise mais ne lâcha pas le volant. Il entendit Couderc crier. Dans sa course folle, la voiture arrachait les buissons et projetait des pierres énormes.

Enfin elle s'immobilisa avec un bruit de tonnerre contre un gros rocher, complètement désarticulée.

Malko rampa, tirant Couderc évanoui, puis parvint à se mettre debout Des lueurs dansaient devant ses yeux et il avait l'impression qu'il allait perdre connaissance.

Dans un brouillard, il aperçut trois silhouettes debout sur le talus, à une centaine de mètres au-dessus de lui. L'une d'elles tenait ce qui lui parût être un fusil. Au même moment une détonation claqua et une balle s'enfonça avec un bruit mat dans la caisse de la Chevrolet désarticulée.

CHAPITRE XIV

Malko se laissa tomber sous un acajou avec un cri dc douleur, et l'impression d'avoir un morceau de bois à la place du genou. Souvenir du frein à main. Il releva la jambe de son pantalon. Son genou était enflé et douloureux mais ne paraissait pas cassé. Michel Couderc le rejoignit sous l'arbre, hagard. Un des verres de ses lunettes s'était cassé et il dodelinait de la tête comme un homme ivre. Malko aperçut une vilaine ecchymose sur sa tempe droite.

On ne voyait plus la route cachée par un épais rideau d'arbres.

Ils avaient couru en droite ligne pendant, près d'un quart d'heure. Le colt volé par Brigitte à la sentinelle était resté dans la Chevrolet et ils n'avaient pas d'armes.

Le guet-apens avait été bien organisé : le camion s'était laissé volontairement rattraper à l'endroit où il était sûr de pouvoir les envoyer dans le ravin. Comme il n'y avait qu'une seule route, il ne pouvait pas les rater. C'était signé Aristote. Et les trois occupants du véhicule étaient là poux parfaire la besogne, si besoin était…

— Où sommes-nous ? demanda Malko.

Couderc haussa les épaules :

— Je ne sais pas. Il n'y a aucun centre important dans le coin, seulement des villages. Mais il ne faut pas revenir sur la route, ils nous attendent certainement. Enfonçons-nous dans la forêt. Les Noirs sont paresseux, ils n'iront pas nous chercher.

— On ne peut pas faire 500 kilomètres à pied, dit Malko. Ni pourrir dans la jungle, ni…

Une détonation lui coupa la parole et une balle déchiqueta en sifflant les feuilles de l'acajou. Instinctivement, les deux hommes s'aplatirent.

— Ah, les macaques ! jura Couderc.

Malko surmonta sa douleur et se leva. Clopinant, il s'enfonça dans la forêt perpendiculairement à la route. S'ils restaient là, ils allaient être massacrés.

En silence, ils marchèrent pendant près de deux heures, toujours face au soleil. De temps en temps, la forêt faisait place à des buissons épineux coupant comme des rasoirs. Couderc marchait comme un automate, le regard fixe. Plusieurs fois, il trébucha et Malko dut le relever. Le choc qu'il avait reçu sur la tête semblait l'avoir complètement déboussolé. Il marmonnait des phrases sans suite, en français et en swahéli, et regardait Malko d'une drôle de façon.

Maintenant, le soleil était haut dans le ciel et la chaleur effroyable. Ils arrivèrent dans une petite clairière bordée par un énorme banian.

— Glissons-nous sous les racines, proposa Malko. On nous verra moins et on aura moins chaud.

Couderc obéit sans répondre et se laissa tomber sur le dos. Malko se coinça tant bienvenue mal de façon à apercevoir la direction d'où ils venaient.

Jamais de sa vie, il ne s'était senti aussi épuisé. Moralement et physiquement Le bourdonnement des insectes tropicaux le saoulait comme le hurlement d'un réacteur de Jet. Des taches noires passaient devant ses yeux.

Sale pays. Sale métier. Sale mission.

Il eut un sourire amer devant l'énorme acajou qui lui bouchait la vue. Il y avait de quoi tailler toutes les boiseries de son château… À condition de les emmener sur son dos. En attendant, il se trouvait au cœur d'un pays hostile, désarmé, sans aucun secours possible, avec un blessé qui délirait à moitié. S'il s'en sortait, il mériterait une prime. Il n'osait même plus penser au retard que prenait sa mission. Il fallait vraiment que les deux cosmonautes aient atterri loin de toute civilisation pour que personne ne les ait encore retrouvés…

Avec haine, il regarda la forêt : ces arbres immenses, cette végétation luxuriante, ces crissements inquiétants, tout cela le paralysait. Il se découvrait affreusement civilisé. En pensant à son château et à la neige d'Autriche, il s'endormit.

Lorsque Malko ouvrit l'œil, le soleil était déjà bas et on se serait cru seulement dans l'antichambre de l'enfer.

Il secoua Couderc qui dormait en geignant, la bouche ouverte. Leurs poursuivants avaient sûrement abandonné. Il fallait tenter de revenir à Bujumbura et chercher asile chez Brigitte.

— Qu'est-ce qu'il y a ? fit Couderc, en se réveillant en sursaut. Oh, ma tête…

— Rien, il faut repartir.

Son genou lui faisait moins mal. Il tira son compagnon de dessous les racines et le mit debout. Il avait l'air en fichu état. Ses yeux roulaient derrière ce qui restait de ses lunettes, son teint faisait penser au plâtre et de petites rigoles de sueur sale glissaient le long de ses joues rondelettes.

« Mon Dieu, pensa Malko, faites qu'Allan Pap n'oublie pas le rendez-vous ! »

De Bujumbura, il parviendrait toujours au Congo.

— Je vais crever, murmura Couderc. Ma tête…

— Ça va aller mieux, répliqua Malko. Un peu de courage !

Il passa son bras sous l'aisselle de Couderc pour l'aider à marcher. L'autre était affreusement lourd. Pourvu qu'il ne s'évanouisse pas !

Ils se mettaient en marche quand une voix sèche fit sursauter Malko :

— Arrêtez, tous les deux. Et retournez-vous.

C'était une voix de femme. Michel Couderc s'immobilisa et Malko se retourna. À 10 mètres d'eux, à la lisière des buissons, une jeune fille avec des bottes de cuir noir et un chapeau de brousse, braquait sur eux une carabine américaine, tenue à la hanche d'une façon très efficace. De son visage Malko ne remarqua que les yeux bleus et une bouche dure.

— Jetez vos armes.

Malko ne bougea pas, trop surpris pour répondre.

Le canon de la carabine bougea légèrement et une détonation fit s'envoler une grappe d'oiseaux. La balle s'enfonça dans le sol, près des deux hommes.

— Je ne plaisante pas, répéta l'amazone. Jetez vos armes.

Elle parlait français avec un accent anglais. Malko lui dit en français :

— Je n'ai pas d'armes. Mais…

— Taisez-vous.

Le ton était sans réplique. La jeune femme se retourna et appela en swahéli. Aussitôt trois grands Noirs vêtus de pagnes sortirent de la forêt et encadrèrent les deux hommes.

— Je vous conduis à la ferme, dit la jeune femme. N'essayez pas de vous enfuir. Après je vous livrerai à la police.

Malko sursauta :

— Mais vous êtes folle !

Elle haussa les épaules :

— Vous êtes sur mes terres. Et j'ai horreur des trafiquants de diamants. En avant.

Un des Noirs, énorme, donna une violente poussée à Malko qui se mit en marche, en entraînant Couderc.

Balançant son fusil, l'inconnue prit la tête de la colonne. Ils s'engagèrent dans un sentier de brousse qu'ils suivirent dix minutes et brusquement débouchèrent dans un espace dégagé. C'était un immense champ de soja, tiré au cordeau. Au fond, on apercevait une grande bâtisse peinte en blanc.

Il ne restait pas beaucoup de temps pour agir. Malko appela :

— Mademoiselle !

La jeune femme ne se retourna même pas. Alors, évitant les trois Noirs il bondit. En deux enjambées il rattrapa le geôlière et saisit la crosse de la carabine. Il tira d'un coup sec. Déséquilibrée, la jeune femme roula à terre, perdant son chapeau de brousse. Malko avait déjà l'arme braquée sur les trois Noirs. Ils s'arrêtèrent net.

Malko n'avait pas dit un mot mais il y a des mimiques qui valent largement l'espéranto.

— Couderc. Vous pouvez les tenir en respect ?

Le compagnon de Malko sursauta. Un éclair passa dans ses yeux quand il vit la carabine braquée sur les Noirs. Rapidement, il vint se mettre à côté de Malko et grinça :

— Je vais les… Donnez-moi ça.

— Non, fit Malko fermement. Menacez-les seulement.

Il tendit l'arme à son compagnon.

Il était temps : la jeune fille s'était relevée et sautait sur Malko. Il évita un coup de botte qui, s'il avait atteint son but, aurait considérablement changé son avenir.

Écarlate de rage, son adversaire hurla quelque chose en swahéli. Un léger frémissement parcourut les Noirs mais le canon de la carabine les ramena à de meilleurs sentiments. Malko parvint à saisir les deux poignets de la fille et, en dépit de ses coups de pied, réussit à la maintenir solidement. Elle hurla :

— Mon père vous tuera ! Salaud ! salaud !

— Couderc, emmenez tout le monde à la maison là-bas ; j'ai à parler à cette jeune personne. Je vous rejoins, ordonna Malko.

Les trois Noirs ouvrant la marche, la petite caravane se mit en marche sur le sentier. La jeune fille continuait à se débattre et à trépigner. Quand le groupe fut suffisamment éloigné, Malko lâcha ses poignets et il recula vivement. Pas assez vite pourtant. Il sentit la douleur cuisante de la gifle avant de réaliser.

Les mâchoires serrées, les cheveux blonds dénoués, le visage enflammé de colère, elle le dévisageait avec haine :

— Alors, vous allez me violer ? siffla-t-elle. Allez-y, ne vous gênez pas.

Il fallut à Malko ses siècles d'atavisme pour ne pas lui donner raison.

— Je ne vais pas vous violer mais vous donner une bonne fessée, si vous continuez votre numéro de sauvageonne, dit-il. Voulez-vous m'écouter ?

— Non.

Elle bondit pour s'enfuir. Au vol, il lui reprit les poignets et se colla contre elle pour éviter ses coups de pied. En dépit de la chaleur, elle exhalait une odeur fraîche et agréable de femme soignée. Une seconde leurs corps s'épousèrent étroitement. Puis, elle donna un violent coup de rein.

— Salaud, vicieux, je vous tuerai.

Cela devenait une rengaine. Malko dit calmement :

— Écoutez, je ne suis ni un salaud, ni un vicieux, ni un trafiquant de diamants. Je suis un homme traqué totalement inoffensif. J'ai besoin de votre aide. Je vous donne ma parole que mes activités n'ont rien de déshonorant.

Pour toute réponse, elle enfonça ses dents dans le poignet de Malko et serra de toutes ses forces. Il poussa un hurlement et la lâcha. Elle fit un bond en arrière avec un grand éclat de rire nerveux.

Malko était ivre de rage. Sans réfléchir, sa main partit. La gifle claqua à toute volée.

La jeune fille fit « oh ». Puis brusquement, de grosses larmes envahirent ses yeux et elle se mit à sangloter.

— Personne ne m'a fait cela, jamais, murmura-t-elle.

Très gêné, Malko ne savait plus où se mettre. C'était la première fois de sa vie qu'il giflait une femme. Il prit doucement la main droite de son adversaire et la porta à ses lèvres :

— Je vous demande mille fois pardon, dit-il. Je n'ai pas l'habitude de me conduire ainsi mais je suis en danger de mort et il faut absolument que vous m'écoutiez. Je ne suis pas un trafiquant de diamants, je vous le répète, et j'ai besoin de vous.

Elle le regarda à travers ses larmes. Cette fois, il sentait que ses paroles portaient. Ses yeux d'or plongèrent dans les yeux bleus et ne les lâchèrent plus. Il « sentit » la jeune fille se rebeller, puis céder.

— Vous dites la vérité ? demanda-t-elle.

— Je vous le jure.

— Mais comment…

Malko tira son portefeuille récupéré au greffe et lui tendit une carte de visite où était gravé : *Son Altesse Sérénissime le prince Malko Linge.*

— Permettez-moi de me présenter.

Elle lut la carte et leva des yeux abasourdis.

— Vous êtes vraiment prince ?

L'éternelle question. Malko sourit et s'inclina légèrement :

— Pour vous servir, mademoiselle…

— Ann. Ann Whipcord.

Malko la détailla pour la première fois : elle avait presque un corps de garçon, avec une petite poitrine et des hanches étroites. Mais le visage était ravissant : une bouche un peu épaisse et sensuelle, un petit nez droit et des yeux bleus.

Elle rougit sous son examen ; il se hâta de dissiper la gêne :

— Pourquoi nous avoir accueillis ainsi ? Ce n'est pas la coutume, j'imagine ?

Une lueur noire passa dans les yeux d'Ann.

— On m'a prévenue. Des Noirs du village voisin ont fait savoir que deux hommes, des Blancs, des trafiquants de diamants, s'étaient réfugiés sur mes terres après avoir échappé à la police lancée à leur trousse. Ce n'est pas la première fois. Alors, j'ai pris ma carabine, des boys, et je suis partie à votre recherche.

— Je vois.

— Si vous n'êtes pas trafiquant, que faites-vous ici ? demanda Ann. Ce n'est même pas une région de chasse.

Moment délicat ! C'est dans ces minutes-là que Malko montrait sa supériorité sur les professionnels purs, trop conditionnés aux règles essentielles du métier pour prendre la moindre liberté avec elles.

Une chose était certaine. Ann tenait sa vie entre ses mains. Et il sentait que s'il lui racontait le moindre mensonge, c'en serait fait de sa fragile confiance.

Bien sûr, un agent de renseignements ne doit *jamais* se découvrir. Mais mort, il serait d'une piètre utilité à la C.I.A.

Ils étaient toujours debout dans le sentier, face à face. Il chercha son regard et le « verrouilla ».

— Ann, quel âge avez-vous ?

— Mais… vingt-cinq ans…

— Êtes-vous capable de garder un secret ? Pour tout le monde, même pour votre père ? Et pour aussi longtemps que vous vivrez, où que vous soyez ?

— Oui.

— Asseyez-vous.

Elle lui obéit et ils s'assirent tous les deux au bord du sentier.

Malko raconta rapidement son arrivée au Burundi et ses démêlés locaux, glissant sur l'épisode Jill.

— Mais pourquoi les trafiquants ont-ils voulu vous tuer ? demanda Ann.

— Parce que tout le monde est persuadé que je suis au Burundi pour acheter un lot de diamants clandestins. Vous allez être la seule à connaître la vraie raison de mon séjour.

— Je suis en mission pour le gouvernement américain. Je recherche deux hommes perdus dans le Sud. Il faut absolument que je les retrouve.

Elle ouvrit de grands yeux.

— Mais pourquoi ne pas envoyer une mission officielle ?

Il lui expliqua le triste état des relations diplomatiques entre le Burundi et son pays d'adoption. Insistant sur la susceptibilité des Noirs, pour tout ce qui touchait leurs prérogatives nationales. Et sur l'urgence qu'il y avait de récupérer les deux Américains égarés dans ce pays hostile.

Ann secoua la tête :

— Je ne comprends pas. Le Sud est une région sauvage, sans route. Leur avion est tombé ?

— C'est un peu cela, dit Malko. Eux aussi étaient en mission secrète. Une mission ingrate, et dangereuse, mais très importante pour leur pays.

La jeune fille cherchait à assimiler tout ce que lui disait Malko. Elle leva la tête et demanda timidement :

— Mais alors, vous êtes… un espion ?

Il y avait une imperceptible réticence dans sa voix. On sentait que ce mot était associé chez elle à quelque chose de laid.

— C'est un mot que nous ne prononçons jamais, admit Malko. Disons que je travaille pour un service de Renseignements.

Elle rougit :

— Pardon. Je vous ai blessé. Je ne voulais pas.

Instinctivement, elle avait posé sa main sur la sienne. Ils restèrent ainsi une seconde, puis elle se leva brusquement :

— Rentrons. Mon père va s'inquiéter en ne me voyant pas.

Le sentier était bordé de bambous épais. Tout en marchant, Ann expliqua à Malko qui elle était.

— Mon père a cette propriété depuis trente ans, dit-elle, lui-même est né en Rhodésie et ma mère était belge. Il ne veuf pas s'en aller. De toute façon, depuis l'Indépendance du Burundi, elle est invendable. Les Blancs n'en voudraient pas et les Africains la paieraient une bouchée de pain. Alors nous restons. D'ailleurs, j'aime, ce pays. Je crois que je ne pourrai pas vivre en Europe. Je n'y ai été que deux fois seulement.

— Mais c'est terriblement isolé ?

Une ombre passa dans la voix d'Ann.

— Bien sûr. Tous les deux ou trois mois, nous allons en Rhodésie ou au Congo faire du shopping ou voir des amis. Il y a d'autres plantations comme les nôtres au Kassaï. On se voit de temps en temps. Je n'aime pas quitter mon père. Ma mère est morte et nous sommes tous les deux seuls.

— Et les Noirs ?

Elle haussa les épaules.

— Jusqu'ici, ça va. L'éloignement de Bujumbura nous épargne les petites tracasseries administratives. Les plus dangereux sont ceux des tribus qui redeviennent sauvages peu à peu et font des raids de pillage. On a quelques Noirs fidèles, pour des raisons tribales. Nous les avons armés. J'ai peur qu'un jour nous soyons obligés de partir, comme au Congo ou au Kenya, mais je n'arrive pas à me faire à cette idée.

Ils débouchèrent sur une superbe pelouse aussi verte que l'Irlande.

— La fierté de mon père, expliqua Ann. Il faut six boys en permanence pour s'en occuper.

Au-delà de la pelouse, il y avait une des plus étranges maisons que Malko ait jamais vues. On aurait dit une maison coloniale américaine, avec une grande véranda et des colonnes. Mais elle avait d'étranges fenêtres rondes et était flanquée de chaque côté, d'une petite tour, comme un château fort miniature.

Le tout était peint en blanc, comme un décor de dessin animé.

Derrière, on apercevait d'autres bâtiments en bois, la ferme et le logement des Noirs. Tout était net et tiré au cordeau. On se serait cru en Europe, sans les arbres immenses qui parsemaient le domaine.

Devant la maison, Couderc, toujours l'arme à la hanche, les trois Noirs et un inconnu formaient un petit groupe.

— C'est mon père, souffla Ann.

Il avait les cheveux presque rasés, une stature d'athlète et un teint bronzé qui faisait ressortir d'extraordinaires yeux bleu faïence. En voyant Ann, il eut un sourire traduisant son soulagement. Elle se hâta de le rassurer.

— Daddy, annonça-t-elle, on nous avait raconté des histoires. Ces gens sont parfaitement honorables. Mais ils ont eu des ennuis avec l'administration à Bujumbura.

M. Mhipcord sourit encore et tendit sa main à Malko.

— Dans ce cas, monsieur, vous êtes le bienvenu dans ce domaine, aussi longtemps qu'il vous plaira d'y rester.

Il avait dû être très beau et ses traits réguliers étaient pleins de charme. Sa poignée de main broya les phalanges de Malko. Celui-ci se présenta et s'excusa de son intrusion.

— Je ne serai pas en mesure d'accepter longtemps votre hospitalité, précisa-t-il. Car je dois continuer mon chemin, aussi vite que possible.

M. Whipcord était un gentleman. Il ne demanda pas à Malko quelles étaient ces obligations urgentes.

— Vous semblez épuisé, remarqua-t-il. Je vous fais préparer deux chambres, afin que vous preniez un peu de repos.

Michel Couderc regardait alternativement Malko et Ann. On sentait qu'il avait envie de se pincer : il les avait laissés pratiquement en train de se battre et ils semblaient prêts à tomber dans les bras l'un de l'autre. Décidément, cet homme aux yeux dorés lui réserverait toujours des surprises. Mais il avait bien trop mal au crâne pour réfléchir. Il se laissa guider jusqu'à sa chambre par un des boys après avoir posé la carabine sur la table de la véranda.

Malko s'assit dans un fauteuil de rotin. Un boy apporta un plateau avec une bouteille de gin, du tonic et des verres.

Ils trinquèrent tous les trois, puis le père d'Ann s'excusa et partit à grandes enjambées dans le domaine.

Ann et Malko restèrent seuls. L'alcool lui fit du bien. Mais il aurait payé cher une bonne vodka russe. Après tous ces revers, il avait vraiment besoin d'une pause…

Ann rompit le silence.

— Quand partons-nous dans le Sud ?

Malko la regarda, à la fois ennuyé et touché.

— Ann, vous savez ce que cela signifie. C'est dangereux. Il y a des gens qui feront n'importe quoi pour m'abattre. Au Burundi, je suis un hors-la-loi, un évadé de prison. Sans compter que je n'ai aucune idée de l'endroit où je vais.

Elle haussa les épaules et se versa une rasade de gin :

— Avez-vous déjà chassé le rhinocéros ?

— Non.

— Eh bien, ce n'est certainement pas plus dangereux. Et j'ai abattu deux rhinos, toute seule. D'ailleurs, votre ami est hors d'état de voyager et seul, vous ne ferez pas 100 milles. Dans les villages les gens ne parlent que le swahéli et un Blanc isolé, ne connaissant pas le pays, est une proie bien tentante…

— Mais votre père…

— Je lui dirai que je vous raccompagne à Bujumbura.

— Que va-t-il penser ?

— Vous lui êtes sympathique. Autrement, il vous aurait déjà chassé à coups de fusil.

— Évidemment.

Le boy s'approcha et mit de la glace dans le verre de Malko.

— On se croirait dans un club de Londres, remarqua-t-il. Ils sont très stylés.

Ann rit de bon cœur et désigna un des boys.

— Vous voyez celui-là ? Il sort tout droit de son village. Quand il est arrivé, il y a trois mois, c'était un vrai sauvage. Le premier jour, je lui ai dit : « Tu vas faire de la soupe au chien. » Je suis partie chasser. Quand je suis revenue le soir, il m'attendait, assis sur ses talons, tout fier. Il m'a conduite à une marmite où bouillait un mélange infâme : il avait pris mon teckel, l'avait tué, découpé et fait cuire ! Et que pouvais-je dire ?

Ils rirent de bon cœur tous les deux. Ann avait vidé le tiers de la bouteille de gin. Ses yeux brillaient et elle n'avait plus rien de commun avec la tigresse de l'après-midi. Elle s'étira et regarda le costume taché et déchiré de Malko.

— Je vais me changer et me laver. J'ai dit au boy de vous prêter un des costumes de mon père. Vous êtes de la même taille. À tout à l'heure.

La nuit tombait : Malko alla dans sa chambre et prit une douche. Même l'eau froide était tiède. Il n'y avait pas l'air climatisé mais un vieux ventilateur que le poids d'un moustique aurait paralysé. Il s'étendit sur le lit et s'assoupit immédiatement. Son genou allait beaucoup mieux.

Des coups frappés à sa porte le réveillèrent. Il s'enveloppa dans une serviette et alla ouvrir. Le boy tueur-de-chien était là, tout sourire.

— *Miss Ann want... to see mister*, dit-il en mauvais anglais.

Malko passa une chemise et un pantalon et le suivit. Il était pieds nus et le guida jusqu'au premier étage. Après avoir frappé, il s'effaça pour laisser entrer Malko, puis referma et disparut.

C'était visiblement la chambre d'Ann, avec un grand lit à colonnes drapé d'une moustiquaire rose, et une petite commode en bois de santal.

Mais Ann n'était pas là.

Il s'apprêtait à ressortir, croyant à une erreur du boy quand la voix de la jeune fille l'arrêta :

— Malko, je suis là.

Une porte était entrouverte. Il la poussa et s'immobilisa sur le seuil.

Ann était étendue très gracieusement dans une baignoire vieux style, les cheveux enroulés dans une serviette, son torse menu presque hors de l'eau. La pointe de ses seins affleurait juste l'eau mousseuse. Le reste de son corps était parfaitement visible. Une lueur amusée dansait dans ses yeux. Elle tendit la main :

— Entrez, et fermez la porte.

Malko obéit. Décidément, l'Afrique réservait des surprises. Très à l'aise, Ann annonça :

— J'ai toujours aimé qu'on me frotte le dos dans mon bain. Pas vous ? Tenez, prenez ce gant de crin. Ôtez votre chemise, vous allez vous éclabousser.

Lentement, Malko défit les boutons de sa chemise. Quand il se pencha pour prendre le gant. Ann passa la main sur sa poitrine et murmura :

— C'est Dieu qui m'a envoyée à toi.

— Pourquoi ?

— Je lui avais demandé un bel amant.

Consciencieusement, Malko frottait la peau fine du dos de la jeune fille. Elle ferma les yeux, laissant filtrer à travers ses lèvres une sorte de ronronnement. Puis elle lui prit la main et la remana sur sa poitrine.

— Frotte là aussi.

Où était la sauvageonne prête le tuer ? On aurait dit que l'alcool avait fait tomber toutes les barrières. L'alcool et l'Afrique.

Il la sentit frémir sous le contact rude du gant de crin. À son tour, malgré sa fatigue et ses soucis, il avait envie d'elle. Sa main s'appesantit sur la peau délicate et Ann ouvrit les yeux.

— Viens.

Comme Malko hésitait, elle l'attrapa par sa ceinture et tira. Déséquilibré, il tomba dans la baignoire avec son pantalon.

Ann le reçut sans broncher. Il sentit ses cuisses musclées l'enserrer, l'eau gicla de tous côtés. En dépit de sa position inconfortable, Ann se démenait furieusement. Puis elle se détendit et resta un bras hors de l'eau, l'autre passé autour du torse de Malko, les yeux fermés. La serviette qui retenait ses cheveux s'était défaite et ils trempaient dans l'eau.

Malko bougea un peu et lui embrassa la commissure des lèvres. Il remarqua que sa jolie bouche était encadrée de deux plis d'amertume qui la faisaient paraître plus vieille.

Il sortit de la baignoire et retira son pantalon trempé. Ann le regardait, les yeux mi-clos.

— Tu me prends probablement pour une folle ou pour une refoulée, dit-elle doucement. Tu as peut-être raison. Mais ici, on ne vit pas comme ailleurs, on ne sait jamais si on sera vivant la semaine suivante. J'avais une amie, au Kassaï, il y a deux ans, elle a été arrêtée par une patrouille de gendarmes katangais. Elle avait mon âge.

Tout ce qu'elle a pu leur dire, pour éviter d'être égorgée, en plus, c'est : « O.K. mais sans le casque et pas tous ensemble… »

» Alors, quand on a envie d'un homme, on n'attend pas qu'il vous fasse la cour trop longtemps. De toute façon, demain, nous allons partir ensemble.

— Je ne te prends pas pour une folle et je te comprends, dit Malko, Mais je voudrais bien reprendre une tenue décente. Si ton père arrivait…

— O.K.

Elle sauta de la baignoire, se drapa dans un peignoir de bain et disparut. Elle revint avec un costume de toile blanche et une chemise, qu'elle jeta sur son lit.

— Et les boys ? demanda Malko.

— Les boys ?

Elle était sincèrement surprise.

— Pour moi, ils ne comptent pas plus que les meubles. *Anyway*, ils pensent que toutes les Blanches sont des putains.

En un clin d'œil, elle avait passé des dessous et une robe de toile boutonnée sur le devant. Elle s'approcha de Malko et l'embrassa légèrement :

— Tu vois, nous sommes très convenables maintenant.

Le dîner s'achevait. George Whipcord n'était pas bavard. Les yeux dans le vague, il répondait par monosyllabes aux essais de conversation polie de Malko, qui se débattait vaillamment avec le poulet de brousse grillé au soja. Immangeable. Ils dînaient sur la véranda et tout autour d'eux, le domaine bruissait de mille bruits d'insectes invisibles.

Ann, très digne, entretenait une conversation faite de riens, typiquement anglo-saxonne. Quelques phalènes tournaient lentement dans le cercle lumineux.

Un boy servit du café sans goût. George Whipcord se leva et s'excusa, expliquant qu'il devait se lever très tôt. Ann et Malko s'installèrent dans les fauteuils. D'innombrables étoiles brillaient dans un ciel fabuleusement violet. À droite, on apercevait les lumignons du village des ouvriers noirs. La ferme était éclairée grâce à un groupe électrogène.

— Je suis inquiet pour Couderc, dit Malko.

— Pourquoi ?

— Je ne sais pas. Il est bizarre depuis l'accident.

J'ai été le voir dans sa chambre, tout à l'heure. Il n'a pas voulu venir dîner. Il se plaint de la tête et en même temps marmonne des mots sans suite. J'ai l'impression qu'il a reçu un choc sérieux.

Ann haussa les épaules :

— Laisse-le passer une bonne nuit. Demain, il ira mieux. Et s'il est trop malade, nous le laisserons ici.

C'est vrai. Il fallait repartir, continuer. L'Afrique faisait perdre la notion du temps. Par instants, il avait l'impression d'être au Burandi depuis six mois.

— Tu veux vraiment m'accompagner ?

— Oui.

C'était sans réplique.

— Alors, nous devons partir demain matin. J'ai déjà perdu tellement de temps.

— Comme tu voudras. La land Rover est prête. Allons nous coucher.

Beaucoup plus tard, Malko était couché dans le grand lit à colonnes, la tête d'Ann sur son épaule, lorsqu'ils entendirent un bruit de moteur.

Ann sursauta et se dressa sur son séant.

— On vole une voiture !

En un clin d'œil, elle fut habillée. Malko suivit, vêtu d'un pantalon. Ils arrivèrent pour voir des feux rouges disparaître dans le sentier. Ann courut au garage. Une des Land Rover avait disparu. Malko était déjà dans la chambre de Couderc.

Personne.

Ann et Malko se retrouvèrent dans le hall. Il y avait un vide dans le râtelier d'armes.

— Il a pris la Remington 44/45, dit Ann à voix basse. Pour la chasse à l'éléphant. Mais pourquoi ? Il faut le rattraper…

Malko posa sa main sur son bras.

— Non. Laisse. Cela ne servirait à rien. Et je crois savoir pourquoi il est parti. Viens, je vais t'expliquer.

Ils remontèrent dans la chambre du premier. De nouveau, on n'entendait plus que les insectes. Le père d'Ann ne s'était pas réveillé, ou il n'avait pas voulu entendre.

CHAPITRE XV

Michel Couderc sifflotait au volant de la Land Rover. Jamais il ne s'était senti si bien de sa vie. Après sa sieste dans la maison des Whipcord, il s'était réveillé, détendu, sûr de lui, un autre homme. Ses douleurs à la tête avaient complètement disparu ; il ne lui restait qu'une bizarre sensation de légèreté, un peu comme s'il voguait sur un nuage.

Il réprima un petit rire en pensant à la surprise du commissaire Nicoro.

Après avoir volé la Land Rover, il avait dormi dans la voiture à l'abri d'un sentier de brousse, en attendant le jour. Maintenant le soleil était haut dans le ciel et il entrait à Bujumbura. À part une joie intense, il ne ressentait aucune émotion particulière.

Avant d'arriver au commissariat, il jeta un coup d'œil à sa montre : 10 heures. C'était la bonne heure pour un rendez-vous.

Sans hésiter, après avoir garé la voiture, il se dirigea vers le bureau du commissaire et entra sans frapper.

Nicoro était assis derrière son bureau. Lorsqu'il vit Couderc, son œil valide battit rapidement.

La Remington 44/45 semblait énorme dans les mains potelées de Michel Couderc. Mais il la tenait fermement et horizontalement, le canon dirigé sur la poitrine du commissaire.

— Vous êtes fou ! hurla Nicoro.

Fébrilement, il chercha une arme pour se défendre. Mais il était si sûr de son pouvoir, qu'il n'encombrait pas son bureau de ce genre de choses.

« Bakari », hurla-t-il.

La première balle fit jaillir un geyser de plâtre du mur, derrière le bureau. Poussé par le recul, Couderc fit un saut comique en arrière, assourdi par l'explosion.

Mais le second coup toucha Nicoro près de la bouche et lui enleva la moitié de la tête. Il s'effondra sur son bureau, projetant du sang, des débris d'os et de la cervelle un peu partout.

« Ce que la vie est belle ! » fit Couderc d'une voix égale.

Juste pour s'amuser, il tira encore une fois dans le corps inerte. Le choc de la balle le fit tomber par terre.

Michel Couderc se retourna juste à temps pour se trouver nez à nez avec M'Polo. Il remit ses lunettes en place et appuya le canon du fusil sur l'estomac du policier noir. La détonation en fut amortie mais M'Polo mourut ayant d'avoir touché le sol. On aurait pu passer une assiette par le trou de son ventre.

Épuisé par tous ces efforts, Michel Couderc s'appuya au mur une seconde. Sa tête le faisait souffrir à nouveau.

« Quelle belle vie ! » soupira-t-il quand même.

Mais il éprouvait le sentiment désagréable d'oublier quelque chose.

Sentiment qui disparut immédiatement quand il aperçut Bakari dévalant l'escalier du premier.

Le policier noir le vit en même temps qu'il aperçut le cadavre de M'Polo. Il eut le geste pour sortir son colt mais tourna les talons, et poussa un hurlement :

— *Hapana*[1] *!*

La balle de Couderc lui déchiqueta le dos et il roula sur les marches.

L'avantage de la Remington 44/45 c'est qu'il n'y avait pas à fignoler.

Un petit nuage bleu de cordite flottait dans le bureau de Nicoro.

Michel Couderc sortit tout guilleret du commissariat. « Quelle stupidité de ma part, pensait-il, de n'avoir jamais chassé sous prétexte que j'étais myope. »

Il jeta le fusil à côté de lui dans la voiture et démarra. Vingt secondes plus tard, une grappe de policiers en uniforme jaillirent du commissariat : mitraillette au poing, ils se dispersèrent dans toutes les directions.

Au coin de l'avenue de l'Uprona, Michel Couderc stoppa et rechargea son arme. Il avait pris soin de prendre deux boîtes de 25 cartouches. Une petite Noire s'arrêta pour le regarder faire et lui sourit. Il hésita. Mais il ne savait pas de combien de cartouches il aurait encore vraiment besoin. Il se promit de revenir.

Au moment où il démarrait, une douleur fulgurante transperça sa tête. Il se retint pour ne pas hurler. Heureusement la pharmacie Michallon était en face. Il descendit, toujours le fusil à la main, et traversa la rue.

C'est un préparateur noir qui le reçut. Pour faire plus sérieux, il portait des lunettes en verre à vitre.

1. Non !

Couderc lui expliqua qu'il souffrait de terribles migraines. L'autre lui donna une boîte de cachets et il en prit deux tout de suite.

— Il faudra vous faire examiner, si cela ne passe pas, dit-il.

— C'est vrai, ça, dit Couderc.

Comme il n'avait pas d'argent sur lui et qu'il ne voulait pas de scandale, il tira à bout portant dans la poitrine du préparateur.

L'onde de choc fit se briser une dizaine de bocaux et Couderc sortit de la pharmacie, réprimant un rire mutin.

« Ce que c'était amusant. »

Ari-le-Tueur prenait son petit déjeuner sur sa terrasse, face au lac, enveloppé d'un peignoir de soie jaune quand il entendit du bruit derrière lui.

Il avala une bouchée de fromage blanc et se retourna :

— Qu'est-ce que tu fous là ?

Sa première réaction fut la colère. Alors, on entrait chez lui comme dans un moulin ? Il allait virer le boy à coups de pied.

Puis, il remarqua le lourd fusil braqué sur lui. C'était si déplacé dans les mains de Couderc qu'il n'eut pas peur. D'ailleurs, ce dernier semblait hésiter.

Brusquement, il ne savait plus pourquoi il était là. Ari n'était pas noir, lui. Il faillit poser l'arme et s'asseoir pour bavarder. La voix acide du Grec lui rappela pourquoi il était venu.

— Je t'ai demandé pourquoi tu étais là. Tu vas répondre, cloporte ?

Le mécanisme se remit en marche dans le cerveau de Couderc et le sourire revint à ses lèvres. Il sentait encore dans ses côtes le bout pointu des chaussures des envoyés du Grec.

D'un geste sec, il arma la Remington.

Ari bondit de son siège et fonça dans la maison. Couderc tira de la hanche et la balle mit une armoire en pièces.

Sans se presser, il entra, un peu ébloui par le luxe de la villa. Le gros homme finissait de monter l'escalier. Couderc tira au jugé et un morceau de la rampe se transforma en allumettes. Puis, toujours sans se presser, il monta l'escalier à son tour.

Au premier, il hésita. Mais il n'y avait qu'une porte fermée. Il essaya la poignée. Au même moment, un coup de feu éclata à l'intérieur et une balle traversa le panneau, ratant Couderc de peu. Il eut un petit rire et appuya le canon de la Remington sur la serrure et pressa la détente.

Cela fit à peu près l'effet d'une tornade, et la porte se rabattit violemment contre le mur.

Ari-le-Tueur était appuyé au mur d'en face, ses petits yeux bordés de rouge affolés. Il leva son P. 38 en voyant Couderc. Il y eut un claquement sec et le chien retomba. La cartouche avait fait long feu. Aristote n'eut jamais le loisir de se demander pourquoi. La balle explosive de la Remington lui déchiquetait déjà les intestins. Il mourut avec l'impression d'être coupé en deux par une scie circulaire. Et ne sentit même pas la seconde balle qui lui arracha l'épaule gauche.

Couderc se détourna. Le spectacle était assez horrible et il ne supportait pas la vue du sang. Mais le masque figé de terreur du Grec lui remonta le moral.

Il quitta la villa en sifflotant et remonta dans la Land Rover. Une nouvelle fois, il fit le plein de son magasin. Puis reprit la route de Bujumbura.

Avec un peu de chance, il serait revenu à la ferme pour le dîner.

La Land Rover remonta lentement la rue du Kiwu pour s'arrêter devant la permanence des J.N.K. Un jeune Noir en uniforme était sur le pas de la porte, les mains dans les poches. En reconnaissant Couderc, il ricana et cria une unjure en swahéli.

Michel Couderc prit la Remington et le tua d'une balle en pleine poitrine.

Puis il descendit de la voiture et entre dans le local. Une dizaine de noirs étaient assis à des tables. Il n'avait pas de préférences particulières, aussi balaya-t-il la pièce de droite à gauche, tirant posément sur tout ce qui bougeait.

Les huit balles du magasin y passèrent. Les Noirs, déchiquetés par les balles explosives, hurlaient et tentaient de s'enfuir. L'âcre fumée de la cordite fit tousser Couderc. Soudain sa culasse claqua : l'arme était vide. Tranquillement, il entreprit de la recharger. Au même moment, un Noir bondit à travers la pièce, les yeux fous, le bouscula et disparut dans la rue, hurlant et sanglotant.

Lorsque Michel Couderc ressortit, la rue était déserte. Un peu déçu, il attendit quelques secondes puis remonta dans la voiture. Il avait encore quelque chose à faire.

En arrivant avenue de l'Uprona, il remarqua un barrage en face du Palais présidentiel : trois jeeps militaires entourées d'une foule de soldats. Il se demanda le pourquoi de cette agitation.

Mais cela l'arrangeait plutôt. À cause de ses yeux déficients, il n'aimait pas les cibles isolées.

Il gara la Land Rover, mit une poignée de cartouches dans ses poches et s'avança tranquillement sur le trottoir, dans un silence de mort.

Un porte-voix cracha une phrase qu'il ne comprit pas. Comme il se trouvait à bonne distance, il tira sur la première jeep. Il eut la joie de voir un Noir décoller du sol et retomber, cassé en deux. La mimique désespérée de l'homme en train de mourir lui arracha un rire aigrelet.

Au même moment, un fusil mitrailleur tira une longue rafale. Une série de chocs ébranla la poitrine de Couderc et il ouvrit la bouche, cherchant de l'air. Le trottoir lui sauta au visage.

Il mourut, un sourire aux lèvres, écrasant ses lunettes dans sa chute. Jamais, il n'avait été aussi heureux de sa vie.

Atterrés, Malko et Ann avaient suivi, par l'intermédiaire de radio Bujumbura, repris par le gouvernement républicain, l'odyssée de Couderc.

— Il haïssait les Noirs, conclut Malko. Le choc de l'accident l'a rendu fou. Il s'est vengé en bloc de mois d'humiliations. Pauvre garçon.

Il raconta à Ann dans quelles circonstances il avait rencontré Michel Couderc, et conclut :

— Maintenant, je suis seul. Je vais être encore plus traqué que jamais après le massacre de Couderc.

D'un côté, pensait-il, c'est presque mieux pour lui. Il n'aurait jamais pu s'acclimater à l'Europe. Et l'Afrique ne voulait plus de lui.

— Ma Land Rover est prête, dit simplement Ann. Nous partirons quand tu voudras. J'emmène le plus sûr de mes boys, Basilio. Il connaît les dialectes que je ne parle pas. Nous camperons dans la forêt ; ce sera plus prudent. J'ai prévenu mon père que nous partirons à la chasse pour quelques jours afin qu'il ne s'inquiète pas. Mieux vaut ne rien lui dire.

Il était un peu plus de midi.

— Eh bien ! partons, dit Malko.

Une heure plus tard, ils s'engageaient sur une piste déserte. Ann conduisait. Au moment du départ, elle avait embarqué dans la Land Rover une mystérieuse boîte noire en disant à Malko :

— Si nous avons le temps, je t'emmènerai chasser le crocodile.

Il ne lui fit pas remarquer qu'il y avait très peu de chance qu'ils aient le temps.

CHAPITRE XVI

La Land Rover cahotait sur la latérite défoncée par des infiltrations. Ann était au volant, avec, à côté d'elle, le Noir qui les menait au rendez-vous.

Derrière, à côté de Basilio, Malko veillait, la carabine américaine en travers des genoux, et une poignée de chargeurs dans sa veste de toile.

Cela ne servirait à rien s'ils tombaient dans une embuscade. Ils seraient percés de flèches et de décharges de fusils « pou-pou [1] » avant d'avoir eu le temps de faire « ouf ».

Les phares éclairaient une sorte de savane faite de buissons épineux, d'arbres rabougris et de hautes herbes. La nuit était tombée depuis deux heures déjà. Autour d'eux, c'était l'obscurité totale.

Ann interrogea le Noir qui leur servait de guide :

— C'est encore loin ?

— Très prochement près. Presque adjacent, répondit-il dans son étonnant français tropical.

« Ce n'est pas trop tôt », pensa Malko.

1. Fusils rudimentaires fabriqués par les Noirs.

Cinq jours qu'ils roulaient ! Heureusement, ils avaient pu se ravitailler en essence dans des villages, à même des fûts. C'était la seule trace de civilisation. Depuis les révolutions successives, cette région retournait tout doucement à la sauvagerie. Même Bujumbura paraissait civilisé à côté de ces villages où la cuvette d'émail portée sur la tête remplaçait le sac à main.

Des bandes armées venues du Congo et du Katanga écumaient des pistes importantes. L'administration centrale ne mettait plus les pieds dans ces villages éloignés. C'était trop dangereux.

Malko était en admiration devant la patience d'Ann. Depuis qu'ils étaient parvenus dans la zone approximative où étaient tombés les cosmonautes, elle interrogeait chaque Noir rencontré au détour de la piste, engageait d'interminables palabres.

Étant donné l'imprécision africaine et le goût des Noirs pour l'affabulation, c'était chercher une aiguille dans une botte de foin. Ils retournaient sur leurs pas, tournaient en rond, interrogeaient dix fois les mêmes personnes. Alléchés par la perspective d'une prime, les Noirs auraient raconté n'importe quoi. Ils étaient peut-être à 1 kilomètre de leur but, mais il aurait fallu se déplacer à pied.

Malko avait l'impression d'être là depuis six mois, de tourner sans fin dans cet enfer vert sans points de repères. Enfin, ils avaient rencontré un Noir un peu plus évolué, qui avait compris qu'ils cherchaient deux Blancs tombés du ciel. Il leur avait demandé une journée et, finalement, avait juré qu'il les conduisait aux gens qui savaient où se trouvaient ces Blancs. Cela pouvait évidemment être un guet-apens. Mais il n'était pas permis de négliger cette piste.

Soudain une cabane apparut en retrait de la route. Quatre piliers de bambou avec des feuillages.

— C'est là, fit le Noir. Éteignez la lumière.

Malko sursauta. Ann avait stoppé.

— Non, Je veux voir ce qui se passe.

Le Noir haussa les épaules.

— Comme vous voudrez, *bwana*. Alors, cornez.

Ann actionna l'avertisseur plusieurs fois. Le son se répercutait à l'infini. Malko pensait à l'ironie de cette voiture klaxonnant en pleine brousse africaine. Cela avait quelque chose de surréaliste.

Soudain, deux Noirs apparurent dans la lumière des phares. Ils étaient nus, à l'exception d'un pagne. Chacun balançait un lourd gourdin.

Au même instant, quelque chose bougea dans le noir, près de la cabane. Des silhouettes indistinctes. Ann braqua le phare orientable. Ils étaient trois ; l'un d'eux portait un fusil mitrailleur F.A.L. en bandoulière. Quand la lumière les frappa. Ils s'immobilisèrent, comme des insectes paralysés.

Malko appuya brusquement le canon de la carabine sur la nuque du Noir.

— Dites à vos amis qu'au premier geste suspect la première balle est pour vous. Et il y en aura d'autres pour eux.

Le Noir se mit à trembler. Ses grosses lèvres étaient toutes sèches. Ce Blanc qui ne le tutoyait pas lui faisait peur.

— Pas de blague, *bwana*, pas de blague, murmura-t-il. Eux pas méchants, peur seulement.

— Pourquoi sont-ils si nombreux ?

— Pour faire honneur, c'est escorte du fétiche.

Au même instant, Ann poussa un petit cri, À droite de la. route, à 5 mètres de la Land Rover, deux Noirs immobiles armés de lances, venaient d'apparaître.

— C'est une embuscade, dit Malko.

Le moteur de la Land Rover tournait. C'était tentant de foncer dans le tas. Mais où menait cette piste ? Ils pouvaient très bien tomber dans un piège à éléphants ou un cul-de-sac.

— Attends, dit Ann, je ne crois pas qu'ils nous veuillent du mal.

Au même instant une silhouette majestueuse apparut sur la piste : un Noir de haute taille vêtu d'une façon extraordinaire. Ses reins étaient ceints d'une peau de léopard, et il portait une étonnante coiffure de raphia, de perles multicolores et de plumes de perroquet. Avec, en sautoir, une paire de lunettes de soleil « Raybann » de l'armée américaine. Tout son visage était strié de raies blanches.

Il s'avançait vers la voiture, une lance dans la main droite et un sac de peau dans la gauche.

— C'est le féticheur, murmura Ann. Il vient pour la palabre. Pour le moment, nous ne risquons rien.

L'homme s'avança sur le côté droit et échangea un signe de tête avec Basilio. Puis il attendit en silence.

Ann parla première en swahili. Le féticheur répondit. Pendant plusieurs minutes, le dialogue se poursuivit, incompréhensible pour Malko. Quand Ann parlait le dialecte, c'était un autre personnage, qui lui échappait complètement. Enfin, elle se tourna vers lui.

— Je crois que nous y sommes. Il raconte qu'il y a quelques temps, deux Blancs sont tombés du ciel, près des pêcheurs de son village.

— Où sont-ils ?

Elle eut un geste d'apaisement.

— Attends. Nous sommes en Afrique. Il ne faut pas le brusquer. Faire parler un nègre c'est aussi difficile que de vendre des baignoires dans une ville sans eau courante.

— Qui est-ce, lui ?

— Un féticheur, un sorcier, si tu veux. Important. Parce qu'à la première révolution, les troupes gouvernementales ont jeté au feu tous les petits sorciers sans importance. Pour raffermir l'autorité du pouvoir central.

La palabre reprit. Ann descendit de voiture et s'accroupit sur la route, en face du sorcier. Malko descendit aussi, la carabine à la main. Il se plaça en face du groupe des Noirs dans la lumière des phares, réprimant un rire nerveux : si les bureaucrates de la C.I.A. avaient pu assister à la scène, cela aurait justifié les notes de frais les plus fabuleuses… Enfin, il touchait au but… Avec un peu de chance, dans quelques heures les deux Américains seraient sauvés.

Ann se tourna vers Malko.

— Il demande pourquoi tu veux ces deux Blancs ?

— Dis-lui que ce sont mes amis.

Elle traduisit. Impassible, le sorcier aboya une phrase courte.

— Combien veux-tu donner ? demanda Ann, entrant dans le jeu.

Malko décida de frapper un grand coup. On se débrouillerait après. D'abord, savoir où ils étaient.

— Je peux donner 5000 dollars par homme, dit-il.

Ann traduisit.

Il y eut un long moment de silence. Puis le sorcier se tourna vers les autres Noirs et les harangua d'une voix furieuse. Ensuite, il reparla à la jeune femme :

— Il demande, si tu es vraiment prêt à donner cette somme ?

— Bien sûr, fit Malko un peu agacé par ce marchandage.

C'était quand même incroyable qu'en plein XXe siècle, il soit en train d'acheter la liberté de deux Blancs, au cœur de l'Afrique, Mais, seuls, ils auraient pu chercher des semaines dans cette jungle inextricable…

Le sorcier écarquillait les yeux, guettant la réponse de Malko, ce qui lui donnait l'air d'un hibou. Brusquement, il les rétrécit, les fermant presque, et une larme coula au bord de sa paupière.

C'était tellement imprévu que Malko faillit éclater de rire.

— Qu'est-ce qu'il lui prend ? demanda-t-il.

Il n'avait pas remarqué la pâleur subite d'Ann. Elle bredouilla :

Il dit que c'est dommage que nous ne l'ayons pas trouvé plus tôt.

— Pourquoi ?

Ann ne répondit pas tout de suite, détournant la tête. Brusquement, Malko fut pris d'un affreux pressentiment.

— Ils les ont tués !

Le sorcier, la tête penchée, pleurnichait.

Malko avait une furieuse envie de faire un carton sur ces larmes de crocodile. Avoir couru tous ces dangers pour trouver deux cadavres !

— Où sont les corps ? demanda-t-il. Comment sont-ils morts ?

Peut-être, après tout, qu'ils avaient été blessés au cours du retour sur terre.

Ann ne répondit pas. Brusquement Malko s'énerva :

— Mais enfin, parle ! Qu'y a-t-il ?

— Ils les ont mangés, murmura Ann.

— Quoi ?

Malko s'était dressé, la carabine à la hanche. Le sorcier fit un brusque saut en arrière.

— Ce n'est pas vrai, dit Malko. Ils veulent nous faire peur pour avoir une rançon plus forte.

Ann secoua la tête tristement, et répéta :

— C'est vrai. Ce sont des sauvages, tu sais.

Le monde basculait autour de Malko. Mangés. C'était insensé, incroyable, anachronique. Sa raison se refusait à l'admettre. Toutes les histoires horribles qu'on avait racontées durant la révolution congolaise lui revenaient en mémoire. Là aussi, il y avait eu de nombreux cas de cannibalisme. Il fut submergé par une vague de dégoût. Et c'étaient ces Noirs bien polis qui se tenaient sagement autour de lui qui avaient commis cette horreur !

— Pourquoi ont-ils fait cela ? parvint-il à articuler.

— Il paraît qu'un des hommes s'est noyé dans le lac. L'autre est resté plusieurs jours dans le village.

Elle baissa la voix.

— Ils l'ont tué parce qu'il voulait partir. Après, ils ont voulu préparer un fétiche le *N'samu*, qui permet aux sorciers de marcher dans les airs. Parce que ces Blancs étaient tombés du ciel. Pour cela, il faut un certain os du crâne et un doigt. Ensuite, ils ont mangé les corps parce qu'ils avaient faim. Il n'y a presque plus d'animaux sauvages par ici.

Incrédule, Malko dévisageait le sorcier avec une horreur grandissante. Il n'arrivait pas encore à y croire.

— – Pourquoi pleure-t-il ?

Elle chuchota presque :

— À cause des 10 000 dollars. Il ne pensait pas qu'ils valaient si cher. S'il avait su…

« S'il avait su ! » Malko mourait d'envie de loger une balle dans la tête du sorcier. Sans Ann, il l'aurait fait.

— C'est ignoble, murmura-t-il. Ignoble.

Il restait là, sans pouvoir rien faire, tétanisé par l'atroce découverte, sans parvenir à réaliser. Il se secoua :

— Leurs affaires ? Les papiers, les vêtements ?

— Ils ont tout brûlé, dit Ann. Après ils ont eu peur.

Soudain, le regard de Malko tomba sur le sac posé à côté du sorcier.

— Et ça, qu'est-ce que c'est ?

Ann détourna brusquement la tête et étouffa un sanglot :

— Je… oh, Malko !

Il posa la carabine et défit le lacet du sac de cuir, libérant une bouffée de puanteur. Surmontant son dégoût, il en sortit une boule enveloppée d'un linge brunâtre qu'il écarta.

Marbré et à demi décomposé, c'était un crâne humain. Avec encore des débris de cheveux blonds.

Ann sanglotait la tête dans les mains. Comme un somnanbule, Malko referma le sac et reprit la carabine. Il était blême.

Imperméable à toute morale et à tout reproche, le sorcier regardait la scène. Il y eut un long moment de silence. Pour la première fois depuis qu'il faisait ce métier, Malko était dépassé par les événements. Que dire et que faire dans cet autre univers ? Se battre ? Expliquer ?

La tête lui tournait. Il dit d'une voix lasse :

— Explique-leur que, derrière moi, il y a beaucoup d'hommes. Que s'ils touchent encore à un Blanc, ils seront tous massacrés ; sans pitié.

Ann traduisit. Le sorcier guettait Malko du coin de l'œil, un peu rassuré.

— Je veux voir l'endroit où sont tombés les deux hommes, dit Malko.

Au moins, aller jusqu'au bout de sa mission.

Le. sorcier approuva vigoureusement, et se relança dans la palabre, trop heureux. Il avait beau être entouré d'hommes armés, il craignait des représailles.

— On ne peut pas y aller ce soir, dit Ann. Si nous voulons, demain il nous conduira à son village. Rendez-vous ici, dès le lever du soleil.

.— Dis-lui que s'il nous arrive quoi que ce soit, son village sera rasé, dit Malko.

Ann eut un triste sourire.

— Nous n'avons plus rien à craindre. Il a compris qu'un Blanc vaut plus cher vivant que mort.

Le sorcier s'inclina et repartit d'un pas souple sur la piste, laissant le sac de peau aux pieds de Malko. Les Noirs de son escorte le suivirent et en quelques secondes ils eurent disparu dans l'obscurité.

Basilio remonta dans la Land Rover. Ann fit demi-tour et ils repartirent en silence. Le sac contenant la tête posé sur la banquette arrière près de Malko.

Ils retrouvèrent leur campement avec plaisir. Rien n'avait bougé. En silence, Malko et Ann s'allongèrent sur leurs lits Picot, à l'abri sous la tente.

Les yeux ouverts, Malko laissait vagabonder son esprit. Tous ces risques, toutes ces morts pour la tête racornie d'un homme. Et David Wise qui attendait dans son bureau climatisé de Washington qu'on lui ramène ses deux brebis égarées ! Il avait dû envisager toutes les hypothèses, sauf celle-là.

Décidément, il haïssait l'Afrique. Sauf Ann. Sans elle, il serait probablement mort dans la jungle. C'était une fille formidable.

Elle était étendue sur le lit jumeau. Le photophore les éclairait tous les deux faiblement.

— À quoi penses-tu ? demanda-t-elle ?

— À eux.

Il appréciait sa discrétion. Ann ne lui avait plus posé aucune question sur la provenance des deux hommes qu'ils recherchaient.

Brusquement il s'aperçut qu'il avait envie de la garder près de lui. C'était la première fois qu'il rencontrait une femme à la fois équilibrée, désirable et efficace. À Ann il pourrait tout dire, elle serait toujours à ses côtés.

— Viens avec moi, dit-il soudain. Nous partirons ensemble.

— Je t'accompagnerai jusqu'au terrain, sinon tu ne trouverais pas. Puis je repartirai chez moi.

— C'est idiot.

— Il faudrait d'abord me racheter à mon père, dit Ann en souriant.

— Combien ?

— Oh, pour moi qui ai déjà servi, ce ne serait pas cher : une vache, deux moutons, dix cuvettes d'émail, des boubous et des pagnes.

Il sauta de son lit et rejoignit Ann, qu'il prit dans ses bras.

— Ce n'est pas cher. Je suis d'accord.

— Je t'encombrerais, après.

Ils restèrent un long moment dans les bras l'un de l'autre à écouter les mille bruits de la nuit. Il n'y a rien de plus bruyant que la forêt tropicale. Ils n'avaient pas envie de faire l'amour. La tête dans le sac était sous le lit de Malko. À cause des cheveux, il savait que c'était Keenie.

On se serait cru en Suisse dans ces collines verdoyantes. Une Suisse avec des crocodiles et des arbres géants. Et sans autoroute. Depuis la cabane du rendez-vous, ils roulaient sur une piste boueuse, défoncée par les premières pluies. La Land Rover avançait en crabe, les quatre roues crabotées, à cinq à l'heure. Plus vite, on patinait et c'était le fossé. C'est-à-dire le retour à pied. Par endroits, des termitières énormes envahissaient la piste.

Les mains accrochées au volant rendu glissant par la sueur et l'humidité, Malko luttait. Si on lâchait une seconde, c'était le poignet cassé. Le messager de la tribu, un minuscule Mosso s'était casé à l'arrière, à côté de Basilio, qui lui jetait de temps en temps un coup d'œil menaçant. Il arrivait tout juste à la ceinture du Tutsi. On comprenait pourquoi, de temps en temps, les Hutus s'amusaient à scier à la hauteur des tibias des Tutsis isolés.

Ils avaient des complexes.

— Regardez !

À travers le rideau des arbres, Ann venait d'apercevoir l'étendue verte du lac Tanganyika.

Elle échangea quelques mots avec le Hutu et annonça :

— Nous arrivons. Le village est au bord du lac.

Effectivement, la piste se transformait en un toboggan boueux plongeant à pic vers l'eau calme et dangereuse. On aurait dit une piste de saut pour ski en Norvège.

Le moteur hurla. Malko rétrogradait en première. En dépit de la manœuvre, la Land Rover accéléra encore. Ann tira le frein à main. Il aurait fallu une ancre.

L'eau se rapprochait. La Land Rover s'était transformée en luge. Au bout, il y avait l'eau verte du Tanganyika avec ses crocodiles. Le Hutu poussa un cri et sauta sur le côté, heurtant au passage le tronc d'un gros manguier.

Il restait 20 mètres avant la rive.

— Ann, sautez, cria Malko.

Elle hurla pour couvrir le moteur :

— Non.

Tanguant comme un bateau ivre, la Land Rover arrivait à la berge. La piste tournait à gauche, s'élargissant en une sorte de place.

Malko braqua à gauche. La Land Rover continua comme si de rien n'était. Puis tourbillonna brusquement, effectuant un tête-à-queue parfait. Le sol n'étant plus en déclivité, les roues avalent mordu. La force centrifuge projeta Ann sur Malko, qui reçut la tête de la jeune femme dans l'estomac. Quant à Basilio, il disparut à l'horizontale en direction des arbres…

Ils étaient arrivés. C'était la place du village. Couvert de boue rougeâtre, le Hutu sauteur rejoignit Malko, coupa le moteur.

Le féticheur était là. Il n'avait plus sa coiffure en plumes de perroquet mais portait toujours son pagne en peau de panthère. Trois autres Hutus étaient assis à croupetons près de lui. Il salua les arrivants et leur fit signe de s'asseoir sur un tronc tenant lieu de banc. Le village était petit. Une vingtaine de cases misérables, en bois, en feuilles et en boue rouge séchée. La plus grande devait appartenir au féticheur. Un masque de terre cuite était accroché au-dessus de l'ouverture ovale. Ce qu'on appelait dans les villages évolués « la paillote culturelle ». Malko avait surmonté son dégoût pour venir. Il devait s'assurer qu'aucune trace du satellite ne subsistait.

Très mondain, le sorcier aboya un ordre et un petit négrillon arriva avec un broc contenant du café. On le servit dans des calebasses en cocotier. Puis, sérieux comme un pape, le Noir versa quelques gouttes d'une fiole tirée de sa poche dans son café et fit passer à la ronde. Quand elle arriva à Malko, il eut un haut-le-corps : c'était du liniment Sloan. Ann précisa :

— C'est leur pousse-café. Ils adorent ça.

Même sans liniment, le café était à faire vomir. Malko grignota quelques graines de kapoquier pour se donner une contenance, regardant autour de lui. C'est ici qu'étaient morts Keeney Nasser et Frédéric Ayer. Mangés ! Incroyable ! L'œil bovin, quelques femmes et des vieillards regardaient les étrangers du seuil des cases. Fait étonnant, on ne voyait aucun enfant.

Malko en avait assez.

— Demande-lui de nous montrer l'endroit où sont tombés nos amis, dit-il.

Ann transmit et le sorcier se leva. En file indienne, ils partirent vers le bord du lac. Il y avait une sorte d'embarcadère en bois avec une demi-douzaine de pirogues. Le sorcier s'arrêta et désigna un point du lac à 500 mètres du bord…

— C'est là, traduisit Ann.

Malko regardait de tous ses yeux. L'eau verte était immobile. Pas une ride. Mais la berge marécageuse grouillait de crocodiles.

— Je pourrais aller là-bas ? demanda-t-il.

C'était idiot. Il ne pouvait pas plonger, mais c'était plus fort que lui. De plus ces pirogues semblaient abominablement instables.

Le sorcier à qui la question avait été traduite, fit signe à deux Noirs.

— Restez là, Ann, dit Malko. Inutile de vous faire courir des risques inutiles.

Mais la jeune femme avait déjà embarqué.

— Ne dites pas de bêtises. Comment leur parleriez-vous ?

À genoux au milieu de la pirogue, Malko et Ann regardaient en silence les deux pagayeurs. Le sorcier était assis à l'avant. Soudain, il émit un son guttural et les Noirs cessèrent de pagayer.

— C'est là, à peu près, dit Ann.

— Est-ce profond ?

Ann traduisit et le sorcier hocha la tête.

— Il dit que le lac est très profond, tout de suite. On n'a jamais vu le fond parce qu'il y a beaucoup de vase.

Et personne ne plonge, car ils pensent que le lac est hanté par des esprits. Il paraît que l'engin des deux hommes a disparu très vite. C'est pour cela qu'un d'eux s'est noyé,

— Bon, rentrons.

Le satellite resterait jusqu'à la fin des temps au fond du lac Tanganyka, protégé par les esprits. Les films ultra-secrets des installations chinoises étaient en sûreté. Le Tanganyika, 600 kilomètres de long, avait jusqu'à 1500 mètres de profondeur…

Ils revinrent en silence au village.

Malko regardait le sorcier avec une furieuse envie de lui flanquer un énorme coup de pied dans le ventre.

— Partons, dit-il. Cet endroit me dégoûte.

Ann donnait déjà des ordres pour qu'on tire la Land Rover. Maintenant, il sortait des Noirs de tous les coins, riant et criant. Ils attachèrent une corde au pare-chocs et entreprirent de haler le véhicule sur la pente. Ann était au volant et les autres grimpaient pratiquement la pente boueuse à quatre pattes. Ils croisèrent un nègre albinos, aveugle, traîné par un enfant. Un syphilitique héréditaire, mascotte du village.

Enfin, ils atteignirent le haut de la pente. Les Noirs les regardèrent partir, sans la moindre expression. Malko se retourna une dernière fois vers le lac. Cette eau verte et calme lui faisait horreur.

La piste était déserte. Ils roulèrent cinq heures avant de retrouver leur campement. Fourbus, Malko et Ann s'affalèrent sur les lits Picot. La nuit tombait.

— Et maintenant ? demanda Ann doucement.

— Maintenant… il n'y a plus qu'à rentrer.

Malko se dressa sur son séant et sourit à Ann.

— Tu sais que ta tête est mise à prix ? lui dit-elle. Et que toute l'armée burundienne te recherche ? Ils sont quand même 800 au moins… Les grand-routes sont certainement surveillées.

— Notre seule chance, dit Malko, c'est le Congo. Mon rendez-vous avec Allan. Sinon, tu n'as plus qu'à m'offrir un arpent de terre à défricher…

CHAPITRE XVII

Il n'y avait pas plus d'une faute d'orthographe par ligne, mais le texte était quand même assez évocateur : « 100 000 francs burundiens de récompense, mort ou vif. Dangereux trafiquant ayant abattu un innocent chauffeur de taxi et fomenté un « complot » pour renverser la République. »

Malko était presque reconnaissable, mais l'encre avait bavé et le faisait ressembler au fils de Frankenstein.

Ann et Malko restèrent une minute à contempler l'affiche officielle collée sur l'épicerie de brousse. C'était gai. Pour qu'elle soit parvenue jusqu'à ce point reculé du Burundi, cela signifiait que les recherches n'étaient pas simulées. Le président Simon Bukoko avait eu si peur qu'il tenait à sa vengeance. Malko pensa à Brigitte Vandamme. Pourvu qu'elle s'en soit bien tirée !

Un Noir sortit du magasin pour contempler les Blancs. Ann serra le bras de Malko. Tranquillement, celui-ci détacha l'affiche, la plia et la glissa dans la poche de sa chemise. Le Noir regardait la cime d'un banian. Prudent Malko se dit que, s'il revoyait un jour son château, cela ferait une excellente décoration pour la bibliothèque.

— Nous voulons boire et manger, dit Ann.

L'autre ne se fit pas prier. Le commerce avant tout. Ils eurent même droit à des coca-cola tirés d'une caisse tiède. Une demi-heure plus tard, ils remontaient dans la Land Rover, l'estomac calé par une livre de riz au piment. Cela changeait des « agahuzas » petits poissons du lac qui ressemblaient à des harengs. Le Noir les regarda partir, un billet dans la main. Pour l'affiche, il dirait que le vent l'avait déchirée.

Un mile après la sortie du village, Malko arrêta la Land Rover. La piste, bifurquait. Ann tira la carte et l'étala sur le capot.

— Nous sommes ici, à peu près, fit-elle.

Son doigt indiquait un point près de Butirasazi, au beau milieu du Burundi. Ils devaient remonter encore vers le nord, laissant à l'ouest Bujumbura, presque jusqu'à la frontière du Rwanda. Ensuite, filer vers le Congo, direction Bukawu. Tout de suite après la frontière se trouvait le terrain abandonné où Allan Pap avait donné rendez-vous à Malko.

Bien entendu, tout ce trajet ne pouvait s'effectuer que par de petites pistes, les grands itinéraires étant surveillés par l'armée burundienne au grand complet.

Ils n'avaient pas le choix. À l'ouest, c'était le lac Tanganyika. Difficile et long à traverser à la nage. Et à l'est, la Tanzanie où les Chinois faisaient la loi…

— Laquelle prenons-nous ? demanda Malko.

— Si nous allons à gauche, c'est bon, mais nous remontons vers Mwaro. On risque de rencontrer un barrage.

— Et l'autre ?

— C'est une piste abandonnée. Pas un soldat ne s'y risquera. Mais je ne sais pas combien de temps nous mettrons.

— Combien de kilomètres ?

Ann haussa les épaules.

— Ça ne veut rien dire. 250, peut-être, jusqu'à la frontière, mais on peut mettre un mois, ou plus…

Malko éprouva un désagréable fourmillement dans les mains. Allan Pap ne viendrait pas indéfiniment au rendez-vous. Et sans lui, ils n'avaient plus qu'à traverser l'Afrique sans passeport avec, aux trousses, toutes les polices des pays indépendants. Il voyait mal la C.I.A. envoyer un safari-secours.

— On ne peut pas se permettre une petite guerre avec l'armée burundienne, dit Malko. Prenons la mauvaise piste, Ann, et il faut que nous mettions quatre jours.

Comme ça, on arriverait pile pour le rendez-vous.

Ann continuait à étudier la carte. Elle désigna un point.

— Pour rejoindre le rendez-vous, nous devons passer par la piste de Bukawu. Ils nous attendront certainement là. Il y a un point de passage obligatoire. Un pont.

— On peut abandonner la voiture.

— Et la rivière ?

— Tant pis. On verra quand nous y serons.

Ils repartirent. Cette fois, Malko prit le volant. Ses avant-bras avaient démesurément enflé : les moustiques. Le col de sa chemise lui sciait le cou, à cause de l'humidité. Il passa délicatement la première et démarra. Ann s'était tassée sur l'autre siège à côté de lui et s'endormait déjà, les bottes coincées sous le tableau de bord. À l'arrière, Basilio, en boule, somnolait sur quatre jerricans d'essence et la tête de Keenie. La carabine américaine était sur le plancher, sous les pieds d'Ann.

La piste n'était qu'un bourbier étroit et sinueux coupé de lianes et de vieilles souches. Les deux murailles vertes de la forêt semblaient se rapprocher sans cesse. Il n'y avait pas 10 mètres sans virages... Craboté, à 15 kilomètres à l'heure, Malko s'engagea dans une descente glissante.

La forêt tropicale, c'est comme le désert : on sait quand on y entre, on ne sait jamais quand on en sort. Il n'y a pas de point de repère. Des arbres. Des arbres, des lianes, des singes et des perroquets. Et, bien sûr, les termitières et les souches au milieu. On se dit qu'on n'en sortira pas, qu'à perte de vue, la forêt continue, qu'on va y crever.

Cela fait deux jours que Malko et Ann roulent sur les pistes. En dépit de la boussole et des affirmations de la jeune femme, ils ne savent pas s'ils sont perdus ou non. Cent fois, ils se sont trouvés devant des embranchements envahis par la forêt, cent fois, ils ont eu à choisir, presque au petit bonheur.

En principe, la frontière du Congo n'est pas loin : une centaine de kilomètres – une éternité. Impossible de rouler de nuit : les phares n'éclairent pas tous les pièges de la piste. À 5 heures, dès que l'obscurité s'est installée, il faut s'arrêter. Une fausse manœuvre et ce serait l'enlisement définitif dans l'humus spongieux des bas-côtés.

Au volant, Malko ne sent plus ses mains. Pourtant, ils se relaient, pour conduire, toutes les deux heures. Ils viennent de mettre cinq heures pour parcourir 10 kilomètres de gadoue immonde. C'est presque plus reposant de pousser que d'être au volant. Ann, avec de grands cernes noirs sous les yeux, dort en dodelinant de la tête. Basilio flotte dans sa chemise. Il a attrapé une sale diarrhée et il se vide. Les yeux fous, il contemple les arbres à perte de vue.

Trois fois, ils ont passé un hameau. Des paillotes avec un champ de manioc débroussaillé au feu et quelques vaches. Les Noirs les ont regardés avec de grands yeux. Leur Land Rover est aussi inattendue qu'un chameau sur la Cinquième Avenue.

Malko stoppe. Il n'en peut plus. Dans sa tête, une seule idée : le Congo et le rendez-vous avec Allan. Les dents serrées, il compte les dixièmes de mille sur le compteur. Quand il s'arrête, Ann s'effondre sur son épaule avec une esquisse de sourire. La veille ils ont fait l'amour pendant que Basilio dormait, sur une toile de tente. Ann pleurait de fatigue, d'énervement, de cafard. Ils sont restés là jusqu'à ce que l'humidité les envahisse. Malko rêvait de son château et de sa cheminée. Ou simplement d'un endroit sec.

Cette nuit-là, ils ont dormi sans avoir mangé. Malko a une envie folle de quitter ces pistes pourries pour retrouver une vraie route. Quitte à se faire prendre. N'importe quoi. Mais plus ces fondrières perpétuelles. Il y a des moments où l'instinct de conservation cède au besoin de confort.

Et puis, brusquement, c'est le jour. Les babouins hurlent et se poursuivent, sans oser s'approcher. Comme un somnambule, Malko met le contact et repart. Ann et Basilio ne se sont même pas réveillés.

La forêt s'éclaircit et la piste est moins accidentée. Malko a envie de hurler de joie. Brutalement ils débouchent sur un plateau dégagé, recouvert d'herbe piquante. Le sol est sec et la latérite rouge s'étend devant eux sur 10 kilomètres. Malko réveille Ann :

— Regarde !

Elle se secoue, ouvre les yeux, arrive à sourire et balbutie :

— C'est une ancienne plantation de café abandonnée. Après, il y a encore un peu de forêt et nous rejoignons la grande piste de Bukawu.

Ils roulent encore dix minutes et stoppent. Malko et Ann descendent. Le soleil chauffe diaboliquement, mais ils ne s'en aperçoivent même pas. Ann avait raison. Ils ont franchi la forêt. Ce soir, ils coucheront au Congo. Étendus dans la savane, ils rêvent C'est un étrange silence après les murmures incessants de la forêt. Malko prend la main d'Ann. Il veut ramener quelque chose de cette mission ratée. Il a envie qu'Ann reste avec lui.

Tout à coup, un bourdonnement remplit l'horizon. C'est Malko, avec ses réflexes de civilisé, qui le premier, saute sur ses pieds :

— Un avion !

Il approche, volant très bas, perpendiculairement à la piste. C'est un broussard, à aile haute, monomoteur.

— Nom de Dieu !

Instinctivement, Malko a bondi sur la carabine américaine, mais baisse son arme. Si c'était Allan !

Le broussard passe à 10 mètres d'eux. On distingue le visage du pilote et de l'observateur. Le pilote est blanc, l'autre noir, avec l'uniforme vert et blanc de l'armée burundienne. L'avion porte les cocardes du pays. Ils en ont trois comme ça. Déjà, il vire gracieusement et revient sur eux.

— Ils vont tirer sur nous, dit Malko.

— Non, dit Ann. Ils n'ont pas d'arme. Les instructeurs belges n'ont pas voulu. C'est trop facile pour les coups d'État.

Le broussard repasse, soulevant un nuage de poussière rouge. L'observateur a fait un geste incompréhensible. Il repasse deux fois, puis pique sur la forêt en face d'eux, survolant la piste, et disparaît, menaçant.

— Nous n'aurions jamais dû nous arrêter en terrain découvert, dit Malko.

Ann secoue la tête.

— Il n'y a rien à regretter. Ils nous attendaient. C'est par ici que passent tous les trafiquants de diamants. Ils vont donner l'alerte au poste avant le Congo.

Lourd silence. Malko songe avec nostalgie à Krisantem, Chris Jones et Milton Brabeck[1]. Avec ces trois-là et un peu de matériel, l'armée burundienne aurait su ce qu'était un Waterloo.

— Tant pis, on y va, dit-il.

En silence, ils remontent dans la Land Rover et reprennent la piste, tout doucement. Ce n'est guère plus brillant que la forêt, mais au moins on voit où on est. Ils mettent cinq heures à travers l'ancienne plantation, s'arrêtant souvent pour observer. Mais l'avion a disparu et les hautes herbes de la savane ondulent doucement à perte de vue.

Ils zigzaguent encore sur leur piste étroite, puis, aux premiers arbres ils tombent sur la vraie piste, large de

1. Voir *S.A.S. à Istanbul* et *Rendez-vous à San Francisco*.

dix mètres, presque une autoroute. Pas moyen de se tromper : cloué à un manguier un écriteau annonce fièrement : Route fédérale n° 1. Bukawu : 60 kilomètres.

Toujours le lyrisme tropical.

Il n'est pas question de s'attaquer au barrage en plein jour. Aussi s'arrêtent-ils au pied de l'écriteau. Basilio fait cuire un peu de riz. Malko et Ann se reposent à l'ombre de la Land Rover.

Ils préfèrent ne pas parler. L'avenir est plutôt sombre, entre les crocos du Kiwu et les Burundiens. Malko a pris la carabine américaine et frotte ses paumes contre le bois imprégné de transpiration. Lui qui n'aime pas la violence, il commence à comprendre les excités de la gâchette.

La nuit tombe rapidement sans qu'ils aient ouvert la bouche. Ils ont avalé le riz préparé par Basilio avec son horrible piment rouge et partagé une boîte de corned-beef.

Malko regarde sa montre et se lève. Autant en finir tout de suite.

— On va y aller doucement, explique-t-il, ils ne sont peut-être pas nombreux. Tu conduis. Dès qu'on les voit, tu mets pleins phares et tu fonces. S'ils tirent les premiers, je réponds.

Ann se glisse sous le volant. Si elle avait la carabine, elle n'hésiterait pas une seconde. On n'est plus à Fontenoy, mais chez les bougnoules. Décidément, la civilisation est indécrottable.

Encore 200 mètres sur la large piste et le premier coup de feu éclate. En avant et sur la droite. Ann sent une sueur glacée lui couler dans le dos. Elle se force à accélérer, légèrement. Basilio est couché sur le plancher. Malko n'a pas riposté. Le silence retombe. Ann se tourne vers Malko, indécise. Il se force à sourire.

— On y va.

— O.K.

Pleins phares. 30 mètres plus loin un groupe jaillit de l'obscurité. Six Noirs, en uniforme, immobiles au milieu de la route. Ils ne bougent pas quand la Land Rover fonce sur eux. Au bout de leurs bras pendent des fusils.

Soudain Malko a une idée démentielle. Les autres n'ont pas l'air très décidé. Rapidement, il cache la carabine sous le siège. Ann et lui ont chacun de leurs muscles tendu à craquer.

Dans cinq secondes, ce sera peut-être la rafale qui les sciera en deux.

La Land Rover stoppe à un mètre du groupe : cinq soldats et un sergent, tous armés de F.M. automatiques.

Malko adresse au Bon Dieu une prière ultrarapide, saute de la Land Rover et fonce sur le sergent qu'il interpelle en français :

— Vous n'êtes pas fou de tirer sur les gens comme ça !

L'autre roule de gros yeux.

— *Bwana*, personne, il peut passer ; la route, elle est précisément fermée.

— Comment, fermée ?

Le sergent s'anime et pose son F.M. sur le talus. La palabre, c'est quand même plus amusant que le casse-pipe. Important, il annonce :

— On a des ordres. Pas laisser passer personne.

Solennel, Malko tire son portefeuille et tend l'autorisation donnée par le général Uru.

— Nous avons un laissez-passer de votre chef. Lisez.

Repris par le climat, les soldats ont abandonné leur attitude martiale et se sont couchés en tas sur le talus.

Le sergent prend le papier et le tient avec infiniment de respect un long moment à l'envers, la lueur des phares. Il le rend ensuite à Malko.

— Alors, comme ça, ça va.

Il fait un vague salut militaire et appelle ses hommes, puis disparaît dans un sentier, soulagé d'échapper à une mauvaise affaire.

Ann n'en est pas revenue.

Elle éclate de rire, nerveusement :

— Qu'est-ce que c'est que ce truc ?

Malko le lui tend et elle lit :

« Ne considérez pas mes envoyés comme des papillons volages et sans valeur, sans quoi je me verrais dans l'obligation de vous rétrograder postérieurement.

» Signé :

Général Uru,
chéri des dames
et toujours fidèle à sa parole. »

Malko explique comment il a eu son laissez-passer.

Ils repartent. 500 mètres plus loin, la route tourne et ils se trouvent nez à nez avec un village. Devant l'épicerie éclairée par un énorme photophore, une jeep avec une mitrailleuse. Et un Blanc au volant. Un peu plus loin, deux Noirs sont assis par terre.

Le coup du laissez-passer, c'est raté. Une immense lassitude envahit Malko et Ann. Cela avait été trop facile.

— Tant pis, annonce Malko, on va s'expliquer.

Cette fois, c'est la bagarre. Sauf miracle.

Ann arrête la Land Rover à côté de la jeep et Malko saute à terre. Le type de la jeep a levé la tête mais n'a pas bougé. La lampe à acétylène éclaire un visage de saurien, avec des yeux bleus un peu en amande, un crâne rasé et une cicatrice en croix sur le front. Il porte une chemise kaki avec un vague galon.

Les yeux bleus glacés, toisent Malko. Celui-ci sent l'hostilité. L'autre a la main droite à 10 centimètres de la poignée de la 30. Malko se demande s'il aura le temps de prendre la carabine. Soudain, presque à son insu, sa prodigieuse mémoire se met en branle. Cette tête lui dit quelque chose.

Et ça éclate.

— « La Nonne ! » dit Malko presque à voix basse.

L'autre sursaute. Il a vraiment des yeux de lézard. Puis un large sourire découvre des crocs irréguliers et jaunâtres.

— On se connaît ? Me souviens plus. L'Indo ? La Corée ?

La voix est gutturale, avec un fort accent allemand. Malko secoue la tête en souriant.

— Ni l'un, ni l'autre. Mais Elko Krisantem, dit « Turco » ça vous dit quelque chose ?

— Turco !

Il y a presque de la tendresse dans l'exclamation. Le saurien éructe.

— À Pleiku. Les cons de la 25e D.I. américaine s'étaient tirés sans nous le dire. Sans Turco, j'y serais encore. Il m'a porté sur son dos pendant 500 mètres. Turco c'est votre pote aussi ?

— C'est mon ami et mon associé, dit Malko avec une grande concision. Et à Istanbul, il y a trois ans, je lui ai sauvé la vie.

— Alors vous êtes aussi mon pote.

Il saute de la jeep et, Ann s'étant jointe à eux, s'installent sur des tabourets branlants, et s'attablent devant des bières Polar. Malko présente à Ann son nouvel ami.

— Si mes souvenirs sont exacts, notre ami s'appelle Kurt. C'est le seul type du corps expéditionnaire de Corée à avoir eu une aventure avec une religieuse américaine. D'où son surnom de « la Nonne ». Avant, il était sergent dans la Wehrmacht.

— La SS, pas la Wehrmacht, fait Kurt, vexé. Division Sepp Dietrich. Pauvre Type, il est mort dans son lit.

Malko se bénit d'avoir écouté Krisantem quand il racontait ses histoires d'ancien combattant. Le personnage de Kurt et la description physique que le Turc en avait faite l'avait frappé. Par chance, il l'avait enregistrée dans sa prodigieuse mémoire. Il avait quand même fait un rude effort pour le ressortir à temps…

On boit à Sepp Dietrich.

Puis on passe aux choses sérieuses. Malko explique leur situation mais Kurt le coupe :

— Je sais. Vous avez toute l'armée burundienne sur le râble. Il y a deux cents types qui campent dans des hamacs au bord de la route à 3 kilomètres d'ici. La fine fleur. Comme leurs chefs n'ont pas trop confiance, ils nous ont fait venir aussi. Mais à ceux-là, vous pourrez pas faire le coup du laissez-passer.

— Vous pouvez nous aider ?

Kurt hausse les épaules.

— Non. Ces fumiers-là, ils nous doivent six mois de solde, sinon, il y a longtemps qu'on se serait tiré. Et puis, on a un contrat. On peut pas les baiser, après on trouverait plus de boulot. Évidemment, on va pas vous courir après comme des dingues… mais on peut pas vous ouvrir la route. Pour vous, y a qu'un truc : la rivière Kiwu. Tout de suite à gauche en sortant du bled. Il y a une piste. Prenez-la, elle n'est pas gardée. Après faut vous démerder pour emprunter une pirogue.

L'œil bleu a un clin d'œil affreusement inquiétant :

» Si on en demande une poliment aux macaques, ils ne vont pas refuser. De toute façon, vous ne risquez rien jusqu'à demain matin. Ils ne patrouillent jamais la nuit, ils ont une trouille affreuse de l'obscurité. À cause des fétiches.

Royal, Malko recommande une autre tournée de bière. On boit religieusement. Kurt regarde sa montre :

— Faut que je rentre. On est en patrouille. Bonne chance !

Les deux types assis à l'écart regagnent la jeep. Kurt emballe le moteur, fait un geste d'adieu et gueule :

— Dites à Turco qu'il nous manque. Salut.

La jeep démarre sur les chapeaux de roues et disparaît.

Étonnant de discrétion, ce Kurt, il n'a même pas demandé pourquoi ils étaient poursuivis par toute l'armée burundienne. Comme si ça allait de soi.

— Ne nous éternisons pas ici, dit Malko. Les gens du village vont parler.

Il paie et ils remontent dans la Land Rover. En avant pour la rivière. Effectivement, ils trouvent la piste à gauche. Et au bout, c'est le Kiwu. Large de 200 mètres, boueux à souhait, du courant. Et pas une pirogue en vue. De grosses jacinthes d'eau dérivent le long du courant, avec une kyrielle de bestioles. La piste se termine en cul-de-sac au bord de la rive marécageuse.

— Dormons ici, propose Malko, puisque Kurt a dit que les autres ne patrouillaient pas la nuit. On verra demain matin.

Basilio s'étend sur le sol et s'endort immédiatement sur sa toile de tente. Malko et Ann se tassent à l'arrière, membres mêlés et calant tant bien que mal leurs corps ankylosés contre les tôles rugueuses. Ann s'endort la première, la tête sur l'épaule de Malko.

Celui-ci rêve tout éveillé un long moment, écoutant le bruissement de la rivière. De l'autre côté, c'est le salut, le rendez-vous avec Allan.

CHAPITRE XVIII

Ils sont sagement étalés au soleil comme de gros troncs d'arbres verdâtres et inoffensifs.

De temps en temps, l'un d'eux ouvre une gueule énorme semée de crocs irréguliers et mortels. Leur haleine fétide se mélange à l'odeur de pourriture de la berge marécageuse, dans la zone intermédiaire où l'eau et la terre se rejoignent dans un délire de plantes aquatiques, de feuilles en suspension, de tunnels de verdure.

Les crocodiles.

Ils sont là par dizaines, attendant qu'il passe une proie à leur portée. Certains ont près de 4 mètres de long. Il y a une force surhumaine dans leurs mâchoires. Même mourants, ils peuvent sectionner le bras d'un homme d'un seul coup de dents.

C'est un univers glauque et oppressant, où la moindre ride sur l'eau verte vous donne le frisson.

— Impossible de franchir cette fichue rivière, dit Malko sombrement

Ils sont réveillés depuis deux heures. Basilio est parti déjà deux fois en reconnaissance pour chercher une pirogue. Sans résultat. Ann est très pâle, mais ne dit rien.

Pour une femme, la perspective de tomber dans les pattes des Burundiens n'a rien de joyeux.

Depuis une heure, il y a des bruits dans la forêt, des appels. On les cherche. Mollement. Heureusement l'armée burundienne est un mélange d'audace et de prudence, dans la même proportion que le pâté d'alouette et de cheval… Même les instructeurs de la SS s'y sont cassé les dents.

Mais, si molles que soient leurs recherches, ils finiront par les trouver. À trois contre deux cents, cela peut finir mal.

— Revenons en arrière, vers le village, dit Ann. Il vaut mieux être prisonniers que bouffés par ces sales-bêtes. Votre ami empêchera, j'espère, qu'ils nous traitent trop mal.

Malko secoua la tête. Il n'y croit pas beaucoup à l'aide de Kurt. Il y a un long moment de silence. Soudain, le visage d'Ann s'anime. Une lueur passe dans son regard.

— J'ai une idée, dit la jeune femme. Nous allons franchir le Kiwu à la nage. Tant pis pour la voiture. De l'autre côté, on se débrouillera toujours.

Malko la regarde, un peu inquiet. Le paludisme, ça commence comme ça.

Mais Ann farfouille à l'arrière de la Land Rover.

Soudain, elle extirpe une grosse boîte noire qu'elle pose par terre. Elle ouvre le couvercle.

— Vous vous souvenez que je voulais vous emmener à la chasse au croco ? dit-elle.

Malko ne peut s'empêcher de sourire.

— Ce n'est peut-être pas exactement le moment ; les chassés, c'est plutôt nous.

Mais Ann tripote les boutons fébrilement. La bande se met en marche, un bruit geignard jaillit de l'appareil. Elle coupe.

— Ça marche.

— Quoi ?

Les yeux pleins de malice, elle se plante devant Malko. Pour la première fois depuis quatre jours, son visage est détendu et souriant.

— Nous allons franchir la rivière sans danger, si vous êtes bon nageur.

— Je sais nager, mais moins vite qu'un croco. Et. je n'ai pas envie de faire la course avec eux.

La jeune femme jeta un regard plein de reproche à Malko.

— Vous croyez que j'ai envie de me faire dévorer ?

— Alors ? Vous voulez qu'on leur jette Basilio et qu'on passe pendant qu'ils le croquent ?

Secouant la tête, Ann prend Malko par le bras et l'amène devant la boîte posée par terre.

— Regardez, c'est un magnétophone. Nous chassons comme cela ici. On le met sur une pirogue et on passe la bande pour attirer les crocos cachés sur les berges. Ce sont des cris de crocos blessés qui sont enregistrés. Dès qu'ils entendent, les autres se précipitent pour déchiqueter leur copain sans risque. Le temps qu'ils s'aperçoivent que c'est un piège, nous serons de l'autre côté…

Malko en reste muet. Mais il regarde l'appareil avec une méfiance non dissimulée.

— Et s'il y a une panne ? Ou un crocodile sourd ?

Ann hausse les épaules.

— C'est ça ou les Burundiens. Dans une demi-heure, ils seront là. On ne va pas tenir tête à un bataillon.

Long moment de silence. On n'entend que le bruissement du Kiwu et des craquements dans la forêt. Les troupes burundiennes sur le sentier de la guerre.

— Bon. Allons-y, dit Malko. Et Dieu fasse que votre truc soit bon.

Tirant de la Land Rover un sac en plastique, il se déshabille rapidement, ne gardant qu'un slip. Ann est déjà en slip et soutien-gorge. Basilio louche sur le corps musclé et nerveux, les fesses rondes et dures et la petite poitrine haute, aux seins écartés.

Ann le foudroie du regard et il détourne les yeux.

Ils empilent rapidement leurs affaires dans le sac, avec la carabine démontée en deux morceaux, des munitions, quelques boîtes de conserves et la tête du malheureux Keenie, qui répand une odeur à faire fuir les crocos. En dépit de la chaleur, ils frissonnent.

Accroupie près du magnétophone, Ann fait saillir sa croupe involontairement. Une fraction de seconde, pour Malko, les Burundiens sont loin. Mais la jeune femme le dégrise vite :

— Prêts ?

Malko et Basilio avancent jusqu'au bord du Kiwu. Le froid de la rive marécageuse leur donne la chair de poule. Cela doit être plein de sangsues. Ils enfoncent jusqu'à mi-mollets dans l'humus spongieux.

— Attention, crie Ann, nous allons partir un peu en amont, pour être entraînés par le courant.

Elle tourne un bouton du magnétophone et un gémissement s'élève immédiatement. Ann se relève vivement et rejoint les deux hommes. Maintenant, les gémissements sont plus forts, avec de petits cris.

— Un cri de jeune, précise Ann, pour faire venir les femelles.

Malko n'y croit pas encore. Il inspecte avec méfiance l'eau verte.

Soudain, il y a un plouf en face. Sortant d'un couvert de branches, un gros crocodile, nageant rapidement dans une profonde écume, fonce droit sur eux.

Presque en même temps, il y a d'autres ploufs et plusieurs sillages apparaissent sur l'eau calme, tous convergeant sur le magnétophone.

— *Go !* crie Ann.

— *Maleye ya mungu*[1], murmure Basilio. Tout ce qui dépasse les limites de la compréhension locale, du transistor au fer à repasser, c'est *Maleye,* la magie.

Elle plonge la première, impeccablement, sans une goutte d'écume. Malko, gêné par le sac en plastique, patauge un peu et se laisse glisser dans le courant, suivi de Basilio, gris de peur en dépit des explications en urundi prodiguées par Ann.

Quelques secondes plus tard, ils sont en plein courant. Malko tend l'oreille : les cris retentissent toujours derrière eux. Après tout, le truc d'Ann marche. Ils ont franchi la moitié du chemin. Soudain, il pousse un cri étouffé : un énorme crocodile arrive droit sur eux, remontant puissamment le courant. Il va sur Ann qui nage un crawl parfait, la tête dans l'eau. Elle ne le voit pas. Apparemment la magie n'a pas eu de prise sur lui.

Comme un fou, Malko tend le sac à Basilio et démarre le plus vite qu'il peut. Jamais il ne s'est senti si désarmé. Pendant d'interminables secondes, il a l'impression qu'il

1. C'est la magie de Dieu.

ne rattrapera jamais Ann. Elle nage mieux et plus vite que lui. Enfin, il parvient à lui saisir le pied. D'un coup de rein la jeune femme se retourne sur le dos.

Immédiatement elle voit l'animal qui n'est pas à 10 mètres d'elle.

Elle plonge, avec un geste pour Malko, qui s'écarte déjà. Le saurien, répandant une odeur pestilentielle, une nuée d'insectes jouant sur son dos, passe tout près de lui. Malko voit son œil jaune plein de mépris et de cruauté. Contrairement à ce qu'on dit, le crocodile est un animal lent dès qu'il s'agit de changer de direction. Le temps de tourner sa gueule de 80 centimètres de long, le trio est loin, entraîné par le courant.

Mais cela a été de justesse.

Dans un ultime effort, Ann atteint déjà l'autre rive. Elle se redresse, de l'eau jusqu'à la taille et fait signe à Malko et Basilio, encore dans le courant.

— Vite, le magnétophone s'est arrêté.

Basilio arrive si vite sur la berge qu'il continue pratiquement son crawl sur la terre ferme. Malko conserve un tout petit peu plus de dignité, mais sans plus.

Les trois se regardent : sur l'autre rive, une bonne douzaine de crocodiles tournent en rond, furieux et déboussolés, donnant des coups de queue dans l'eau et faisant claquer leurs mâchoires. Charmant spectacle.

Rapidement, ils se rhabillent. La chaleur est telle que ce n'est même pas la peine de sécher leurs dessous. De toute façon, ils seront trempés au bout de dix minutes. Au moment, où ils disparaissent dans le sous-bois, ils entendent des cris de l'autre côté du Kiwu : une patrouille burundienne vient de découvrir la Land Rover. Les Noirs crient et font de grands gestes en désignant la rivière.

Ann prête l'oreille et éclate de rire :

— Formidable ! Ils croient que nous avons voulu traverser et que les crocodiles nous ont mangés.

— Il ne s'en est pas fallu de beaucoup, dit Malko en remontant la carabine. Ils ont l'air plutôt affamés.

— Ce sont les basses eaux.

Pour un peu, elle les plaindrait.

À la queue leu leu, ils s'enfoncent dans un vague sentier de brousse qui doit mener à un village.

Effectivement, un kilomètre plus loin, après des méandres dans la forêt, ils débouchent dans une clairière. Il y a une douzaine de paillotes groupées autour d'une plus grande, sans mur.

Et au beau milieu du chemin, une jeep de l'armée burundienne !

Quatre Noirs en uniforme font la roue pour une grappe de négrillons tous nus, piaillant et grimpant sur le véhicule. Malko aperçoit un fusil mitrailleur posé à plat sur le capot, une arme israélienne, un Uri.

— Mais nous sommes au Congo ? remarque-t-il à voix basse.

Ann haussa les épaules.

— Ici les frontières…

— Nous avions justement besoin d'une voiture, fait Malko. Ils tombent à pic.

Du coup, il reprend goût à la vie. Le magnétophone et la jeep, c'est la preuve que la chance tourne. Il serait temps.

Doucement, il arme la carabine américaine et ils sortent tous les trois du couvert brusquement. Les gosses les aperçoivent les premiers et se débandent avec des cris aigus. Deux femmes qui regardaient les soldats, les seins nus et tombant sur leur boubou, rentrent précipitamment dans leur case. Il reste un vieux avec un nombril gros comme le poing, l'air totalement abruti.

Quant aux quatre soldats, armés jusqu'aux dents de mitraillettes, ils ne Bougent pas. Il faut dire que Malko, la carabine à la hanche, braquée droit sur eux n'est pas particulièrement rassurant.

Seule, Ann s'avance en souriant et fait :

— *Amakuru maki ?* [1]

Les quatre Noirs sourient poliment et répondent en chœur.

— *Amakuru maki.*

C'est dit sans conviction. Ann continue, plus fermement :

— Descendez de la jeep.

Docilement, ils s'exécutèrent, l'arme à la bretelle. Aucun n'esquisse le moindre geste offensif. Pourtant, le F. M. a un chargeur engagé et il suffit d'un petit mouvement du doigt…

Ils restent à se dandiner, debout, l'air tout bête, totalement dépassés. Résolument, Ann s'approche du premier et lui prend la mitraillette. Comme un automate délivré d'un poids, il lève les mains gentiment.

Idem pour les trois autres. Au fur et à mesure, Ann tend l'arsenal à Basilio. Elle fait signe aux quatre Noirs de s'écarter de la jeep et Basilio y jette leur armement.

— Voilà, il n'y a plus qu'à partir.

Malko est déjà au volant. Le sergent noir dit quelque chose en urundi. Ann éclata de rire.

1. *Bonjour. Comment allez-vous ?* en urundi.

— Ils veulent qu'on les attache et qu'on les batte un peu, sinon, ils vont avoir beaucoup d'ennuis. Ils diront que nous étions très nombreux…

Basilio ne se le fait pas dire deux fois.

Le premier Noir prend son poing en plein sur la bouche. Il se relève couvert de sang, ravi, souriant et édenté.

Même traitement pour les trois autres. Dans son élan, il donne au dernier un coup de pied mal placé qui le plie en deux. Mais le soldat parvient à se redresser et à sourire poliment.

Avec les courroies des armes et une corde trouvée dans la jeep, ils ligotent tant bien que mal les quatre soldats, en tas devant la case. Malko ne garde qu'une mitraillette et laisse les autres armes. Les pauvres auront assez d'ennuis comme cela…

On aurait difficilement deviné qu'il s'agissait d'une piste d'atterrissage. Certes, l'herbe était beaucoup plus courte que dans une clairière normale. Régulièrement des Noirs du village voisin payés par les trafiquants venaient la faire brûler. Mais aucun balisage ne rappelait la civilisation.

La jeep burundienne était camouflée sous un grand manguier. Bien qu'il y ait peu de danger. Les patrouilles de l'armée congolaise de Mobutu ne venaient plus dans ce coin, pratiquement en dissidence depuis l'indépendance du Congo. Le seul risque était de tomber sur des pillards ou des gendarmes katangais en goguette.

Ils avaient campé là la veille, faisant le guet à tour de rôle ; mais Malko n'avait pas fermé l'œil. La tête de

Keenie commençait à dégager une odeur tout simplement abominable. Il était pourtant résolu à ne pas s'en séparer. Cela créerait des problèmes quand il allait retrouver la civilisation. Difficile à déclarer à la douane…

Il pensait à Ann. Sans elle, ils seraient aux mains des Burundiens, ou dans l'estomac d'un crocodile. Il l'avait regardée dormir avec une furieuse envie de la prendre dans ses bras. Maintenant, il scrutait le ciel à la recherche de l'avion d'Allan Pap. C'était le jour du rendez-vous. Mais il y avait tant de raisons pour qu'il n'y vienne pas ! Leurs démêlés avec Aristote pouvaient avoir eu de fâcheuses conséquences pour l'Américain…

Et, par moments, Malko souhaitait que l'avion n'arrive pas. C'était idiot, mais, lui qui avait horreur de l'Afrique, se sentait bien dans cette jungle, avec Ann près de lui. Elle y était tellement à son aise ! Laissant son esprit vagabonder, il se voyait vivant dans une plantation, chassant, et se mettant en smoking pour dîner en tête à tête avec Ann. Ils partiraient chasser ensemble, et feraient l'amour à la belle étoile, espionnés par les innombrables créatures de la forêt. Et un jour, après avoir gagné beaucoup d'argent, ils reviendraient en Europe et s'installeraient dans le château…

— Le voilà !

Ann s'était levée d'un bond.

Perdu dans son rêve, Malko n'avait pas entendu le bourdonnement. Un point noir se rapprochait au ras de l'horizon. Il grossit et Malko reconnut un petit aérocommander bimoteur à aile haute.

Déjà, il était au-dessus d'eux. Le pilote inclina l'appareil et Malko reconnut le crâne rasé de Pap. Il pilotait en manches de chemise, seul dans l'avion. Basilio se précipita hors de l'abri du banian, gesticulant.

Pap les avait vus.

Il revint encore plus bas, battant des ailes. Cette fois, le vent des hélices fit frémir les grandes feuilles.

L'aérocommander dégagea et, au bout du terrain, commença à sortir son train. Il n'y avait presque pas de vent et l'atterrissage ne posait aucune difficulté. Discrètement, Basilio prit le sac en plastique dans la jeep et partit en courant vers le bout du terrain où l'avion allait s'arrêter.

Malko regarda Ann. Elle avait les yeux brillants de larmes.

— Ann, tu viens ?

C'était plus qu'une question.

Elle secoua la tête et lui prit la main, l'entraînant de l'autre côté de l'énorme banian, hors de la vue de Basilio et de Pap.

Appuyée à l'arbre, elle attira Malko contre elle et enfouit sa tête dans son épaule. À travers la chemise, elle le mordit. Si fort qu'il poussa un cri. En même temps, elle le serrait de toutes ses forces, comme pour être écrasée entre l'arbre et l'homme. Malko sentait chacun de ses muscles et les os de son bassin s'encastraient dans ses hanches.

— Viens vite, murmura-t-elle. Vite. Après nous n'aurons plus le temps.

Il eut envie de lui dire qu'ils partaient ensemble, qu'ils auraient tout le temps, mais au fond de lui, il savait que ce n'était pas vrai.

Déjà, elle se laissait glisser par terre, défaisant elle-même son vêtement. Malko sentait sa peau brûlante, à travers la chemise de toile. Il montait de son corps une odeur forte et saine qui lui fit perdre la tête.

Tout le temps de l'étreinte, elle garda les yeux, ouverts, fixant le ciel immanquablement bleu. Puis ses pupilles se dilatèrent, son crâne heurta durement le tronc du banian et elle murmura deux mots que Malko ne comprit pas :

— *Dada kunda.*

— Qu'est-ce que tu dis ?

D'un coup de rein, elle s'était déjà dégagée et se rajustait. Elle répéta, la bouche tout près du visage de Malko :

— *Dada kunda.* Cela veut dire « je t'aime » en kirundi.

Elle glissa sa chemise dans le pantalon, sans rien dire de plus.

— Viens, fit-elle. Ne faisons pas attendre ton ami.

Ils réapparurent au moment où Basilio arrivait. Le Noir était essoufflé.

— Vite, fit-il. Il ne veut pas rester longtemps.

— J'arrive, dit Malko.

Basilio repartit en courant. L'aérocommander ronronnait à 300 mètres. Pap n'était même pas descendu de l'avion.

Appuyée au tronc de l'énorme banian, Ann regardait Malko d'un air indéfinissable. En dépit de la carabine qui pendait à sa main droite et de son blue-jean elle était incomparablement féminine. Son chemisier de toile était défait et par l'ouverture, on apercevait la naissance de ses petits seins.

Malko essuya une goutte de sueur qui glissait dans le sillon.

Les yeux bleus de la jeune fille ne le quittaient pas. Pour la première fois, il remarqua une petite tache rouge dans son œil gauche.

— Viens.

Elle secoua la tête lentement. Lâchant la carabine, elle prit la main de Malko et la serra très fort.

— Non.

À l'autre bout de la clairière, Allan fit son point fixe. Le vent des hélices couchait l'herbe et faisait s'enfuir d'innombrables oiseaux multicolores. Il était encore trop tôt pour que la chaleur soit écrasante.

Cahotant, le petit avion revint vers eux. À travers la glace du cockpit, on apercevait Allan. Ils ne pouvaient pas s'éterniser. Les soldats burundiens n'hésiteraient pas une seconde à les attaquer s'ils les trouvaient. En Afrique, les frontières, c'est une notion élastique.

Ann baissa lés yeux et, quand elle releva la tête, ils étaient pleins de larmes. Ses ongles s'enfonçaient dans la paume de Malko, à lui faire mal.

— Viens, répéta Malko. Reste avec moi.

Elle s'appuya contre lui et murmura :

— Non. J'aurais peur. Mon pays, c'est ici. Je suis née en Afrique, je me sentirais perdue ailleurs. Et puis il y a mon père. Pars.

Elle se souleva et lui effleura la bouche de ses lèvres sèches.

— Pense à moi quelquefois.

Malko la regarda avec un désarroi intérieur qu'il n'avait pas souvent connu. N'importe quelle autre fille, il l'aurait emmenée de gré ou de force à l'avion. Mais pas Ann. On ne la forçait pas.

— Tu sais que je ne reviendrai pas, dit-il.

— Je sais.

Sa voix tremblait légèrement. Elle n'avait pas lâché sa main. L'aérocommander arrivait à leur hauteur. Les doigts d'Ann relâchèrent leur étreinte.

— Ne le fais pas attendre, dit-elle. Ce serait dangereux.

— Mais toi ?

Son visage reprit une expression presque masculine. Elle se redressa.

— Ne crains rien. Les Burundiens ne me font pas peur. Avec Basilio nous reviendrons par des pistes qu'ils ne connaissent pas.

— *Kwa Heir !* [1]

Elle le poussa vers l'avion. Il courut, passant derrière l'aile pour éviter les pales de l'hélice et se glissa par la petite porte.

— La fille ne vient pas ? hurla Allan.

Malko secoua la tête.

L'Américain eut un geste fataliste. Puis il mit les gaz. À travers le plexiglas, Malko vit la silhouette d'Ann diminuer. Elle agitait lentement la carabine, à bout de bras. Bientôt, il ne discerna plus les traits de son visage. Il y eut un léger cahot et l'aérocommander se souleva : ils avaient décollé.

Le banian sous lequel se trouvait Ann se confondit avec les autres arbres géants de la forêt. L'avion s'inclina vers la gauche, prenant le cap ouest. Le visage collé au hublot, Malko tentait d'apercevoir quelque chose. Mais tous les arbres se ressemblent. L'Afrique avait déjà avalé Ann.

1. Littéralement, *va avec le bonheur* en swaheli.

Il se jura de revenir tout en sachant qu'il y avait bien peu de chance pour qu'il tienne sa promesse. Il ferma les yeux et imagina le corps nerveux et mince d'Ann soudé au sien, avec l'odeur de l'Afrique autour d'eux. Une de ces impulsions irraisonnées auxquelles on n'obéit jamais le poussait à demander à Allan de faire demi-tour. Pour voir si elle était toujours là.

L'Américain se retourna et cria :

— On sera à Nairobi dans deux heures. À nous la bière fraîche et les sexy-girls !

Malko sourit poliment, et acquiesça. Une barbouze, ça n'a pas de cœur, c'est bien connu.

Quand ils se posèrent sur le terrain de Nairobi, une jeep de l'aéroport les rejoignit, pour les formalités de police et de douane.

— D'où venez-vous, messieurs ?

Malko ne put s'empêcher de répondre :

— Du Burundi. Trop heureux d'en être sortis.

Le Noir hocha la tête et fit :

— Ces nègres-là, monsieur, ce sont des sauvages.

ABONNEMENTS — RÉABONNEMENTS 2014

Je souhaite commander les numéros suivants

☐ SAS N°...

frais de port (par vol = 1,70 €) **et remise** 5 % **inclus** dans ces tarifs
port Europe (par vol = 3,50 €)

TOTAL =..€

PAIEMENT PAR CHÈQUE À
EDITIONS GÉRARD DE VILLIERS
15, CHEMIN DES COURTILLES
92600 ASNIÈRES

Nom :..................................Prénom......................
Adresse..
....
Code postal..................Ville............................

SAS : Je souhaite recevoir
- les volumes cochés ci-dessous au prix de 7,50 € l'unité, soit :
N° ....
.... livres à 7,50 € = ...€

+ frais de port = ...€
(1 vol. : 1,70 €, 1 à 3 vol. : 3,50 €, 4 vol. et plus : 5,00 €)

TOTAL .... (ajouter à TOTAL abonnements) .... = ...€

Contact : Philippe Kaniszay
editions-gerard-de-villiers@orange.fr
Tél. : 01 41 21 37 88

LA VENGEANCE DU KREMLIN

De Londres à Moscou en passant par Tel Aviv, une traque impitoyable pour déjouer les plans du Kremlin.

LES FOUS DE BENGHAZI
Dans la Libye à feu et à sang une course mortelle contre la montre !
GERARD DE VILLIERS
IGLA S
De Moscou au Daguestan, une course sanglante à la recherche des missiles IGLA S !
GERARD DE VILLIERS
PANIQUE À BAMAKO
Qui stoppera les Islamistes en route pour Bamako ?
GERARD DE VILLIERS
LE CHEMIN DE DAMAS [1]
Il est tortueux et semé de cadavres !
GERARD DE VILLIERS
AMAS [2]
SAUVE-QUI-PEUT À KABOUL [1]
Mission impossible : assassiner le président Karzaï. Malko a eu tort d'accepter.
GERARD DE VILLIERS
KABOUL [2]
LE BEAU DANUBE ROUGE
On valse à Vienne, mais on tue aussi beaucoup !
GERARD DE VILLIERS
LES FANTÔMES DE LOCKERBIE
De Beyrouth à Tunis, les fantômes de Lockerbie vivent encore !
GERARD DE VILLIERS
LA VENGEANCE DU KREMLIN
De Londres à Moscou en passant par Tel Aviv, une traque impitoyable pour déjouer les plans du Kremlin.
GERARD DE VILLIERS

GÉRARD DE VILLIERS
SAS à ISTANBUL
La première aventure du Prince Malko!
ESPIONNAGE
ÉDITION LIMITÉE

GÉRARD DE VILLIERS
SAS CONTRE C.I.A.
ESPIONNAGE
ÉDITION LIMITÉE

GÉRARD DE VILLIERS
OPÉRATION APOCALYPSE
ESPIONNAGE
SAS
ÉDITION LIMITÉE

GÉRARD DE VILLIERS
SAMBA POUR SAS
ESPIONNAGE
ÉDITION LIMITÉE

GÉRARD DE VILLIERS
SAS RENDEZ-VOUS À SAN FRANCISCO
ESPIONNAGE
ÉDITION LIMITÉE

GÉRARD DE VILLIERS
SAS LE DOSSIER KENNEDY
ESPIONNAGE
ÉDITION LIMITÉE

GÉRARD DE VILLIERS
SAS BROIE DU NOIR
ESPIONNAGE
ÉDITION LIMITÉE

GÉRARD DE VILLIERS
SAS AUX CARAÏBES
ESPIONNAGE
ÉDITION LIMITÉE

GÉRARD DE VILLIERS
SAS CONTRE C.I.A.
ESPIONNAGE
ÉDITION LIMITÉE

GÉRARD DE VILLIERS
OPÉRATION APOCALYPSE
ESPIONNAGE
SAS
ÉDITION LIMITÉE

GÉRARD DE VILLIERS
SAMBA
POUR
SAS
ESPIONNAGE
ÉDITION LIMITÉE

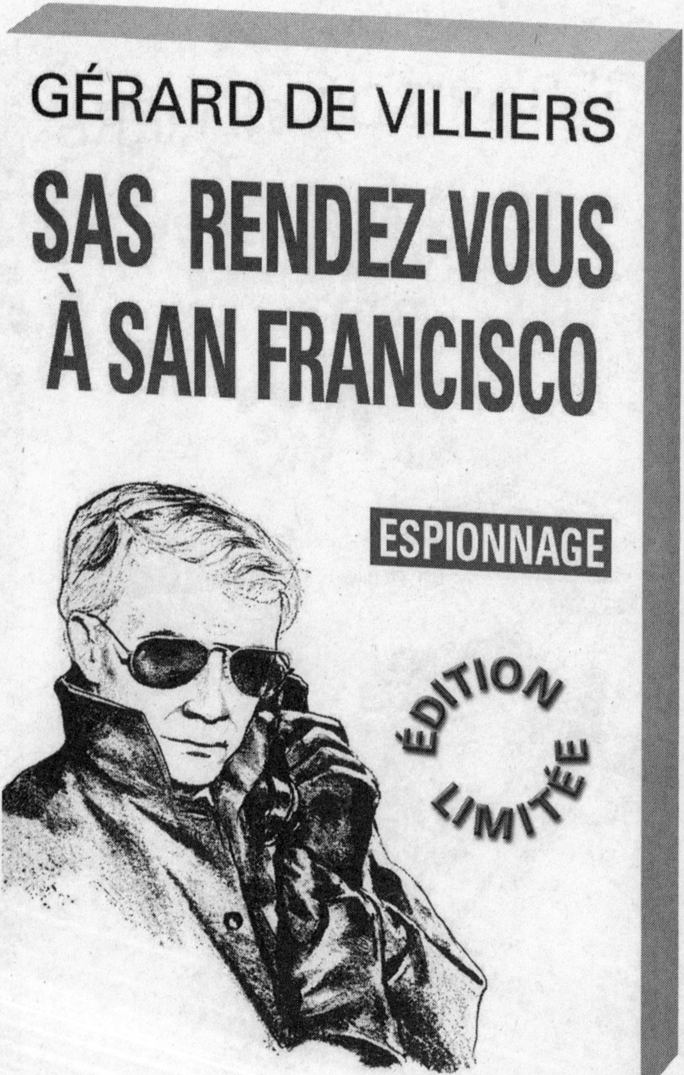
GÉRARD DE VILLIERS
SAS RENDEZ-VOUS
À SAN FRANCISCO
ESPIONNAGE
ÉDITION
LIMITÉE

Impression réalisé par

CPI
BRODARD & TAUPIN

à La Flèche (Sarthe), le 30-12-2014

Mise en pages : Firmin-Didot

ÉDITIONS GÉRARD DE VILLIERS

N° d'impression : 3007471
Dépôt légal : décembre 2014
Imprimé en France